Mord und Vanillekuchen

Ein Kulinarischer Holly Holmes Krimi – book 3

K.E. O'Connor

K.E. O'Connor Books

K.E. O'Connor Books 24 St. Vincent's Road, Chelmsford, Essex, UK, CM2 9PS.

keoconnorauthor@keoconnor.com

Die Orignalausgabe des Romans erschien 2019 unter dem Titel »Vanilla Whip and Murder«

Übersetzt von Katrin Manczyk.

Coverart Daniela Colleo http://www.StunningBookCovers.com

Erstellt mit Atticus.

Kapitel 1

»Noch ein kräftiger Schub und wir können den nächsten Hügel quasi hinunterrollen, Meatball.«

»Wuff, wuff.« Mein entzückender Corgi-Mischling streckte seine Zunge heraus und sein Stummelschwanz wedelte, als der Wind seine Ohren nach hinten blies.

Ich atmete tief ein, als der letzte Hügel in Audley St. Mary auf mich zukam. Ich war müde vom Morgen voller Kuchenlieferungen in dem hübschen Dorf. Es schien, als könnten alle nicht genug von den köstlichen Leckereien bekommen, die wir in Audley Castle zubereiteten.

Hinter mir rumpelte ein Auto, bevor es langsamer wurde und hupte.

Ich näherte mich dem Straßenrand. Es war eine schmale Fahrbahn, daher war es für Autos schwierig, sicher an mir vorbeizukommen.

Die Hupe ertönte wieder, mehrmals.

Ich nahm meine rechte Hand vom Lenker und bedeutete dem Fahrer, um mich herumzufahren.

Das Auto manövrierte neben mich und das Fenster glitt herunter. Cecilia Montgomery lächelte mich an. »Ein arbeitsreicher Tag, Holly?«

»Im Schloss ist immer viel los, Cecilia. Wie läuft der Kleiderladen?«

»Ich kann mich nicht beklagen. Prinzessin Alice war letzte Woche da. Sie hat meinen halben Laden gekauft.«

»Sie liebt es, einzukaufen«, sagte ich.

»Ich beschwere mich ganz bestimmt nicht darüber. Einen schönen Tag noch.« Cecilia hupte noch einmal, bevor sie in ihrem sportlichen schwarzen Zweisitzer davonraste. Das Couture-Geschäft lief eindeutig gut für sie.

Ich kraulte schnell Meatballs pelziges braunes Kinn, bevor ich alles gab und es bis zum Kamm des Hügels schaffte, wobei ich angestrengt versuchte, mir nicht ein Auto wie das von Cecilia zu wünschen. Autos kosteten Geld und mein Arbeitsfahrrad war eine kostenlose und einfache Möglichkeit, mich fit zu halten.

Und bei all den Radtouren, die ich heute auf meiner Liefertour gemacht hatte, hatte ich mir die Erdbeercremetorte im Fahrradkorb mehr als verdient. Sie war in einer Kiste verstaut, um sie von Meatball fernzuhalten.

Bei meiner letzten Lieferung hatte Mister Johnson mir nicht nur ein Trinkgeld gegeben, sondern auch ein Stück eines meiner eigenen Kuchen. Ich hatte vor, fünf Minuten lang die Füße hochzulegen und es mit einer großen Tasse Tee zu genießen, bevor ich mit dem Backen weitermachen würde, das in der Küche von Audley Castle erledigt werden musste.

Laute Tanzmusik dröhnte aus einem Fahrzeug, das mit hoher Geschwindigkeit hinter mir herankam. Ich näherte mich wieder dem Bordstein und konzentrierte mich darauf, die Räder des Fahrrads gerade zu halten, um dem Fahrzeug genug Platz zum Überholen zu geben.

Eine Hupe ertönte, Reifen quietschten und etwas stieß gegen mein Hinterrad.

Ich schnappte nach Luft und klammerte mich an den Lenker. Das sollte doch wohl ein Scherz sein? Jemand versuchte, mich von der Straße zu drängen!

»Wuff!« Meatballs Augen verengten sich und er knurrte.

»Alles in Ordnung. Es ist nur jemand, der zurück in die Fahrschule muss.«

Etwas stieß wieder gegen mein Hinterrad. Diesmal war es Absicht.

»Runter von der Straße, du Idiotin!« Ein leuchtend roter Sportwagen kreischte um mich herum, die Musik dröhnte und die Fenster waren heruntergelassen. Langes dunkles Haar blitzte auf, und dann war der Wagen weg.

»Ich bin die Idiotin?« Ich versuchte, die Kontrolle über das Fahrrad zu erlangen, aber das Vorderrad traf ein Loch in der Straße und ich taumelte seitwärts.

Ich streckte die Hand aus und fing Meatball auf, um ihn zu schützen, als das Fahrrad umkippte.

Ich stürzte zu Boden, Meatball geschützt in meinen Armen, die einen Schild um ihn bildeten. Ein Pedal schlug gegen mein Schienbein, als ich mit einem dumpfen Geräusch auf dem schlammigen Boden aufschlug.

Ich blinzelte mehrmals, mein Herz hämmerte und mein Atem wurde zu panischem Keuchen. »Dieser verrückte Fahrer hätte uns umbringen können.«

Meatball leckte meine Handfläche und wimmerte.

»Geht es dir gut, Junge?« Mit meiner freien Hand hob ich den schweren Rahmen des Fahrrads von mir und zuckte zusammen, als ich mein Bein darunter hervorzog. Nichts fühlte sich gebrochen an, aber ich sah eine Platzwunde an meinem Schienbein.

Als ich mich vom Fahrrad befreite, hob ich Meatball hoch und untersuchte ihn. Wie üblich trug er seinen Fahrradhelm und war durch meine Arme und seine Decke vor dem Sturz abgefedert.

Ich kuschelte ihn an mich, während ich meine Knöchel in verschiedene Richtungen verdrehte. Nichts fühlte sich angespannt an, aber die Schnitte an meinen Beinen brannten und die Haut fühlte sich heiß an.

Ich stöhnte, als ich das Fahrrad überprüfte. Das Vorderrad war eingeknickt, als ich das Loch getroffen hatte.

Das war nicht das erste Mal, dass ich das Lieferungsfahrrad des Schlosses beschädigte. Mein Vorgesetzter, Chef Heston, würde alles andere als beeindruckt sein. Er würde die Reparaturen für das Fahrrad zweifellos von meinem Lohn abziehen. Aber das war nicht meine Schuld! Dieser schreckliche Fahrer hatte mich fast umgebracht, und er hielt nicht einmal an, um sich zu vergewissern, dass es mir gut ging. Er muss gesehen haben, wie ich vom Fahrrad gefallen bin.

Ein Fahrer in einem eleganten schwarzen Audi-Cabriolet fuhr vorbei. Die Bremslichter gingen an, bevor das Auto zurücksetzte und neben mir anhielt. Das Fenster auf der Beifahrerseite glitt nach unten.

Ein Typ mit strahlend blauen Augen und einem Hauch dunkler Stoppeln am Kinn beugte sich vor und starrte auf mich herab. Er kam mir vage bekannt vor. »Was machen Sie denn da unten?«

»Ich danke meinen Glückssternen, dass ich nicht von einem Idioten in einem Sportwagen getötet wurde, der nicht weiß, wie man fährt«, sagte ich. »Er hat mich einfach von der Straße gedrängt. Er hat mein Fahrrad zweimal mit seinem Auto angefahren und nicht einmal angehalten, nachdem ich hingefallen bin.«

Der Typ legte eine Hand auf das offene Fensterbrett, und ich sah ein Aufblitzen grüner und schwarzer Tattoo-Wirbel, die seinen Unterarm verzierten.

Ich legte Meatball auf den Boden und stand langsam auf, mein linkes Bein protestierte dabei.

»Haben Sie sein Nummernschild?«, fragte der Typ. »Sie können ihn jederzeit bei der Polizei anzeigen.«

»Nein, ich war zu sehr damit beschäftigt, nicht vom Fahrrad zu fallen.«

»Das ist Ihnen wohl nicht gelungen.« Ein Grinsen huschte über sein Gesicht.

»Finden Sie?« Ich war normalerweise nicht so scharf mit anderen Menschen, aber mein Herz raste immer noch von der Zitterpartie eben. »Hey, fahren Sie nach Audley Castle? Ich werde nicht in der Lage sein, mit meinem Fahrrad zurückzufahren, und könnte eine Mitfahrgelegenheit gebrauchen.«

Er schwieg eine lange Sekunde. »Das Schloss? Warum fahren Sie dorthin?«

»Ich arbeite dort«, sagte ich.

»Sind Sie Reinigungskraft oder so?«

»Nein! Was bringt Sie dazu, das zu sagen?«

»Sie sehen definitiv nicht wie ein Mitglied der Audley-Familie aus.« Er kicherte, als sein Blick über mich glitt.

»Vielleicht habe ich beschlossen, mein Diadem heute nicht zu tragen, als ich auf eine Spritztour ging. Soweit Sie wissen, könnten Sie gerade mit Prinzessin Alice Audley sprechen.«

Er legte den Kopf in den Nacken und brüllte vor Lachen. »Sie sind nicht sie. Ich habe viele Bilder von Prinzessin Alice gesehen. Sie sind das komplette Gegenteil von ihr. Sie ist blond, kurvig und süß. Sie sind ...« Er wedelte mit seiner Hand.

Ich sträubte mich über seine angedeutete Beleidigung. Ich hatte vielleicht keine Kurven, für die man sterben könnte, aber ich war mit meinem Aussehen zufrieden. »Trotzdem könnte ich eine Cousine oder eine Verwandte der Familie sein.«

»Aber sind Sie das?«

Ich atmete tief durch. »Nein! Aber ich brauche Hilfe, nachdem ich fast getötet wurde. Sicherlich passt mein Fahrrad hinten in Ihr Auto. Audley Castle ist nicht weit von hier.«

Er sah auf seine Uhr und schüttelte den Kopf. »Geht nicht. Ich komme zu spät zu einem Termin. Außerdem ist das in die andere Richtung. Nichts ist beschädigt, oder?«

»Das ist kaum der Punkt. Ich könnte einen Schock bekommen. Ich könnte eine Gehirnerschütterung haben. Ich bin eine Jungfrau in Nöten.«

»Sie sind auch eine Frau mit einem riesigen Fahrradhelm, die hier steht und mit mir streitet. Das deutet darauf hin, dass Ihr Kopf in Ordnung ist. Sie können Ihren eigenen Weg zum Schloss finden.« Sein Motor heulte auf, als das Fenster nach oben glitt, und er sauste davon.

Meine Kinnlade fiel hinunter. So viel zum Thema Ritterlichkeit.

Meatball wimmerte, und als ich mich umdrehte, sah ich, wie er an der zerquetschten Kuchenschachtel unter dem Fahrrad schnüffelte.

Vorsichtig hob ich das Fahrrad von der Schachtel. Sie war platt gequetscht. Mein köstlicher Leckerbissen war zusammen mit dem Rest meines Tages ruiniert, alles dank meiner Begegnung mit wenig hilfreichen Männern, die Autos fuhren, die wahrscheinlich zehn Jahre meines Gehalts gekostet haben.

Ich richtete das Fahrrad auf und überprüfte das Vorderrad. Es war zu schief zum Fahren.

Ich griff in meine Gesäßtasche, wo normalerweise mein Handy war. Einfach perfekt. Ich musste es in meiner Wohnung zurückgelassen haben. Ich war an diesem Morgen spät dran gewesen und ich musste mich unglaublich beeilen, um rechtzeitig in die Küche zu kommen.

»Sieht so aus, als müssten wir uns selbst helfen, Meatball.« Ich hob ihn hoch, küsste ihn auf den Kopf und legte ihn zurück in den Korb. »Wenigstens habe ich dich. Du wirst mich nie im Stich lassen.«

»Wuff, wuff.« Er legte seine Vorderpfoten auf die Kante des Korbs, während ich das beschädigte Fahrrad langsam zum Schloss schob. Es war nur etwa eine Meile entfernt, aber mit meinem schmerzenden Bein fühlte es sich viel weiter an.

»Wenn ich diesen idiotischen Fahrer jemals wiedersehe, werden wir uns unterhalten. Warum sind es immer die Leute, die noble Sportwagen fahren, die schreckliche Manieren haben und schreckliche Fahrer sind?« Das stimmte nicht immer, aber ich war zu wütend, um vernünftig zu sein. »Wenn ich das Sagen hätte, würde ich jedem, der einen Sportwagen fährt, zusätzliche Fahrstunden geben, damit er weiß, wie man mit so etwas Mächtigem umgeht.«

»Wuff, wuff.« Meatball stimmte herzlich zu, als er die wunderschöne Landschaft besah, an der ich vorbei hinkte.

Wenigstens war das Wetter auf unserer Seite. Es war ein herrlich sonniger Tag und weiße Wolken zogen über einen strahlend blauen Himmel. Vögel zwitscherten in den Baumwipfeln, und als ich die Tore von Audley Castle erreichte, war meine schlechte Laune verflogen.

Trotz des verlorenen Kuchens, des verbogenen Rades und des zerkratzten Beins gab es immer etwas Positives, auf das ich mich konzentrieren konnte.

»Du meine Güte, was ist mit dir passiert?« Lord Rupert Audley eilte auf mich zu, als ich die Kiesauffahrt zum Kücheneingang entlangging.

»Ich bin jemandem begegnet, der nicht fahren kann.« Ich ließ ihn mir gerne das Fahrrad abnehmen.

Rupert strich sich sein wirres blondes Haar aus den Augen und sein Blick glitt über mich. »Du wurdest nicht verletzt, oder?«

»Ein paar Schnitte an meinem Bein, aber nichts Ernstes«, sagte ich. »Das Rad ist definitiv schlechter weggekommen.«

»Lass uns das Fahrrad zurück in den Schuppen bringen und dann flicken wir dich wieder zusammen«, sagte er. »Musst du zum Arzt? Hast du dir den Kopf gestoßen?«

Ich klopfte mit den Fingerknöcheln auf meinen Helm. »Nein. Ich stand ein wenig unter Schock, als es passierte, aber meinem Kopf ist nichts passiert.«

»Deine Hose ist zerrissen«, sagte Rupert. »Und du hast dir das Knie aufgeschnitten.«

»Das Fahrrad ist auf mich gefallen und ich landete auf ein paar Steinen«, sagte ich. »Es ist nur eine oberflächliche Wunde.«

»Du solltest dir den Rest des Tages freinehmen«, sagte er. »Ich kann auf dich aufpassen. Es wird mir ein Vergnügen sein, dafür zu sorgen, dass es der besten Bäckerin im Schloss gut geht. Wir wollen nicht, dass du außer Gefecht gesetzt wirst und der Welt deine Desserts vorenthalten werden.«

Ich grinste. Nach meiner Begegnung mit zwei unangenehmen Männern war es schön, mit einem wirklich süßen Menschen zusammen zu sein. Rupert hatte immer eine Art, mich besser fühlen zu lassen.

»Das ist nicht nötig. Und ich muss noch in der Küche arbeiten, bevor ich Schluss machen kann.«

»Ich bin sicher, Chef Heston hat nichts dagegen, wenn du dir den Nachmittag freinimmst«, sagte er. »Vielleicht sollte ich es ihm vorschlagen.«

»Nein! Chef Heston denkt, dass ich dir schmeichle, damit ich nicht so hart arbeiten muss.«

»Ich glaube nicht, dass du das jemals tun würdest. Ich habe noch nie jemanden gesehen, der so hart arbeitet wie du«, sagte Rupert.

Ich arbeitete hart, aber das lag daran, dass ich liebte, was ich tat. Ich fühlte mich am besten, wenn ich köstliche Leckereien und Kuchen herstellte, um sie an Leute zu verkaufen. Ich hatte Glück, in Audley Castle zu arbeiten und jeden Tag von all dieser Pracht umgeben zu sein.

Ein lautes Kreischen durchbohrte meine Ohren und ich zuckte zusammen, während ich zurücktrat.

Eine Frau mit langen blonden Haaren rannte auf Rupert zu und schlang ihre Arme in einer gewaltigen Umarmung um ihn. »Ich habe mich gefragt, wo du warst.« Sie drückte ihm einen Kuss auf die Wange.

Von ihrer hohen Stirn, ihren strahlend blauen Augen und ihrem herzförmigen Gesicht her musste sie eine der Töchter des Herzogs und der Herzogin sein.

»Caroline! Ich wusste nicht, dass du schon angekommen bist.« Rupert nahm Meatball aus dem Korb und legte ihn auf den Boden, bevor er das Fahrrad abstellte und sie ebenfalls umarmte. »Du siehst so umwerfend aus wie immer.«

»Und du siehst so unordentlich aus wie immer.« Sie zerzauste sein Haar. »Bist du sicher, dass da oben keine Vögel nisten?«

Er kicherte, als er mich ansah. Sein Blick wanderte über Carolines Schulter zu der Frau, die direkt hinter ihr stand. Sie war kleiner und dünner und ihr Haar war hellbraun.

»Henrietta, ich freue mich, dass du es geschafft hast«, sagte er.

Sie nickte und hob ihre Wange, als er hinüberging, um sie zu küssen. »Ich hatte keine große Wahl.«

»Sei kein Spielverderber«, sagte Caroline. »Wer liebt Partys nicht?«

Henrietta hob ihre Hand.

Caroline schnaufte und schüttelte den Kopf. »Du bist so ein Partymuffel.«

»Ich habe dich schon so lange nicht mehr im Schloss gesehen«, sagte Rupert.

»Ich war zu beschäftigt mit Reisen, um zu Besuch zu kommen«, sagte Caroline.

»Eher beschäftigt mit dem Verschwenden ihres Treuhandvermögens«, murmelte Henrietta.

Ich verspürte den Drang, einen diskreten Abgang zu machen. Wenn ich in der Nähe von Rupert und Alice war, vergaß ich leicht, dass sie Teil einer alten Adelsfamilie mit Verbindungen zur königlichen Familie waren. Sie gaben mir immer das Gefühl, willkommen zu sein.

Rupert drehte sich zu mir um und streckte eine Hand aus, als würde er mein Unbehagen spüren. »Das ist Holly Holmes. Sie ist die exquisiteste Bäckerin, der ihr jemals begegnet werdet. Sie arbeitet in unserer Küche. Wir hatten großes Glück, sie zu bekommen.«

Ich nickte beiden Frauen zu. »Es freut mich, Sie kennenzulernen.«

»Das sind meine Cousinen, Caroline und Henrietta Audley«, sagte Rupert.

Genau wie ich vermutet hatte: zwei der Töchter des Herzogs und der Herzogin. Sie hatten vier Töchter – Caroline, Henrietta, Diana und Mary.

»Ich freue mich darauf, Ihren Kuchen zu probieren.« Caroline legte den Kopf schief. »Eigentlich habe ich schon einmal von ihnen gehört. Rupert redet immer von den köstlichen Leckereien, die er aus der Küche bekommt. Ich kriege immer Hunger, wenn er darüber spricht. Ist das Ihre Arbeit?«

»Manchmal«, sagte ich. »Desserts sind meine Spezialität.«

»Sie ist wirklich fantastisch«, sagte Rupert.

»Wenn das der Fall ist, werde ich sie für unsere Küche stehlen«, sagte Caroline. »Rupert lässt mich immer haben, was ich will.«

»Holly wird uns nie verlassen«, sagte Rupert und warf mir einen schüchternen Blick zu. »Ich nehme an, du bist am Essen der Jubiläumsfeier beteiligt. Ohne deine verlockenden Leckereien würde es nicht dasselbe sein.«

Ich schüttelte den Kopf. »Chef Heston leitet das und ein externes Team kommt hinzu, um die Vorbereitungen zu treffen.«

»Natürlich. Nur das Beste für unsere Schwester.« Caroline verdrehte die Augen. »Ehrlich gesagt, die Menge an Geld, die sie für diese Hochzeit ausgegeben haben ... Jetzt machen sie das alles noch einmal, nur für ein langweiliges Jubiläum.«

»Sie sind seit fünf Jahren verheiratet«, sagte Rupert. »Das ist eine Leistung, die gefeiert werden muss.«

Caroline seufzte. »Wie du meinst. Diana hatte sogar die Frechheit, eine Geschenkliste herauszugeben. Sie bekommt nichts von mir. Nicht, bis sie meinen Lieblings-Kaschmir zurückgibt, den sie geliehen und nie zurückgegeben hat. Das kann ihr Geschenk sein. Obwohl ich nicht sicher bin, ob es ihrem Ehemann passen wird.«

»Es sollte eine lustige Party werden«, sagte Rupert. »Es ist schön, alle wieder zusammenzubringen.«

»Nicht alle sind hier«, sagte Henrietta leise, den Blick zu Boden gerichtet.

»Ja! Das Dummerchen Mary ist auf Reisen. Sie hat sich entschuldigt«, sagte Caroline. »Ich bin froh, dass sie nicht hier ist. Das saure Gesicht meiner Schwester würde die Party verderben. Und wenn sie käme, würde sie nur etwas Unhöfliches sagen und alle verärgern.«

Rupert kicherte und rieb sich den Nacken. »So schlimm ist sie nicht. Mary sagt einfach gerne ihre Meinung.«

»Sie sagt gerne unverschämte Dinge, um Leute zu ärgern und einen Skandal zu verursachen«, sagte Caroline. »Ich weiß nicht, warum sie nicht einfach aus sich herausgehen und sich amüsieren kann.«

»Du meinst, so wie du«, sagte Henrietta. »Du lässt immer alle Hemmungen fallen.«

Caroline deutete mit dem Finger auf sie. »Fang nicht an. Du bist nicht viel besser als Mary. Ich wette, du bringst ein Buch zur Party mit. Wenn ich dich in die Bibliothek schleichen sehe, schleppe ich dich zurück und zwinge dich zum Tanzen. Und ich werde dafür sorgen, dass du etwas Schönes trägst.«

»Ich trage immer schöne Sachen.« Henrietta strich mit den Händen über ihr schlichtes marineblaues, knielanges Kleid.

»Ich werde deine Haare und dein Make-up machen und dich dazu bringen, etwas tief Ausgeschnittenes zu tragen. Das ist eine richtige Party«, sagte Caroline.

Henrietta schüttelte nur den Kopf und blickte zum Schloss.

»Wir müssen gehen.« Caroline drückte Rupert einen weiteren Kuss auf die Wange. »Ich muss Mutter und Papa einholen und ihnen alle meine Neuigkeiten mitteilen. Und wenn ich Henriettas schreckliche Haare in Ordnung bringen soll, brauche ich alle Zeit, die ich bekommen kann. Vielleicht sollten wir sie färben.«

»Du fasst meine Haare nicht an«, sagte Henrietta.

»Das werden wir sehen.« Caroline griff nach Henriettas Arm.

»Wir sehen uns später beim Abendessen«, sagte Rupert.

»Natürlich. Wir müssen so viel nachholen, und ich möchte alles über die Partypläne hören. Ich kann es kaum erwarten.« Caroline eilte mit Henrietta davon.

Rupert kehrte an meine Seite zurück, hob das Fahrrad auf, und wir gingen zu den Schuppen hinüber. »Das ist das erste Mal, dass du meine Cousinen triffst, nicht wahr?«

Ich nickte. »Ich kann die Familienähnlichkeit erkennen.«

»Sie sind sehr lustig«, sagte er. »Wie du vielleicht bemerkt hast, ist Caroline das Leben und die Seele der Party. Henrietta nicht so sehr, aber ich mag ihre ruhige Art.«

»Sie scheinen beide sehr nett zu sein«, sagte ich. Ich blieb stehen und meine Augen weiteten sich. An der Seite des Schlosses parkte der rote Sportwagen, der mich von der Straße abdrängte.

»Ist alles in Ordnung?«, fragte Rupert.

Meatball knurrte das Auto an, bevor er hinüberlief, um daran zu schnüffeln.

»Wem gehört das Auto?«, fragte ich.

»Oh! Ich glaube, es ist Blaines Auto. Er ist ein Freund von Percy, Dianas Ehemann. Ich hätte gedacht, er kommt morgen Abend zur Party. Er muss wohl etwas früher angekommen sein.«

Mein Blick verengte sich und ich presste meine Lippen zusammen. Der Idiot, der mich fast umgebracht hätte, würde also auf dieser Party sein. Wenn ich wollte, könnte ich aus Rache etwas in sein Essen mischen. Vielleicht würden ihm ein paar Schokoladen-Abführmittel in seinem Dessert eine Lektion erteilen.

Ich schüttelte den Kopf. Ich war nicht so rachsüchtig, aber es war verlockend.

»Magst du das Auto nicht?«, fragte Rupert, als ich nicht antwortete.

»Oh! Entschuldigung, meine Gedanken waren woanders. Es ist ein tolles Auto. Für meinen Geschmack allerdings etwas protzig.« Ich warf dem Auto einen weiteren bösen Blick zu und nickte zufrieden, als Meatball eines der Räder anpinkelte.

»Bist du sicher, dass es dir gut genug geht, um zu arbeiten?« Rupert stellte das beschädigte Fahrrad in den Schuppen und schloss die Tür.

»Natürlich. Es braucht mehr, um mich von der Küche fernzuhalten. Ich muss gehen. Danke, dass du mir mit dem Fahrrad geholfen hast.« Wir verabschiedeten uns und ich hinkte davon.

Ich brachte Meatball in seinen Zwinger außerhalb der Küche und nahm seinen und auch meinen Helm ab, bevor ich in die Küche ging.

Ich streifte meine Jacke ab, hängte die Fahrradhelme auf und ging hinein, um mich zu waschen, bevor ich einen entspannten Backnachmittag begann.

Mir fiel die Kinnlade herunter und ich blieb stehen.

In der Mitte der Küche stand mit einem selbstzufriedenen Gesichtsausdruck der tätowierte Mann, der sich geweigert hatte, mir zu helfen.

Kapitel 2

»Sie!« Ich stapfte zu dem Mann hinüber, der in der Küche stand und aussah, als würde ihm das Haus gehören, und zeigte mit dem Finger auf ihn. »Sie haben mir gesagt, dass Sie nicht zum Schloss fahren. Sie haben gesagt, Sie kommen zu spät zu einem Termin und konnten mir deshalb nach meinem Unfall nicht helfen.«

Der Mann überragte mich, ein verschmitztes Lächeln kroch über sein Gesicht. »Oh, das stimmt. Sie sind das Dienstmädchen, das im Straßengraben war, als ich vorbeigefahren bin.«

»Zunächst einmal bin ich kein Dienstmädchen, ich bin Bäckerin in dieser Küche, und zwar eine ausgezeichnete. Und zweitens war ich im Straßengraben, weil ich fast überfahren worden wäre. Ich war verletzt und Sie haben mir nicht geholfen. Warum haben Sie gelogen?«

Er zuckte mit den Schultern. »Ich wollte mein Auto nicht mit Ihrem kaputten Fahrrad schmutzig machen. Ich habe es gerade erst gründlich reinigen lassen. Außerdem hatten Sie Schlamm und Blut auf Ihrer Kleidung. Was Sie übrigens immer noch haben. In diesem Zustand sollten Sie nicht in der Küche sein.«

»Ich war verletzt! Normalerweise sehe ich nicht so aus.«

»Und habe ich einen haarigen Köter bei Ihnen gesehen? Das Ding kommt definitiv nicht in mein Auto.«

Ich funkelte ihn an. »Sie sind ein echter Mistkerl. Jeder anständige Mensch hätte seine Hilfe angeboten.«

»Vielleicht bin ich kein anständiger Mensch.«

»Was machen Sie überhaupt in dieser Küche? Sie arbeiten hier nicht.«

»Was ist los?« Chef Heston kam herüber. »Lorcan, gibt es ein Problem?«

Der Blick des Typen glitt zu mir. »Kann sein. Arbeitet sie wirklich in Ihrer Küche?«

Chef Heston funkelte mich an, bevor er nickte. »Das tut sie. Das ist Holly Holmes. Warum fragen Sie?«

»Ich bin mir nicht sicher, ob sie einen guten Einfluss hat. Vielleicht sollte sie nicht hier sein, während ich hier arbeite.«

»Sie ... arbeiten in dieser Küche?« Ich schüttelte den Kopf. »Bitte sagen Sie mir nicht, dass Sie hier einen Job angenommen haben.«

Chef Heston packte mich am Arm und führte mich weg. »Natürlich hat er das nicht. Wissen Sie nicht, wer das ist?«

»Er ist ein egoistischer, unhöflicher Mann, der mir nicht geholfen hat, als ich vom Fahrrad gefallen bin. Oder ich sollte besser sagen: als ich von jemandem in den Straßengraben gedrängt wurde.«

Chef Heston saugte Luft durch seine Zähne. »Haben Sie das Fahrrad wieder beschädigt?«

»Das Fahrrad! Machen Sie sich bloß keine Gedanken darüber, ob es mir gut geht.«

Sein Blick glitt über mich. »Sie scheinen in Ordnung zu sein. Holly, das ist Lorcan Blaze.«

Mein Kopf wirbelte herum und ich starrte Lorcan an. Natürlich erkannte ich ihn jetzt. Er war der

Ansprechpartner, wenn es um Kuchen für Stars und Prominente ging. Ich hatte sein Bild in zahlreichen Zeitschriften gesehen.

»Was macht er hier?«, fragte ich.

»Er wurde beauftragt, die Torte für die Jubiläumsfeier zu liefern. Wir sollten uns geehrt fühlen, dass er unsere Küche benutzt.«

Mein Blick glitt wieder in Lorcans Richtung. Er grinste immer noch, wahrscheinlich begeistert, dass ich gerügt wurde. Ich fühlte mich nicht geehrt, dass er hier war. »Lorcan hätte mir helfen sollen, nachdem ich vom Fahrrad gefallen war.«

»Ich bin sicher, er hatte Größeres im Sinn, als Ihnen nach Ihrem kleinen Sturz zu helfen.«

»Es war mehr als nur ein kleiner ...«

»Es reicht!« Chef Heston hob einen Finger. »Sie werden mit Lorcan auskommen, während er in dieser Küche arbeitet. Es ist wichtig, dass die Party reibungslos verläuft.«

»Wie wäre es, wenn ich ihm einfach aus dem Weg gehe, solange er mir aus dem Weg geht?«

Seine Augen verengten sich. »Machen Sie keinen Ärger. Lorcan ist ein Meister in dem, was er tut. Von ihm können wir alle etwas lernen.«

Es gab so viele unhöfliche Dinge, die ich sagen wollte, aber ich presste meine Lippen zusammen und nickte einfach. Es hatte keinen Sinn, sich bei Chef Heston unbeliebt zu machen. Er war Lorcan Blazes Fanboy Nummer Eins und nichts, was ich sagen konnte, würde seine Meinung ändern.

»Ich bin froh, dass wir uns verstehen.« Er ließ meinen Arm los. »Zeigen Sie sich von Ihrer besten Seite. Und ziehen Sie sich um, bevor Sie mit der Arbeit anfangen.

Lorcan hat recht, diese Kleidung sollten nicht in einer Küche sein. Und Sie haben Schlamm auf Ihrer Wange.«

»Ja, Chef.« Ich funkelte Lorcan an und er grinste zurück, als ich aus der Küche und in meine Wohnung stürmte. Ich warf meine schlammige, zerrissene Kleidung in den Wäschekorb, bevor ich die Schnitte an meinem Knie und Schienbein wusch, um sicherzustellen, dass keine Steinchen mehr in den Wunden waren.

Nachdem ich meine Verletzungen verbunden und eine saubere Uniform angezogen hatte, ging ich zurück in die Küche.

Meine schlechte Laune, die verflogen war, kehrte sofort zurück. Lorcan hatte seine Ausrüstung in dem Bereich aufgestellt, in dem ich gerne backte. Die Oberfläche war mit Tabletts, Spritzbeuteln und Kuchendekorationen bedeckt und in der Mitte der Theke stand ein riesiger Tortenständer.

Bevor ich die Gelegenheit hatte, hinüberzugehen und ihn zu konfrontieren, stand Chef Heston vor mir. »Erinnern Sie sich an das, was ich gesagt habe, Holly. Bestes Benehmen.«

»Aber ... Aber er ist in meinem Bereich. Wo soll ich die Kuchen für das Café backen?«

»Wie Sie sehen können, ist das eine große Küche mit vielen Vorbereitungsbereichen. Gehen Sie für ein paar Tage woanders hin. Es wird Ihnen nicht schaden.«

»Aber in meinem Bereich weiß ich, wo alles ist.«

Seine Augen verengten sich. »Hören Sie auf, mir Ärger zu bereiten. Bei der anstehenden Jubiläumsfeier ist einiges los. Ich brauche nichts, das mich ablenkt. Bald werden Hunderte Gäste eintreffen.«

Bevor ich noch weiter protestieren konnte, öffnete sich die Küchentür.

Prinzessin Alice eilte zu mir. »Ich habe gerade die Nachricht von deinem Unfall gehört. Ist alles in Ordnung?«

»Mir geht es gut«, murmelte ich.

»Und dein armes Fahrrad. Ich habe gehört, es wurde alles verdreht.«

Chef Heston stieß einen wütenden Seufzer aus. »Holly!«

»Es war nicht meine Schuld«, sagte ich.

»Rupert hat gesagt, jemand hat dich von der Straße gedrängt«, sagte Alice. »Wie schrecklich.«

»Das war es.« Ich fühlte mich ein bisschen besser, jetzt, wo sich jemand Sorgen um mich machte.

Alice tätschelte meinen Arm. »Du armes Ding. Da ich gerade hier bin, hast du noch einen dieser Cupcakes mit der leckeren Vanillecreme-Topping? Ich bin am Verhungern. Ich hatte zu Mittag nur einen Salat. Ich habe dieses Kleid, das ich für die Jubiläumsfeier tragen soll, aber es ist zu eng. Glaubst du, ich könnte zwei Kilos in vierundzwanzig Stunden abnehmen?«

So viel dazu, dass sie sich vergewissern wollte, dass es mir gut ging. Alice wollte nur Kuchen! »Wahrscheinlich nicht, wenn du meine Cupcakes mit Vanillecreme isst.«

Lorcan schlenderte hinüber und sein Blick glitt über Alice. Sein Lächeln wurde räuberisch.

Ich trat vor sie. Ich wollte nicht, dass er in die Nähe von jemandem kommt, der so süß wie Alice war.

Chef Heston schob mich zur Seite. »Lorcan Blaze, ich möchte Ihnen Prinzessin Alice Audley vorstellen.«

»Bezaubernd, da bin ich mir sicher.« Lorcan verbeugte sich, ergriff Alices Hand und küsste sie auf den Handrücken.

»Güte! Sie lassen nichts anbrennen.« Alice drückte ihre andere Hand auf ihre Brust, während sie kicherte.

Ich rollte mit den Augen und schnalzte mit der Zunge.

Lorcan richtete sich auf und funkelte mich an. »Seit ich angekommen bin, haben mehrere Leute gesagt, dass man Sie im Auge behalten sollte. Sie denken, Sie sind ein echter Star in der Küche.«

»Und sie haben recht«, sagte ich. Auf keinen Fall würde ich mich von Lorcan einschüchtern lassen.

»Holly ist die allerbeste Bäckerin«, sagte Alice. »Sie macht die wunderbarsten Kuchen. Sie sind wie schöne Kunstwerke. Und sie schmecken göttlich. Die Leute fragen immer, welche Kuchen Holly gebacken hat. Sie ist eine Bereicherung für das Schloss. Meinen Sie nicht auch, Chef Heston?«

Er grunzte. »Sie leistet gute Arbeit, wenn sie sich konzentriert.«

Lorcans Oberlippe kräuselte sich. »Wenn Sie so gut sind, warum machen wir dann nicht einen Wettbewerb?«

Ich schluckte. »Einen Wettbewerb? Was meinen Sie damit?«

»Mein Dessert. Wir können es zu einer Herausforderung machen. Der beste Kuchen gewinnt.«

»Gewinnt was?«, fragte ich.

»Sie lassen mich in Ruhe.« Lorcans Lächeln war alles andere als freundlich.

Chef Heston räusperte sich. »Meine Mitarbeiter haben keine Zeit, sich auf so etwas einzulassen.«

Lorcan tat seinen Kommentar mit einer Handbewegung ab. »Es wird nicht lange dauern. Wir legen sechs verschiedene Kuchen aus und ich werde sie alle probieren. Ich habe einen feinen Gaumen. Ich wurde in Paris ausgebildet. Ich kann immer schmecken, wenn etwas zu süß ist oder billige Zutaten verwendet wurden.«

»Wir verwenden in der Schlossküche nie billige Zutaten«, sagte ich. »Nur das Beste für die Familie und Besucher.«

»Wenn das der Fall ist, wird es Ihnen nichts ausmachen, Ihre eigenen Kreationen auf die Probe zu stellen. Die Prinzessin scheint Sie für etwas Besonderes zu halten.«

»Holly ist etwas ganz Besonderes.« Alice tätschelte wieder meinen Arm. »Herausforderung angenommen!«

»Warte! Dem habe ich nicht zugestimmt«, sagte ich.

Alice beugte sich zu mir, bis ihr Mund an meinem Ohr war. »Du wirst ihn schlagen. Deine Leckereien sind viel schmackhafter als die von allen anderen.«

»Dann haben wir einen Deal.« Lorcan klatschte in die Hände.

»Wir müssen das fair gestalten«, sagte Chef Heston. »Sie werden das Essen, das Sie zubereitet haben, vom Sehen erkennen. Sie könnten voreingenommen sein, auch wenn es unbewusst ist.«

»Sie meinen, ich würde schummeln?« Lorcan blickte Chef Heston finster an.

»Absolut nicht. Ich kann mir nicht vorstellen, dass Sie sich unfair verhalten würden.«

»Ich schon«, murmelte ich.

»Lassen Sie uns das zu einer Blindverkostung machen. Andere Sinne werden immer geschärft, wenn Sie nicht sehen können, was Sie essen. Auf diese Weise wissen Sie nicht, was Sie in den Mund nehmen«, sagte Chef Heston. »Und Sie beide machen mit. Sie probieren jeweils die angebotenen Desserts und wählen Ihre Favoriten aus.«

»Damit habe ich kein Problem«, sagte Lorcan. »Ich bin zuversichtlich, dass ich mein Essen auswählen werde. Das wird am leckersten.«

»Er ist sehr selbstsicher«, flüsterte Alice mir zu.

Das war er. Aber auch bei meinen Desserts war ich mir sicher. Lorcan hat vielleicht in Paris gelernt, aber ich habe Jahre damit verbracht, meine Kuchen, Kekse und süßen Leckereien zu perfektionieren. Ich hatte sogar eine Zeit lang ein erfolgreiches Café betrieben, bis eine Discount-Kaffeekette in das Dorf gezogen war und mir meine Einnahmen gestohlen hatte. Ich wusste, wie man schöne, köstliche Desserts zubereitet, die die Sinne beeindrucken. Und ich wollte wirklich dieses selbstgefällige Lächeln von Lorcan Blazes Gesicht wischen.

»Wählen Sie drei ähnliche Desserts aus«, sagte Chef Heston. »Etwas auf Schokoladenbasis wäre gut. Wir haben mehrere Sorten im Café, und ich weiß, dass Holly diese kürzlich gebacken hat.«

»Brownies, Biskuitkuchen und Torte«, sagte Lorcan. »Die habe ich alle in meiner Auswahl.«

»Perfekt«, sagte Chef Heston. »Damit können wir mithalten.«

Die nächsten paar Minuten waren ein geschäftiges Treiben, während die Leute herumeilten und die verschiedenen Schokoladendesserts einsammelten.

Eine kleine Menge hatte sich versammelt, um den Wettbewerb zu sehen, als alles ausgelegt war.

Mein Magen kitzelte vor Nervosität. Ich musste Lorcan schlagen. Ich konnte dieses selbstzufriedene Ego nicht über mich ergehen lassen. Ich glaubte, jeder bekommt, was er verdient. Und Lorcans schlechte Manieren mir gegenüber brachten mich fast dazu, ihn in den Hintern zu beißen.

Nachdem die Desserts von Chef Heston angerichtet worden waren, drehte er Lorcan und mich vom Tisch weg. »Ich werde sie in einer bestimmten Reihenfolge anordnen, aber ich möchte nicht, dass Sie es sehen, damit es keinen unfairen Vorteil gibt.«

»Ich brauche keine Hilfe bei der Auswahl meiner eigenen Desserts«, sagte Lorcan. Trotzdem drehte er dem Tisch den Rücken zu, bevor Chef Heston die Desserts neu anordnete, sodass keiner von uns erkennen konnte, in welcher Reihenfolge sie sich befanden.

»Binden Sie sich diese Tücher um die Augen, damit Sie beim Essen nichts sehen können.« Chef Heston reichte jedem von uns ein sauberes weißes Tuch. »Lorcan, als unser Gast dürfen Sie zuerst.«

Ich hörte ihm zu, wie er kaute und vor sich hin murmelte, während er die angebotenen Leckereien probierte.

»Der erste Brownie ist perfekt, der zweite Schokobiskuit stammt von mir und die erste Schokoladentorte wurde von mir gemacht. Der Rest war nichts Besonderes«, sagte er. »Ich kann absolut garantieren, dass die von mir ausgewählten meine sind.«

Die versammelte Menge murmelte. War das ein gutes Murmeln? Hatte er richtig geraten? Ich versuchte, nicht in Panik zu geraten. Ich schaffe das. Ich kannte meine Desserts.

»Danke, Lorcan«, sagte Chef Heston. »Holly, jetzt sind Sie dran.« Er führte mich zum Tisch.

Mir wurde eine Gabel in die Hand gegeben. Ich nahm einen Bissen vom ersten Dessert. Es hatte die Konsistenz eines reichhaltigen Schokoladenbrownies. Die Schokolade war cremig mit einem Hauch von Karamell. Das musste meins sein.

Ich probierte die zweite Brownie-Option. Sie war gut, aber die Schokolade war ein bisschen bitter. Das war Lorcans.

Ich ging zur zweiten Kuchenauswahl über. Das waren die Biskuitkuchen. Der erste war großartig. Leicht und gleichmäßig gebacken, aber er hatte nicht viel Geschmack. Man schmeckte einen Schuss Schokolade und das war es.

Sobald ich den zweiten Biskuitkuchen probierte, wusste ich, dass er meiner war. Die Schokolade verweilte und machte Lust auf mehr.

Die letzten Optionen waren die Schokoladentörtchen. Ich biss in das erste. Wow! Erstaunliche Aromen. Ich würde das überall wiedererkennen. Ich hatte mehrere Wochen damit verbracht, dieses Rezept zu perfektionieren und es im Café auszuprobieren. Es war das Lieblingsdessert unserer Touristen und es war immer eines der ersten Dinge, die ausverkauft waren.

Ich trat vom Tisch weg und senkte meine Gabel.

»Wie lautet Ihr Urteil, Holly?« Chef Heston klang gespannt auf meine Antwort.

»Ich stimme Lorcan zu.«

»Ha! Sehen Sie. Meine Desserts sind hervorragend«, sagte Lorcan.

Ich senkte die Augenbinde und blinzelte Chef Heston an.

Er blickte von Lorcan zu mir und räusperte sich. »Sie beide haben Hollys Desserts zu Ihren Favoriten gewählt.«

»Was? Das ist nicht möglich.« Lorcan beugte sich über den Tisch und starrte auf die Desserts. »Nein, Sie irren sich.«

»Es gab keinen Fehler«, sagte Chef Heston. »Sie haben Hollys Desserts ausgesucht.«

Lorcans Nasenflügel bebten. »Ich habe eine falsche Aussage gemacht.«

»Alle haben Sie gehört.« Chef Heston deutete auf die Zuschauermenge.

»Nein! Ich machte einen Fehler.«

»Sie machen Fehler?« Ich konnte mir nicht helfen. Er hatte meine Desserts in einem fairen Wettbewerb ausgewählt.

»Ich ... Ich muss wohl einen gemacht haben.« Lorcan wischte sich mit der Hand übers Gesicht. »Ich würde niemals Ihr Essen meinem vorziehen.«

»Trotzdem haben Sie es getan«, sagte Alice, als sie meine Schulter drückte.

Chef Heston nickte und ein Schimmer von Stolz erfüllte seinen Blick. »Herzlichen Glückwunsch, Holly.«

Lorcan runzelte die Stirn. »Ich wollte ihre Desserts nicht auswählen. Sie waren nur durchschnittlich.«

»Sie lügen!«, sagte Alice. »Hollys Desserts sind die besten.«

Ich ergriff ihren Arm und schüttelte den Kopf. Es hatte keinen Sinn, gegen Lorcan anzugehen. Er war ein Mann, der so überheblich war, dass er bereit war, zu lügen, um zu beweisen, dass er recht hatte.

Lorcan funkelte mich an. »Wenn ich Ihr Chef wäre, würde ich dafür sorgen, dass Sie das Essen in Zukunft servieren und nicht backen. Es ist sehr vergessenswert.«

Jetzt reichte es. Ich hatte genug von seiner Unhöflichkeit. Ich machte einen Schritt auf ihn zu, aber Chef Heston griff ein und versperrte mir den Weg. »Lady Philippa braucht ihren Nachmittagstee. Holly, bringen Sie ihn zu ihr.«

Ich blinzelte und das wütende Aufflackern von Rot verblasste, als mir klar wurde, dass ich beinahe etwas getan hätte, was ich wahrscheinlich bereut hätte. Obwohl es so befriedigend gewesen wäre, einen von

Lorcans Kuchen in sein selbstgefälliges Gesicht zu quetschen ...

»Ja! Lass uns Nachmittagstee mit Granny trinken«, sagte Alice. »Wir können einige dieser leckeren Kuchen mitnehmen. Und deine Vanillecreme-Cupcakes. Ich träume schon von ihnen, seit ich diesen langweiligen Salat beim Mittagessen hinuntergewürgt habe.«

Chef Heston führte mich vom Tisch weg und außer Hörweite von Lorcan. »Nehmen Sie sich den Rest des Nachmittags frei. Es sieht so aus, als ob Sie und Lorcan nicht ganz auf einer Wellenlänge liegen. Wir wollen unseren Superstar lieber nicht verärgern.«

»Es kam nur zum Streit, weil er kein netter Mann ist«, sagte ich.

»Er ist vielleicht kein netter Mann, aber er ist hier, um einen sehr wichtigen Job für die Familie Audley zu erledigen.«

»Das heißt, er wird zu allen unhöflich sein?« Ich schüttelte den Kopf. »Und was noch schlimmer ist, er hat uns angelogen.«

Chef Heston verzog den Mund zur Seite. »Das Wichtigste ist, dass Sie und ich wissen, dass er gelogen hat. Ihre Desserts waren eindeutig der Gewinner. Das sind sie immer.«

Mein Kopf zuckte zurück. »Denken Sie das wirklich?«

»Sie wissen, dass Sie ausgezeichnet sind in dem, was Sie tun. Haschen Sie nicht nach Komplimenten. Und wenn Sie Ihren Job behalten wollen, bringen Sie Tee und Kuchen zu Lady Philippa und kommen Sie wieder runter. Ich will nichts mehr von Streitigkeiten zwischen Ihnen und Lorcan hören.«

Dazu müsste ich Lorcan aus dem Weg gehen. Schon sein bloßer Anblick ließ mein Blut kochen und meine Finger verkrampften. »Schon gut. Ich kann das machen.«

Ich sammelte das Tablett mit dem Teezubehör und Kuchen ein und eilte mit Alice an meiner Seite aus der Küche.

»Dieser betrügerische Koch sieht gut aus, aber ich halte nicht viel von seiner Persönlichkeit«, sagte Alice.

»Ich auch nicht«, sagte ich. »Und du hast das Schlimmste noch gar nicht gehört.« Ich erzählte ihr kurz, was unterwegs passiert war und wie Lorcan sich geweigert hatte, mir zu helfen.

Sie rümpfte ihre Nase und streckte ihre Zunge heraus. »Was für ein Scheusal! Ich werde seine Torte auf der Party nicht anrühren, um dich zu unterstützen. Tatsächlich werde ich einige deiner Desserts mitnehmen und sie mit den anderen essen. Wenn er nicht zum Hochzeitstag von Diana und Percy ins Schloss eingeladen worden wäre, würde ich darauf bestehen, dass er wieder geht.«

»Ich wünschte, das könntest du. Ihn zu treffen hat mir den Tag verdorben.«

»Hier, nimm das. Das wird dich aufheitern.« Alice stopfte mir einen Cupcake in den Mund. »Jetzt lass uns nach Granny und ihren Geistern sehen.«

Kapitel 3

Alice ging mir auf dem Weg zu Lady Philippas Gemächern voraus, die sich im imposanten Ostturm des Schlosses befanden.

Ich kaute auf dem Fudge-Brownie-Cupcake herum, den sie mir in den Mund gestopft hatte, und vermied es, dem, was wie körperloses Flüstern im Schatten klang, Beachtung zu schenken. Schließlich gab es keine Geister.

»Granny, wir sind es nur«, rief Alice. »Ich habe Holly und Kuchen mitgebracht.«

»Wie aufregend!«, sagte Lady Philippa aus ihrem Hauptwohnzimmer.

Alice stieß die Tür auf und ich folgte mit dem Teetablett in meinen Händen.

Meine Augenbrauen schossen hoch, als ich das enge grell-orange, grüne und pinkfarbene Lycra-Outfit sah, das Lady Philippa trug.

»Ich habe schon immer gesagt, Pink ist deine Farbe.« Alice drückte ihrer Großmutter einen Kuss auf die Wange.

Lady Philippa zupfte am Saum ihres Ganzkörperanzugs. »Ich dachte, es würde bequemer sein, aber die Rückseite dieses Dings rutscht immer weiter nach oben. Ich werde bis zum Ende des Tages aufgescheuert sein. Und ich dachte, es sollte Schweiß absorbieren. Ich bin mir nicht sicher, ob Lycra etwas für mich ist.«

»Holly trägt viel Lycra.« Alice ließ sich in den weichen roten Samtsessel am Fenster fallen. »Sie probiert immer wieder irgendeine Sportart aus. Ich werde müde, wenn ich sie nur ansehe.«

»Hast du irgendwelche Tipps, um das Ding komfortabler zu machen?« Lady Philippa zupfte am Zwickel ihres Anzugs. »Ich habe sogar etwas Talk in die Hose geschüttelt, aber sie reibt immer noch an meinen Oberschenkeln.«

Ich biss mir auf die Lippe und konzentrierte mich darauf, den Tee und die Kuchen anzurichten. »Ich bevorzuge bequeme Trainingshosen und übergroße T-Shirts gegenüber Lycra. Ich war noch nie ein Fan davon. Es verzeiht der Figur nicht viel.«

»Ich würde sagen«, sagte Lady Philippa, »es zeigt alle Beulen und Unebenheiten. Ich bin gleich wieder da. Ich muss mich in etwas viel Versöhnlicheres verwandeln, wenn ich den ganzen Kuchen essen soll.« Sie eilte in ihr Schlafzimmer und kehrte wenige Augenblicke später in einem bodenlangen grünen Seidenkimono zurück. »Das ist so viel besser. Alles ist frei. Meine wackeligen Teile dürfen sich bewegen, wie es die Natur vorgesehen hat.« Sie schnappte sich einen großen Fudge-Brownie-Cupcake, als sie sich auf ihrem eigenen Platz niederließ.

»Komm, setz dich.« Alice klopfte auf den Stuhl neben sich. »Sei nicht so förmlich. Es sind doch nur wir.«

Ich gesellte mich zu ihnen und schenkte den Tee ein.

»Morgen kommen schon alle zur Jubiläumsfeier«, sagte Alice. »Es wird so laut sein. Und Caroline hört nie auf zu reden.«

»Ich freue mich darauf, sie alle zu sehen.« Lady Philippa beugte sich näher zu mir. »Und ausnahmsweise darf ich mein Gefängnis verlassen. Wir müssen für den Rest der Familie einen guten Auftritt hinlegen.«

»Du kennst die Regeln. Du kannst rauskommen, wenn du dich von deiner besten Seite zeigst«, sagte Alice, nicht die Spur eines Witzes in ihrer Stimme. »Und wenn du die Leute nicht mit deinen wilden Theorien erschrickst und auf all die Geister im Schloss hinweist.«

»Die Geister werden die Party nicht stören«, sagte Lady Philippa. »Sie mögen Geschwätz und Lärm nicht. Ich schätze, die meisten von ihnen werden hier oben bleiben. Sie bleiben gern im Turm, weil ich mit ihnen rede.«

»Das ist besser so«, sagte Alice. »Henrietta braucht keine Ausrede, um die Party zu verlassen. Ich weiß, dass sie Angst davor hat. Als ich an ihrer Tür vorbeikam, hörte ich sie in ihrem Zimmer weinen. Ich klopfte, um zu sehen, ob ich ihr helfen könnte, aber sie tat so, als wäre sie nicht da.«

»Arme süße Henrietta.« Lady Philippa schüttelte ihren Kopf. »Das älteste Mädchen und immer noch nicht verheiratet. Zu meiner Zeit hätten die anderen nicht heiraten dürfen, bis sie einen passenden Ehemann gefunden hätte.«

Alice brach in Gelächter aus. »Das ist nicht wahr.«

»Das ist es absolut. Die Ältesten zuerst, bevor die anderen vorgestellt werden und sich einen Mann suchen können.«

Alice lachte, als sie etwas Kuchen aß. »Henrietta ist Single, weil sie ihre Buchfreunde echten Männern vorzieht. Obwohl ich die Art und Weise, wie Jane Austen über Mr. Darcy schreibt, verstehen kann. Ich habe noch nie jemanden wie ihn getroffen.«

»Ich fand ihn immer etwas mürrisch«, sagte Lady Philippa. »Ich brauche einen Mann, der mich so sehr zum Lachen bringen kann, dass mir der Bauch weh tut. Henrietta würde davon profitieren, wenn sie ihre Nase aus einem Buch herausholt und die Welt um sie herum betrachtet. Sie macht jede Menge Spaß.«

Alice seufzte. »Sieht so aus, als hätte sie sich, so wie ich, mit dem Leben als alte Jungfer abgefunden.«

»Du bist keine alte Jungfer«, sagte Lady Philippa. »Du bist noch nicht einmal dreißig. Ich werde dich noch verheiraten. Vergiss deine vergangenen Verpflichtungen. Diese Männer waren nicht die richtigen für dich.«

Alices blaue Augen funkelten. »Siehst du das in meiner Zukunft, Granny? Ist mein zukünftiger Mann sehr gutaussehend? Besitzt er eine große Yacht?«

»Das Aussehen und die großen Boote sind nicht wichtig. Einen Mann zu finden, der dich verehrt, dich zum Lächeln bringt und dir jeden Tag sagt, wie umwerfend und unglaublich du bist, ist das, was du willst.«

Selbst ich musste darüber seufzen und ich war keine hoffnungslose Romantikerin.

»Also, wann siehst du mich verheiratet?«, fragte Alice.

»Noch nicht. Aber ich werde es dir sagen, wenn die Zeit reif ist.« Lady Philippa klopfte auf das Notizbuch neben sich. »Ich habe gehört, dass Mary es nicht geschafft hat, zu kommen.«

Alice berührte mein Knie. »Mary ist eine Abenteurerin. Sie reist um die Welt, um zu fotografieren. Sie ist ausgezeichnet darin. Sie hat sogar mehrere Galerien, die ihre Arbeiten präsentieren, und ist oft die Hauptattraktion bei verschiedenen Fotoveranstaltungen. Meine Cousine ist talentiert. Ich wünschte, ich könnte einen guten Schnappschuss machen. Meine Bilder wirken immer unscharf.«

»Das liegt daran, dass du immer herumhüpfst«, sagte Lady Philippa. »Aber du hast recht mit Mary. Sie weiß, wie man das Abenteuer sucht.«

»Sie hat vor nichts Angst«, sagte Alice. »Einschließlich der Tatsache, dass es ihr egal ist, was andere über sie denken. Es lässt sie ein bisschen ... Ich bin mir nicht sicher, wie ich sie beschreiben soll.«

»Sie ist eigensinnig und hat keine Angst, einem zu sagen, was sie denkt«, sagte Lady Philippa. »Sie unterhält mich bestens, wenn sie in meiner Nähe ist. Wenn sie bis zum Ende einer gesellschaftlichen Veranstaltung nicht alle im Raum verärgert hat, denkt sie, dass sie versagt hat. Aber ich bin ziemlich froh, dass sie nicht hier ist, um Dianas und Percys Jubiläumsessen zu verderben.«

»Wir wollen kein Drama«, sagte Alice. »Einfach nur jede Menge Spaß. Und natürlich jede Menge leckeres Essen. Was hast du für die Party gemacht, Holly?«

»Nichts. Ich bleibe beim Café-Essen«, sagte ich. »Am besten gehe ich dem Party-Essen aus dem Weg.«

»Du möchtest nicht für die Veranstaltung backen?«, fragte Lady Philippa.

»Holly hat sich einen Feind gemacht.« Alice wackelte mit den Augenbrauen. »Kannst du das glauben?«

»Einen Feind? Wer würde unsere Holly nicht mögen?«

»Der Bäcker, der die Jubiläumstorte backt«, sagte Alice. »Lorcan Blaze. Es war so lustig! Sie machten einen Geschmackstest und er war sich so sicher, dass er gewinnen würde. Holly hat ihn mit ihren Desserts umgehauen. Lorcan war wütend. Sein Gesicht war knallrot. Ich dachte, Dampf würde ihm aus den Ohren kommen.«

Lady Philippa kicherte, als sie mehr Kuchen aß. »Ich bezweifle nicht, dass dein Essen seines schlagen würde. Mein Rat: Geh ihm aus dem Weg. Er klingt wie ein schlechter Verlierer. Du brauchst niemanden in deinem Leben, der dir die Dinge schwer macht.«

»Da kann ich nur zustimmen«, sagte ich. »Und wo wir gerade von schwierigen Menschen sprechen, kennt einer von euch Percys Freund Blaine? Er fährt einen knallroten Sportwagen.«

»Das könnte man so sagen«, sagte Alice. »Wenn es ein Wort gibt, um Blaine Masters zu beschreiben, dann ist es Igitt. Er ist ein Angeber, ein Langweiler und ein Frauenheld. Als wir uns das letzte Mal bei einer gesellschaftlichen Veranstaltung getroffen haben, hat er versucht, mich in die Besenkammer zu locken, damit er sich mit mir austoben kann.«

Lady Philippa schnaubte fast Tee aus ihrer Nase. »Hast du ihn gelassen? Sieht er schrecklich gut aus?«

»Oh, er ist hübsch genug. Er hat diesen klassischen dunklen gemeißelten Look. Er ist auch sehr groß und ich liebe große Männer. Aber sein Aussehen wird von seiner schrecklichen Persönlichkeit zunichte gemacht. Er behauptet immer, etwas Erstaunliches getan zu haben oder bei der neuesten Veranstaltung gewesen zu sein. Er liebt es, an den richtigen Orten gesehen zu werden.«

Lady Philippa schnappte sich das Notizbuch vom Nebentisch. »Hast du Blaine Masters gesagt?«

»Habe ich«, sagte Alice.

Lady Philippa strich mit dem Finger über die Seite ihres Notizbuchs. »Wir müssen uns nicht mehr lange um ihn sorgen. Er wird bald tot sein.«

Mein Mund klappte auf.

Alice kicherte. »Schenk ihr keine Aufmerksamkeit, Holly. Das ist nur eine von Grannys lustigen Vorhersagen.«

»Dass jemand stirbt, ist nicht lustig«, sagte ich.

Alice schürzte ihre Lippen. »Wird er wirklich sterben?«

»Oh ja, es steht in meinem Buch«, sagte Lady Philippa. »Ich hatte es vergessen, bis du seinen Namen gesagt hast und es mein Gedächtnis aufgerüttelt hat.«

»Was wird mit ihm passieren?«, fragte ich.

»Ich habe die Einzelheiten seines Ablebens nicht erfahren«, sagte Lady Philippa. »Es klingt, als wäre es kein Verlust, wenn er nicht mehr bei uns ist.«

»Granny! Es ist schrecklich, so etwas zu sagen«, sagte Alice. »Obwohl er furchtbar schmuddelig ist. Die Art, wie er einen ansieht – als würde er dich mit seinen Augen ausziehen. Egal, wie viele Schichten ich anhabe, ich habe immer das Gefühl, dass er genau weiß, was unter meiner Kleidung ist. Es ist höchst beunruhigend.«

»Lady Philippa, wenn Sie sicher sind, dass er sterben wird, müssen wir ihn warnen«, sagte ich. »Verhindern, dass es passiert.«

»Wie können wir das tun, wenn wir nicht wissen, was mit ihm passieren wird?«, sagte Alice. »Er könnte überfahren werden, an einer Olive ersticken, von einem Ziegelstein auf seinen Kopf getroffen werden oder eine Giftschlange könnte ihn beißen. Wir müssten ihn in eine Bettdecke wickeln und in einem Raum verstecken, um sicherzustellen, dass er nicht stirbt.«

»Dann könnte er in der Bettdecke ersticken«, sagte Lady Philippa.

»Wir sollten es ihm trotzdem sagen«, sagte ich. »Sicherstellen, dass er weiß, dass er vorsichtig sein muss, wenn er fährt, oder dass er nicht zu viel trinkt.

Wir müssen alles tun, was wir können, um ihn zu beschützen.«

»Hm, ich weiß nicht. Es wäre eine unangenehme Unterhaltung«, sagte Alice. »Blaine, du wirst sterben. Wir wissen nicht wie, wann, wo oder warum, aber bring deine Angelegenheiten in Ordnung. Viel Glück.«

»So müsste es nicht sein. Du kennst ihn«, sagte ich. »Du könntest etwas sagen. Vielleicht könntest du sagen, dass du ein Gefühl hattest und sicherstellen musst, dass er in Sicherheit ist.«

Alice verzog das Gesicht. »Ich würde nicht im Traum daran denken, Blaine so etwas zu sagen. Er würde es missinterpretieren und denken, ich wollte in sein Schlafzimmer und dummen Spaß mit ihm haben. Das wird niemals passieren. Blaine Masters muss für sich selbst sorgen.«

Aus dem Schlafzimmer kam ein schrilles, hektisches Kreischen. Horatio sauste hinaus und warf einen Blick über seine Schulter, während er auf Lady Philippa zuraste.

»Was ist los?« Sie griff nach unten und hob den übergewichtigen Corgi auf ihren Schoß, wo er zitternd saß. »Spielen die Geister wieder verrückt?«

Alice tauschte einen amüsierten Blick mit mir aus. »Sie ziehen Horatio immer auf. Aber es ist auch eine gute Sache. Dieser faule alte Hund würde nicht aus dem Bett aufstehen, wenn die Geister ihn nicht mit ihren eisigen Fingern anstupsen würden.«

Ich warf einen Blick auf die Schlafzimmertür. Ich wollte hinüberrennen und sie schließen, in der Hoffnung, es würde alles, was darin war, von uns fernhalten.

»Ich verstehe, dass du kein Fan von Blaine bist«, sagte ich, »aber vielleicht könntest du ihn auf der Party im

Auge behalten, nur um sicherzugehen, dass er sich nicht in Schwierigkeiten bringt. Wenn wir hier einen Todesfall verhindern können, ist das eine gute Sache.«

»Auch wenn es Blaine Masters ist?« Alice zog eine Augenbraue hoch.

»Er ist vielleicht kein netter Kerl, aber ich möchte nicht, dass er tot ist.« Ich zögerte. Er hätte mich fast überfahren. Vielleicht war es Karma, um ihm einen letzten Tritt in den Hintern zu versetzen. »Pass morgen Nacht auf ihn auf. Du musst nichts sagen. Es könnte alles sein, was wir brauchen, um sicherzustellen, dass er in Sicherheit ist.«

Lady Philippa fütterte Horatio mit einem Stück Kuchen, das er in zwei geräuschvollen Bissen verschlang. »Meine Vorhersagen sind nie falsch. Nichts, was du tust, wird die Situation ändern.«

»Du liegst oft falsch«, sagte Alice. »Du hast vorausgesagt, dass es ein sonniger Tag an meinem Geburtstag werden würde. Es hat ununterbrochen geregnet.«

»Meine wichtigen Vorhersagen sind immer richtig«, sagte Lady Philippa.

»Das Wetter an meinem Geburtstag war von entscheidender Bedeutung«, sagte Alice. »Ich habe den ganzen Tag draußen geplant. Ein Picknick, Bootfahren auf dem See, Cricket auf dem Rasen. Es war alles ruiniert. Holly, mach dir nichts aus Grannys Vorhersagen. Ich bin sicher, sie denkt sich das meiste aus.«

Lady Philippa hob eine Augenbraue, als sie mich anstarrte. »Holly kann sich ihre eigene Meinung bilden. Wir verstehen uns.«

Ich zuckte zusammen, als die Schlafzimmertür zuschlug. »Ich sollte besser gehen.« Ich stand auf, meine

Nerven klirrten. Die Geister, an die ich nicht glaubte, hatten mich verabschiedet.

»Du kannst gerne bleiben«, sagte Lady Philippa. »Aber wir werden nur über langweilige Familiensachen sprechen. Hauptsächlich die Party und ob ich mit meinem gänseblümchengelben Trainingsanzug davonkomme.«

»Wag es ja nicht, das zu tragen. Diana würde beschämt sein«, sagte Alice.

»Das könnte ziemlich lustig werden. Ich würde im Mittelpunkt stehen.«

Alice brach in Gekicher aus. »Wir sollten beide Trainingsanzüge tragen. Diana würde es hassen und ich könnte so viel Kuchen essen, wie ich möchte, und mir keine Sorgen machen, mich in mein Kleid zwängen zu müssen.«

»Danke für den Tee und den Kuchen«, sagte ich. Ich wollte Horatio den Kopf streicheln, aber er knurrte mich an.

»Achte nicht auf ihn«, sagte Lady Philippa. »Er bekommt immer schlechte Laune, wenn er von den Geistern erschreckt wird.«

Ich nickte Alice zum Abschied zu, bevor ich aus dem Türmchen eilte und die lange, gewundene Steintreppe hinuntereilte.

Obwohl Alice mir sagte, ich solle Lady Philippas Warnung vor Blaines Tod ignorieren, hatte ich das Gefühl, dass ich etwas tun musste. Wenn er in Gefahr war, konnte ich vielleicht helfen. Gab es eine Möglichkeit, Blaine zu warnen, ohne verrückt auszusehen und meinen Job zu verlieren, wenn es sich herumsprach, dass ich Leuten den Tod ins Ohr flüsterte?

Ich betrat die Haupthalle des Schlosses und wurde langsamer. Campbell und Saracen hatten Dienst und standen vor dem Eingang zu den privaten Familienräumen.

Es waren keine Besucher in der Nähe, also riskierte ich, hinüberzugehen, obwohl sie Dienst hatten und ich sie nicht stören sollte.

»Hallo, Saracen. Ich habe eine neue Sorte Kekse gebacken, die Sie ausprobieren können.«

Sein Blick glitt zu Campbell, der sich nicht bewegt hatte. »Das hört sich gut an. Obwohl die letzten, die Sie mir gegeben haben, großartig waren.«

Seit ich von Saracens Diabetes erfahren hatte, testete ich Alternativen zu den Keksen und Kuchen, von denen er früher zu viel gegessen hatte. Es war ein Glücksfall, aber ich hatte Erfolg mit Keksen, die mit Früchten gesüßt waren und sehr dunkle Schokolade mit niedrigem Zuckergehalt verwendeten.

»Diese sind mit Datteln gesüßt und ich habe verschiedene Arten von Nüssen probiert. Walnüsse scheinen am besten zu funktionieren. Ich muss Ihnen ein paar bringen.«

Campbell grunzte und schnippte mit den Fingern in meine Richtung.

Ich legte meinen Kopf schief und funkelte ihn an. »Muss ich verstehen, was diese Geste bedeutet?«

»Das bedeutet, dass wir arbeiten«, murmelte er.

»Das bedeutet, dass er eifersüchtig ist, weil Sie ihm keine besonderen Kekse machen«, grinste Saracen.

»Keine Ablenkungen. Wir sind bei der Arbeit.«

»Es ist niemand da«, sagte ich. »Es ist sicher erlaubt, ein paar Nettigkeiten auszutauschen.«

Campbell machte die gleiche Geste mit seiner Hand.

Saracen zog sein Schultern zurück und nickte mir zu. »Ich freue mich darauf, Ihre Kekse zu probieren, Holly.«

»Gerne«, sagte ich. »Aber nichts für Sie, Campbell. Ich bin nur freundlich.«

Er antwortete, indem er seine Hände hinter seinem Rücken verschränkte.

Bah! Heute war nicht mein Tag, um mit Menschen zu interagieren. Ich war froh, dass ich den Rest des Nachmittags freihatte, damit ich mich nicht mit jemand anderem messen konnte.

Ich drehte mich um und ging davon. Für den Rest des Tages kuschelte ich mich auf meiner Couch zusammen, schaute Serien und kuschelte mit Meatball, während ich zu viel Pekannusstorte und Eiscreme aß. Das war alles an Gesellschaft und Unterhaltung, das ich brauchte, um glücklich zu sein.

❧ ☙

Ich richtete mich in meinem Bett auf und riss meine Schlafmaske herunter.

Meatball wimmerte und sprang auf das Bett, bevor er meine Hand leckte.

Meine Sinne waren in höchster Alarmbereitschaft, aber ich fand nicht heraus, was mich geweckt hatte. Ich sah mich in der Dunkelheit meines Schlafzimmers um. Alles fühlte sich still und friedlich an.

Ich zuckte zusammen, als ein Klopfen an meiner Haustür zu hören war, und sah nach der Uhrzeit. Es war vier Uhr morgens! Wer versuchte zu dieser Zeit, in meine Wohnung einzudringen?

Ich schlurfte aus dem Bett, stopfte meine Füße in meine Hausschuhe und schnappte mir meinen Bademantel, bevor ich zur Haustür eilte. Bevor ich sie öffnete, spähte ich aus dem Fenster neben der Tür. Chef

Heston stand draußen, die Faust erhoben, bereit, erneut gegen die Tür zu schlagen.

Ich machte sie auf. »Ist alles in Ordnung?«

»Gut, Sie sind wach. Ich klopfe schon seit Ewigkeiten. Wir haben ein Problem.« Er fuhr mit einer Hand über sein Gesicht, sein Haar stand in ungebürsteten Spitzen ab.

»Stimmt etwas mit der Küche nicht? Hat es gebrannt?«

»Nichts dergleichen. Die Küche ist in Ordnung.« Er rieb sich mit den Fingern die Stirn.

»Was ist es dann?« Ich straffte meinen Bademantel um meine Taille. Die Anspannung, die Chef Heston ausstrahlte, machte mich nervös.

»Es ist Lorcan. Er hat eine Lebensmittelvergiftung.«

»Oh! Das tut mir leid.« Eigentlich tat es einem kleinen Teil von mir überhaupt nicht leid. Ich könnte keinem idealeren Kandidaten eine Lebensmittelvergiftung wünschen.

»Mir auch. Wenn Lorcan krank ist, kann er die Torte für die Jubiläumsfeier nicht fertig backen.«

»Wahrscheinlich nicht. Eine Lebensmittelvergiftung setzt einem richtig zu.«

»Deshalb werden Sie helfen.«

Ich trat einen Schritt zurück. »Ich soll die Jubiläumstorte backen?«

»Sie sind die Beste, die ich habe, Holly. Ich brauche Sie. Ziehen Sie sich an. Wir müssen sofort anfangen zu backen.«

Kapitel 4

Ich trank meine vierte Tasse Kaffee aus und unterdrückte ein Gähnen. Jetzt gerade lief ich auf Koffein und ein klein wenig Angst. Ich hatte in den vergangenen vier Stunden zusammen mit Chef Heston hektisch gebacken, Zuckerguss geschlagen und Kuchendekorationen geübt.

Das frühmorgendliche Küchenpersonal war um sechs Uhr eingetroffen und alle waren überrascht, uns dort zu sehen.

Chef Heston hatte sie mit Knurren und scharfen Bemerkungen gewarnt, wenn jemand es wagte, zu fragen, was wir da machten.

Trotz einiger Angst vor der engen Zusammenarbeit mit Chef Heston war es gut gelaufen. Er konzentrierte sich darauf, die ersten fünf Schichten der siebenschichtigen himmelhohen Torte für die Party herzustellen, und ich konzentrierte mich auf die Dekoration und die letzten beiden Schichten.

Sally und Louise, zwei talentierte Mitglieder des Küchenteams, schlichen sich in dem Moment, in dem Heston verschwand, um weitere Zutaten aus dem Küchenladen zu holen, zu mir herüber.

»Du siehst beschäftigt aus«, sagte Sally. »Woran arbeitest du?«

Ich trat einen Schritt zurück und betrachtete die Dutzenden von gelben und weißen Blumendekorationen, an denen ich gearbeitet hatte. »Diese kommen auf den Boden, auf dem die Jubiläumstorte sitzt.«

»Sie sehen umwerfend aus.« Louise nickte und lächelte. »Du machst jetzt die Partytorte? Das ist beeindruckend.«

Ich stieß einen Atemzug aus. »Jawohl. Sieben Schichten Torte. Die ersten beiden Schichten haben ein kompliziertes Design aus goldenen und schwarzen Linien, dann sind die nächsten drei Schichten mit Gold gepunktet und die oberen beiden Schichten werden mit goldenem Glitzer übergossen.«

Sally rümpfte die Nase. »Zu viel Gold und zu wenig Füllung für meinen Geschmack. Woraus bestehen die Schichten?«

»Aus sieben verschiedenen Sorten. Jede Schicht wird einzigartig sein.«

»Typisch«, sagte Louise. »Warum können sie sich nicht mit einem köstlichen Biskuitkuchen zufriedengeben und es dabei belassen?«

Ich grinste. »Wo liegt darin die Herausforderung?«

»Los, lass bei uns das Wasser im Mund zusammenlaufen. Was ist in jeder Schicht?«, fragte Sally.

»Unten haben wir Obstkuchen, dann Battenberg, Zitrone, klassischer Victoria-Biskuit, Schokolade, Kirsche und schließlich Vanille und Himbeere.«

»Ich habe gerade fünf Kilo zugenommen, als du über die Torte gesprochen hast.« Sally sah sich in der Küche um. »Ich dachte, Lorcan backt die Torte für die Party. Wo ist er?«

»Er hat sich letzte Nacht eine Lebensmittelvergiftung geholt«, sagte ich. »Wir mussten ganz von vorne anfangen, nur für den Fall, dass ihm wegen der Torte schlecht geworden ist.«

»Als er gestern hier war, hat er eine Menge roher Zutaten verkostet«, sagte Sally. »Ich habe zweimal gesehen, wie er den Löffel abgeleckt hat. Vielleicht waren die Eier schlecht.«

Louise grinste. »Geschieht ihm recht. Ich konnte es nicht glauben, als er dich wegen deines Essens herausforderte und dann so tat, als hätte er einen Fehler gemacht. Da wusste ich, dass er der Falsche war.«

Ich stellte meinen Spritzbeutel ab und zuckte mit den Schultern, froh, ein paar Minuten Pause zu haben. »Seine Sachen waren gut. Ich hätte dafür Geld bezahlt.«

»Aber sie konnten es nicht mit deinen aufnehmen«, sagte Louise. »Wir alle wissen das. Und jetzt darfst du die Partytorte backen. Das wird dir eine enorme Aufmerksamkeit verschaffen. Und hast du den Parkplatz gesehen? Er ist voll mit Bentleys, Limousinen und Jaguars. Die Großen und sagenhaft Reichen werden heute Abend auf der Party sein. Wenn sie erfahren, dass du diese großartige Torte gemacht hast, bekommst du vielleicht Aufträge. Stell dir das vor. Du könntest für andere einflussreiche Familien backen oder erstklassig um die Welt geschickt werden, um Brownies und Cupcakes für Könige zu zaubern. Was für ein Traum.«

Ich neigte meinen Kopf, als ich über die Idee nachdachte. Ich lehnte den Gedanken nicht ab, aber ich liebte, was ich im Schloss tat. »Ich muss das hier richtig machen, bevor so etwas passieren kann. Wenn ich die Schichten auf dieser Torte uneben mache und sie zusammenfällt, wird niemand wollen, dass ich ihnen Toast mache, geschweige denn irgendetwas Ausgefallenes.«

Sally tätschelte meinen Arm. »Viel Glück. Nicht, dass du es brauchst. Ich muss weiter. Ich muss mich um zweihundert Wurstbrötchen kümmern.«

»Ich auch, obwohl ich Schäldienst habe.« Louise verzog das Gesicht, bevor sie beide davoneilten.

Chef Heston kam mit gerunzelter Stirn und seinem Handy in der Hand herüber. »Wenn Lorcan mir noch eine unhöfliche Nachricht darüber schickt, wie die Dinge laufen, explodiere ich.«

Ich sah mir die SMS auf seinem Handy an. *Schicken Sie mir Bilder. Wie lange haben Sie den Biskuit geschlagen? Denken Sie daran, große Eier für die Fruchtbasis zu verwenden.*

Chef Heston löschte die Nachricht. »Er benimmt sich, als hätte ich keine Ahnung, wie man einen einfachen Kuchen macht.«

»Das ist sein Kuchenbaby«, sagte ich. »Er will, dass es gut läuft.«

»Er verlor das Privileg, seine Nase hineinzustecken, als er krank wurde.« Chef Heston schüttelte den Kopf. »Trotzdem muss ich mich nicht mehr um seine anspruchsvollen Botschaften kümmern. Ich habe ihm Ihre Nummer gegeben und ihm gesagt, dass Sie das Sagen haben.«

Ich sackte gegen die Theke. »Aber das habe ich nicht! Ich möchte nicht, dass er mich stört, während ich den Rest der Dekoration mache.«

»Geht mir ebenso. Und Sie sind jetzt sowieso an der Reihe. Ich habe die fünf Basen gemacht. Sie müssen nur die letzten beiden fertigstellen und die Dekorationen hinzufügen.«

»All die Blumen, die Paspeln und den Glitzer?« Meine Hand wanderte zu meinem Bauch.

Er schlug mir auf die Schulter. »Genau. Es wird nicht mehr als ein paar Stunden Arbeit sein.«

»Ein paar Stunden! Das würde normalerweise Tage dauern.«

»Ich kenne Sie, Holly. Sie können einer Herausforderung nicht widerstehen.«

»Was ist mit dem Rest meiner Pflichten in der Küche?«

»Ich habe sie unter den anderen Mitarbeitern aufgeteilt, die sich darum kümmern. Ihre einzige Aufgabe ist es, diese Torte richtig hinzubekommen.« Er zog sein Handy wieder hervor. »Hier sind einige Nahaufnahmen des fertigen Produkts. Ich schicke sie Ihnen.«

Ich überprüfte mein Telefon, als die Nachrichten mit den Anhängen eingingen. Ich öffnete einen und betrachtete die wunderschöne gold-weiße Torte. Es wäre eine Herausforderung, aber ich könnte es schaffen.

»Wie geht es Lorcan? Wenn er diese Nachrichten sendet, muss es ihm besser gehen«, sagte ich.

»Er kotzt wie ein Reiher.« Chef Heston verzog das Gesicht. »Ich habe jemanden hochgeschickt, um zu sehen, wie es ihm geht und ob er etwas zu essen haben möchte. Er schrie ihn an und warf ihm einen Schuh an den Kopf. Ich riskiere nicht, andere Mitarbeiter zu ihm zu schicken, bis er lernt, sich anständig zu benehmen.« Er schritt davon und grummelte vor sich hin.

Ich drehte mich um und betrachtete die halbfertige Torte. Aufregung brodelte in mir ebenso wie eine ordentliche Portion Nervosität. Wenn ich das richtig machte, wäre das eine große Auszeichnung. Aber wenn ich es falsch machen würde ... Ich schüttelte den Kopf. Nein, so sollte ich nicht denken. Der größte Teil der Torte war fertig, ich musste nur die einfachen kleinen Biskuitstücke backen und die Dekorationen fertigstellen.

Plötzlich wurde die Küchentür aufgerissen. Ein großer Mann mit dunklem, welligem Haar und einem warmen Lächeln kam mit einer hübschen Blondine herein, die ich aufgrund ihrer Haarfarbe sofort als eine Audley erkannte.

Sie sahen sich beide in der Küche um, als würden sie versuchen, jemanden zu finden.

Ich wischte meine Hände an einem Tuch ab, bevor ich hinüberging. »Kann ich Ihnen helfen?«

»Das hoffe ich doch«, sagte die Frau. »Ich wollte sehen, wie es meiner Torte geht. Ist sie schon fertig?«

»Oh, Sie müssen Lady Diana sein?«

Sie warf mir ein Lächeln zu. »Das ist richtig. Und das ist mein Mann, Percy Phipps. Ich bin so aufgeregt, meine Hochzeitstorte wieder zum Leben erweckt zu sehen. Es war so ein freudvoller Tag, nicht wahr, Liebling?«

Percy nickte. »Es war ein sehr freudvoller Tag.«

»Und wir wollen alles neu machen, einschließlich meiner Torte. Ich suche Lorcan. Ich hatte gehofft, er wäre fast fertig, damit ich einen ersten Blick darauf bekommen könnte«, sagte Lady Diana.

Ich warf einen Blick über meine Schulter, konnte aber Chef Heston nicht sehen. »Es tut mir leid, Ihnen die schlechte Nachricht überbringen zu müssen, aber Lorcan wurde letzte Nacht krank.«

Lady Dianas Augen füllten sich mit Tränen und sie drehte sich zu ihren Ehemann. »Wir müssen eine Torte haben. Percy, tu etwas.«

»Oh, keine Sorge, wir haben einen Alternativplan«, sagte ich. »Ich habe mit dem Schlosskoch zusammengearbeitet. Er ist ausgezeichnet in dem, was er tut. Wir haben eine neue Torte für Sie gebacken.«

»Eine neue Torte?« Lady Diana schniefte und ihr Blick glitt zu mir. »Sie und ein unbekannter Koch backen meine kostbare Jubiläumstorte? Ich weiß nicht, ob ich dem zustimme. Das ist das erste Mal, dass ich von diesen ungeplanten Änderungen höre.«

»Ich bin sicher, sie wird wunderbar.« Percy legte einen Arm um die Schultern seiner Frau. »Was auch immer Sie so kurzfristig machen können, wird geschätzt.«

Lady Diana schüttelte den Kopf. »Ich wollte unsere Torte. Lorcan Blaze hat unsere Hochzeitstorte gemacht, und ich wollte, dass er unsere Jubiläumstorte macht. Mir ist wichtig, dass alles perfekt ist.«

»Ich werde es so perfekt wie möglich machen«, sagte ich. »Kommen Sie und sehen Sie, was wir bisher gemacht haben. Einiges kann man sogar schmecken. Wir haben genau nach dem Rezept gearbeitet, das Lorcan bereitgestellt hat, und haben Dutzende Bilder von Ihrer eigentlichen Hochzeitstorte, um sicherzustellen, dass sie so ähnlich wie möglich aussieht.«

»Ich will nicht ähnlich, ich will die gleiche«, sagte Lady Diana.

Jeden Moment würde sie mit dem Fuß aufstampfen und schmollen.

»Schauen wir sie uns doch an«, sagte Percy. »Wir könnten überrascht sein.«

»Ich hoffe, das werden Sie sein. Bitte kommen Sie hier entlang. Sie ist noch nicht fertig und wir müssen noch zwei weitere Schichten fertigstellen, aber die meisten Dekorationen sind fertig. Sobald die letzten Schichten gebacken sind, müssen sie abkühlen, dann kann ich alles zusammensetzen.«

»Es hört sich an, als hätten Sie hart gearbeitet«, sagte Percy. »Danke, dass Sie sich so für uns eingesetzt haben. Es tut mir leid, ich kenne Ihren Namen nicht.«

»Es ist mir ein Vergnügen«, sagte ich. »Ich bin Holly Holmes.«

»Für wen haben Sie gebacken?«, fragte Lady Diana.

»Ich habe früher ein Café in Audley St. Mary betrieben, also haben die meisten Dorfbewohner mein Essen probiert. Ich habe mich auf Desserts spezialisiert.«

»Ein Café! Sie haben noch nie Kuchen für berühmte Persönlichkeiten gebacken?«

»Wenn es etwas zählt: ich liefere der Familie Audley täglich Kuchen.«

Lady Dianas Nase hob sich in die Luft. »Ich nehme an, es zählt etwas. Hervorragend, lassen Sie uns einen Blick darauf werfen, was Sie getan haben.«

Nervosität durchfuhr mich, als ich sie zu dem Tisch führte, wo meine Dekoration ausgelegt war und die fünf Lagen Kuchen darauf warteten, gestapelt, glasiert und dekoriert zu werden.

»Darf ich?« Percy deutete auf die Blumendekoration auf dem Tisch.

»Ja! Probieren Sie ruhig. Ich mache immer mehr für den Fall, dass beim Zusammenstellen des Kuchens einige kaputtgehen«, sagte ich.

Percy hob eine gelbe Blumendekoration hoch und betrachtete sie. »Ihre Liebe zum Detail ist bemerkenswert. Und das haben Sie allein gemacht?«

»Die meisten Dekorationen. Ich mache das gerne«, sagte ich.

»Schau dir das an, Liebling.« Er hielt Lady Diana die Blume hin.

»Ich nehme an, es sieht so ähnlich aus wie auf unserer Hochzeitstorte. Glauben Sie, dass unsere Gäste den Unterschied bemerken werden?«

»Sie werden zu sehr damit beschäftigt sein, Champagner zu trinken und zu tanzen, um sich um die Torte zu kümmern. Du warst diejenige, die wieder die Hochzeitstorte haben wollte. Ich hätte mich über alles Leckere gefreut.«

Lady Diana seufzte. »Du tust so, als wäre dir unsere Jubiläumsfeier egal.«

»Du weißt, dass das nicht stimmt. Ich möchte, dass du glücklich bist.«

»Wenn Sie Vorschläge oder Änderungswünsche haben, bevor ich die Torte zusammenstelle, lassen Sie es mich bitte wissen.« Ich zückte mein Handy und öffnete ein Bild der Torte. »Darauf arbeite ich hin. Es wird genau so aussehen.«

Lady Diana starrte auf das Bild. »Ich möchte einfach nicht, dass irgendjemand etwas Schlechtes über unsere Party sagt. Was, wenn die Leute erfahren, dass Lorcan unsere Torte nicht gebacken hat?«

»Alles, was zählt, ist, dass wir uns amüsieren«, sagte Percy. »Darum geht es hier und nicht, unseren Freunden und unserer Familie zu gefallen.«

»Blaine wird die Dinge nur aufwirbeln, wenn er weiß, dass etwas schiefgelaufen ist.«

»Blaine Masters?« Der Name schoss aus meinem Mund, bevor ich mich stoppen konnte.

»Das ist richtig. Kennen Sie Blaine?« Lady Diana sah skeptisch aus.

»Nun, ich würde nicht sagen, dass ich ihn kenne. Wir haben uns getroffen.«

Sie kicherte. »Jede Frau kennt Blaine. Er ist der unverschämteste Frauenheld der Welt.«

»Ach nein! So kenne ich ihn nicht«, sagte ich. »Wir trafen uns auf dem Weg zum Schloss. Seine ... unberechenbare Fahrweise erregte meine Aufmerksamkeit.«

Percy schüttelte den Kopf. »Typisch Blaine. Er muss immer mit dem schnellsten Auto gesehen werden.«

»Ich wette, er hatte eine Frau bei sich«, sagte Lady Diana.

»Das hatte er«, sagte ich. »Ich sah ihr langes dunkles Haar, als sie an mir vorbeifuhren.«

»Ich habe nur einer Begleitung zugestimmt, weil er bei gesellschaftlichen Anlässen gerne ein hübsches kleines Ding am Arm hat.« Lady Diana schüttelte den Kopf. »Blaine muss erwachsen werden und sich niederlassen. Percy war ein wildes Kind, als wir uns das erste Mal trafen, aber ich habe ihn bald gezähmt.«

Percy schürzte die Lippen und räusperte sich. »Das würde ich nicht sagen, meine Liebe.«

»Du warst immer unterwegs und hast getrunken und herumgealbert. Erst als du mich kennengelernt hast, hast du gemerkt, wie wunderbar es ist, eine Partnerin zu haben.«

Er sah mich an und rückte seinen Kragen zurecht. »Ihre Arbeit an unserer Torte ist ausgezeichnet. Vielen Dank. Ich bin sicher, sie wird köstlich. Ich freue mich darauf, heute Abend mehrere Stücke zu essen.«

»Ein Stück«, sagte Lady Diana. »Ich muss auf deine Taille achten. Du bist schon eine Hosengröße breiter geworden, seit wir geheiratet haben.«

»Lass uns spazieren gehen, ja? Es hört sich so an, als müsste ich ein paar Kalorien verbrennen.« Percy verabschiedete sich, bevor er Lady Diana aus der Küche führte.

Meine anfängliche Aufregung über das Backen der Torte war während dieses Gesprächs verflogen. Lady Diana war nicht beeindruckt, dass ich ihre Torte backte. Na gut. Ich war keine große Bäckerin mit einem weltweiten Ruf für exzellente Kuchen und Torten, aber ich kannte mich mit Rezepten aus.

Ich wandte mich wieder dem Tresen zu und betrachtete meine Aufgabenliste. Ich hatte alles im Griff. Alles, was ich tun musste, war, den Schritten zu folgen, und ich würde Perfektion erschaffen. Ich würde Lady Diana damit umhauen, wie großartig meine Torte war. Sie würde sogar noch besser werden als das ursprüngliche Meisterwerk von Lorcan Blaze.

Ich setzte mich auf die Bank neben der Schlossmauer in der Nähe der Küchentür und schloss meine Augen, legte meinen Kopf in den Nacken und genoss das Gefühl der warmen Spätnachmittagssonne auf meiner Haut.

Meatball saß neben mir und kaute auf einem Milchknochen, während ich eine fünfminütige Pause von der hektischen Aktivität in der Küche einlegte.

Meine Augen brannten, mein Hals fühlte sich verkrampft an und meine Armmuskeln taten weh von all dem Schlagen von Kuchenteig und Zuckerguss. Aber die Himmelstorte kam zusammen. Zwölf Stunden hatte ich daran gearbeitet!

Chefkoch Heston war hin und her gesprungen, um zu helfen, aber seine Aufmerksamkeit galt der Leitung des Rests der Küche. Doch ich konnte ein Licht am Ende dieses süßen, herausfordernden Tunnels aus Biskuit, Obstkuchen und Battenberg sehen.

»Verzeihung. Ich glaube, ich habe mich verlaufen.«

Ich öffnete meine Augen und entdeckte einen stämmigen rothaarigen Mann, der vor mir stand. Er trug beigen Tweed und ein rosafarbenes Hemd, das die Röte seiner Wangen betonte.

»Wonach suchen Sie?«, fragte ich. »Dieser Bereich ist für Schlossbesucher uninteressant.«

»Ich bin kein Tourist«, sagte er. »Ich bin zu Gast auf der Jubiläumsfeier. Ich bin James Postle. Seit einer halben Stunde laufe ich herum und versuche, den Bio-Obstgarten zu finden. Diana hat mir gesagt, wo er ist, aber ich bin mir nicht sicher, ob ihre Wegbeschreibung richtig war. Ich ging aus dem Schloss, bog nach links ab und dann wieder nach links, dann ging alles schief. Ich landete bei einigen Komposthaufen und Lagerschuppen. Am Ende verfolgte ich meine Schritte zurück, bis ich das Schloss wiederfand, und dachte, wenn ich mich an die Wand halte, würde ich den richtigen Ort finden. Das ist definitiv kein Bio-Obstgarten.«

Meatball streckte den Kopf über den Tisch, während er den Besucher begutachtete.

»Sie sind etwa eine halbe Meile in die falsche Richtung«, sagte ich.

»Ach, so ist das.« James spähte auf Meatball hinunter. »Ist das Ihr Hund?«

»Das ist er. Er ist freundlich, wenn Sie ihn streicheln wollen.«

Meatball wedelte mit dem Schwanz, und seine Ohren wurden spitzt. »Wuff, wuff.«

»Was für ein hübscher Kerl.« James schritt um die Bank herum und rieb Meatballs Fell, sehr zu dessen wahnsinniger Freude.

Ich grinste, als ich sie beim Spielen beobachtete. »Ich nehme an, Sie mögen Hunde?«

»Ich liebe sie. Ich habe sechs Setter zu Hause. Ich konnte sie nicht mitnehmen. Sie sind absolut durchgeknallt, voller Energie und immer unterwegs. Ich gehe jeden Tag drei Stunden mit ihnen spazieren. Ich verehre sie. So schlaue Tiere. Dieser sieht aus, als wäre er auch schlau.«

»Meatball ist einzigartig«, sagte ich.

»Meatball! Was für ein lustiger Name. Er ist wie ein kleines rundes Fass voller Freude.«

Meatball plumpste auf seine Seite und entblößte seinen Bauch für mehr Streicheleinheiten, womit James ihn belohnte.

»Woher kennen Sie das glückliche Paar?«, fragte ich.

»Ich war Percys Trauzeuge bei ihrer Hochzeit«, sagte James. »Wir sind zusammen aufgewachsen. Wir gingen auf die gleiche Schule und waren immer eng befreundet. Ich war begeistert, als er mich bat, Trauzeuge zu sein. Ich kann nicht glauben, dass sie schon seit fünf Jahren verheiratet sind.«

»Waren es fünf glückliche Jahre?«, fragte ich.

Er fuhr sich mit der Hand durch sein kurzes rotbraunes Haar. »Es ist schwer zu beurteilen, wie gut eine Beziehung ist, wenn man sie von außen betrachtet. Percy scheint die meiste Zeit glücklich zu sein. Ich habe den Eindruck, wenn er alles tut, was Diana ihm sagt, ist das Leben gut. Wie heißt das Sprichwort? Glückliche Frau, glückliches Leben? Ich denke, das ist das Motto, nach dem er lebt.«

»Sie waren heute früh in der Küche. Ich helfe dabei, ihre Jubiläumstorte zu backen.«

»Oh! Sie backen? Wie aufregend. Ich kann nichts kochen oder backen. Das musste ich nie. Ich hatte immer Leute, die so etwas für mich tun, aber ich bin neidisch auf diejenigen, die in der Küche leckere Dinge kreieren können. Haben Sie eine Spezialität?«

»Nun, irgendetwas Süßes. Ich mache ausgezeichnete Cupcakes.«

»Ich liebe Cupcakes. Ich liebe alle Kuchen, wie Sie vielleicht bemerkt haben.« Er tätschelte seinen runden Bauch. »Ich sollte nicht übertreiben. Tatsächlich muss ich mich in Form bringen und nach einer eigenen Frau suchen. Ich bin im selben Alter wie Percy, also ist es an der Zeit, mich niederzulassen. Das Problem ist, dass die Damen sich nicht oft für rotbraune Haare und Hängebäuche entscheiden. Ich kann es selbst nicht verstehen.« Er lachte gutmütig.

»Persönlichkeit ist das Wichtigste«, sagte ich. »Aussehen verblasst. Wenn Sie ein freundliches Wesen und eine gute Art haben, wird das viele Frauen ansprechen.«

Er nickte. »Wenn das nur in meinen sozialen Kreisen so wäre. Die Damen mögen einen festen Kiefer, einen Sixpack und eine gesundes Bankkonto. Leider habe ich nur eines dieser Dinge. Ich muss mein Netz weiter auswerfen. Ich nehme an, Sie kennen keine freundlichen Single-Frauen, denen ein bisschen Würze in ihrem Leben nichts ausmacht?

»Nicht viele«, sagte ich. Meine Gedanken wanderten kurz zu Alice. Was würde sie von James halten?

»Ich nehme nicht an, dass Sie Single sind, oder? Ein hübsches Ding wie Sie, das sich in der Küche auskennt, wäre ein Fang.«

Röte stieg auf meine Wangen. »Ich bin tatsächlich Single. Ich liebe meine Arbeit ein bisschen zu sehr, um eine Beziehung am Laufen zu halten. Liebe mich, liebe mein Backen.«

Er blinzelte mehrmals. »Warum um alles in der Welt sind Sie nicht schon vor langer Zeit aus dem Regal geholt und mit einem gutaussehenden Kerl verheiratet worden?«

Ein Lachen entkam mir und mein Gesicht wurde heiß. »Sie müssen sich auf die Jubiläumsfeier freuen.«

»Es ist immer gut, das Glück eines Freundes zu feiern«, sagte er.

»Kennen Sie Blaine Masters?«

Seine Stirn legte sich in Falten, bevor er nickte. »Das tue ich. Blaine hat in der Vergangenheit einige Geschäfte mit Percy gemacht. Kennengelernt haben sie sich an der Uni. Woher kennen Sie ihn?«

»Oh, ich bin ihm hier begegnet.« Oder besser gesagt, buchstäblich angefahren.

»Ah! Er hat immer ein Auge für die hübschen Frauen.« James kicherte und sah weg.

»Er schien ein wenig ... von sich selbst überzeugt zu sein. Ich würde ihn nicht als ritterlich bezeichnen.«

James' Augen verengten sich. »Ich hoffe, er hat Sie nicht beleidigt.«

»In gewisser Weise hat er das getan.« Ich berührte sanft mein aufgeschürftes Knie. »Was denken Sie über ihn?«

James stand auf, nachdem er Meatball gestreichelt hatte, und wippte auf seinen Fersen zurück. »Ihre Beschreibung ist zutreffend. Blaine ist eingebildet. Er mag es, groß zu reden, ist aber selten ein Mann, der Taten folgen lässt. Ehrlich gesagt bin ich kein großer Fan von ihm. Ich halte mich fern, wenn wir bei Versammlungen wie dieser Party sind. Wissen Sie, er hat sogar versucht, mich feuern zu lassen.«

»Er wollte, dass Sie Ihren Job verlieren?«

James gluckste. »Nein, meine Rolle als Trauzeuge für Percy.«

»Was hat er getan?«

James sah sich um, bevor er tief Luft holte. »Wir waren alle ausgegangen, eine große Gruppe von uns, um zu feiern, dass Percy Diana gebeten hat, ihn zu heiraten. Alle waren in bester Stimmung und tranken im Überfluss. Ich hatte nur ein paar Drinks getrunken, als ich anfing, mich seltsam zu fühlen. Als Nächstes wache ich fünf Stunden später im Hotel auf. Ich bin ohnmächtig geworden. Es war demütigend.«

»Hatte Blaine etwas damit zu tun?«

»Ich kann mir nur denken, dass er es war. Obwohl ich keinen Beweis habe. Er stieg in eine Runde Getränke mit ein und wollte sichergehen, dass ich ein bestimmtes Glas bekam. Er hat etwas in das Getränk getan, das mich umgehauen hat.«

»Er hat Sie unter Drogen gesetzt! Das ist illegal.«

»Es gab nichts, was ich dagegen tun konnte. Dann hörte ich, dass Blaine Percy vorschlug, dass ich für den Job als Trauzeuge nicht geeignet sei, weil ich mit Alkohol nicht umgehen könnte.«

»Was hat Percy darüber gedacht?«

»Zu meinem Glück hat Percy die ganze Idee verworfen. Ich war froh, dass er es tat. Ich war stolz darauf, sein Trauzeuge zu sein, und ich schätzte es nicht, dass Blaine versucht hat, die Dinge zu verderben. Er ist immer so erpicht darauf, sich bei Percy einzuschmeicheln. Ich denke, er ist eher hinter seinen Verbindungen als seiner Freundschaft her, was einfach falsch ist. Man findet einen Freund, weil man eine Person mag, nicht, weil sie einem Türen öffnen kann.«

Alles, was ich über Blaine hörte, ließ mich ihn weniger und weniger mögen.

»Holly! Da bist du ja.« Rupert schlenderte durch die Küchentür, die Hände in den Hosentaschen vergraben.

»Rupert Audley! Wie zum Teufel geht es dir?« James schritt hinüber und es gab viel Schulterklopfen und Händeschütteln.

»Sehr gut, danke. Wie ich sehe, hast du unsere großartige Bäckerin Holly kennengelernt.«

»Ich habe sie gerade erst kennengelernt.« James drehte sich zu mir um und lächelte. »Sie scheint eine charmante Dame zu sein.«

Das Lächeln auf Ruperts Gesicht verschwand. »Das ist sie. Ich habe Holly kürzlich für einen Tag in eine Ziegenauffangstation mitgenommen. Wir hatten eine schöne Zeit zusammen.«

»Eine Ziegenauffangstation! Ich habe noch nie von so etwas gehört. Ist das deine Vorstellung von einem romantischen Date?« James lachte laut auf. »Möglicherweise musst du deine Vorstellungen vom Dating verbessern, alter Mann.«

Rupert kratzte sich am Hinterkopf. »Es war nicht wirklich ein Date. Oder war es das, Holly?«

Das bewegte sich für meinen Geschmack zu schnell in unangenehmes Gebiet. Ich hüpfte von meinem Sitz und h Meatball hoch. »Ich überlasse es euch, weiter zu plaudern. Ich muss eine Jubiläumstorte fertigstellen. Ich hoffe, ihr beide genießt die Party heute Abend.« Ich rannte davon, bevor ich mich weiter über mein War-es-ein-Date-oder-war-keins mit Rupert in der Ziegenauffangstation unterhalten konnte.

Ich legte Meatball in seinen Zwinger, bevor ich zurück in die Küche ging, den Abwasch machte und mich dann der Torte zuwandte.

Das war's. Ich brauchte einen letzten Schubs, um die Himmelstorte zusammenzubekommen. Alle Dekorationen waren angefertigt, die Schichten waren mit makelloser schneeweißer Glasur überzogen und jetzt musste sie gebaut werden.

Chef Heston marschierte herüber. »Bereit loszulegen?«

Ich nickte. »Bereit. Fangen wir an.«

Die nächste Stunde war eine der intensivsten Situationen, die ich je erlebt hatte. Da war nicht nur Chef Heston, der mir im Nacken saß und jede meiner Bewegungen beobachtete, während ich die Torte zusammenstellte, sondern mehrere Küchenmitarbeiter hörten auf zu arbeiten, um zuzusehen.

»Weiter mit der letzten Schicht«, sagte Chef Heston. »Es muss exakt eben sein, sonst bricht das Ganze zusammen.«

Meine Zunge stocherte zwischen meinen Zähnen, als ich die letzte Schicht Himmelstorte an Ort und Stelle brachte. Ich drückte sie vorsichtig nach unten und benutzte einen Fondantkleber, um sicherzustellen, dass sie haftete. Ich hielt sie eine ganze Minute lang und atmete kaum.

Ich trat zurück und betrachtete die Torte, suchte nach Fehlern in den Ebenen.

Chef Heston klopfte mir auf die Schulter. »Gute Arbeit, Holly. Jetzt müssen Sie sie nur noch dekorieren.«

Jeder normale Mensch würde an dieser Stelle am liebsten einfach zusammenbrechen, aber für mich war das der spaßigste Teil. Ich habe es schon immer geliebt, Gebäck zu dekorieren.

Ich wirbelte um die Torte herum, platzierte die handgefertigten Blumen um den Boden, spritzte die Farben auf und endete mit einem beeindruckenden

Regen aus essbarem Goldglitter über der Oberseite, der wie ein magischer Wasserfall an der Seite herabstürzte.

Mehrere Leute klatschten, als ich das Glitzersieb abstellte. Ich drehte mich um und grinste, als ich sah, dass meine Freunde mich anerkennend ansahen.

»Großartige Arbeit«, sagte Sally. »Ich hätte Angst, sie zu essen. Sie sieht zu gut aus, um sie mit einem Messer zu zerstören.«

»Die Gäste sollten besser alles essen«, sagte ich. »All diese Arbeit, um sie dann doch nicht anzufassen – ich wäre am Boden zerstört.«

»Sie werden nicht widerstehen können«, sagte Louise. »Und du solltest dir für diese zusätzliche Arbeit besser einen Bonus in dein Gehaltspaket holen. Ich habe gehört, der Chefkoch hat dich vor Tagesanbruch aus dem Bett gezerrt, damit das rechtzeitig fertig wird.«

Ich sah zu Chef Heston hinüber. Er überraschte mich manchmal mit kleinen Prämien, wenn ich gute Arbeit leistete.

Er hob den Kopf und begegnete meinem Blick. »Alles erledigt?«

Ich nickte. »Komm, sehen Sie sich die Torte an. Sehen Sie nach, ob ich etwas vergessen habe.«

Er ging hinüber und verbrachte quälende fünf Minuten damit, um die Torte herumzulaufen. An einem Punkt zog er sogar ein Maßband heraus und maß von unten nach oben und dann jede Schicht eine nach der anderen. Mit einem zufriedenen Grunzen legte er sein Maßband weg.

»Wenn das Lady Diana nicht glücklich macht, dann weiß ich auch nicht, was es tun wird. Stellen Sie sicher, dass Sie bereit sind, wenn es Zeit ist, die Torte auf der Party zu präsentieren.«

Mein Magen drehte sich um. »Sie wollen mich mit einbeziehen?« Chef Heston nahm oft an den Partys teil, um das unglaubliche Essen zu präsentieren, das wir servierten. Ich war noch nie von ihm eingeladen worden, ihn zu begleiten.

»Natürlich. Ihre harte Arbeit bedeutet unseren gemeinsamen Erfolg. Dafür verdienen Sie Anerkennung.« Er ging weg und summte vor sich hin.

Louise und Sally grinsten mich beide an.

»Jetzt schau dich einer an«, sagte Sally. »Der Familie und all ihren noblen Freunden präsentiert zu werden. Ich hoffe, du hast ein schönes Kleid zum Anziehen.«

Ich sah auf meine mehlbespritzte Kleidung hinunter. »Nein! Ich habe nicht einmal daran gedacht, mich umzuziehen.«

»Wisch dir wenigstens den Goldglitter aus dem Gesicht.« Louise tippte mir mit dem Daumen auf die Wange.

»Richtig! Ja, guter Plan.« Als die Torte fertig war, gab es für mich nichts mehr zu tun. Ein großer Teil von mir wollte sich ins Bett fallen lassen und eine Woche lang nicht bewegen, aber ich war gespannt, was die Gäste auf der Party von der Torte hielten.

Ich rannte zurück in meine Wohnung und brauchte eine halbe Stunde, um mich präsentabel zu machen. Ich hatte heute Morgen keine Zeit für eine Dusche gehabt, also hüpfte ich in fünf Minuten rein und wieder raus, trocknete mein Haar, bis es glatt und eben um meinen Kopf war, und trug ein wenig Make-up auf, bevor ich eine saubere Uniform anzog.

Ich betrachtete mich im Spiegel und nickte. Unter meinen Augen lag Müdigkeit, aber es hatte sich gelohnt. Ich wollte vor Stolz platzen, wie unglaublich die Torte geworden war.

Ich ging gerade zurück in die Küche, als die Torte auf einen großen silbernen Servierwagen gestellt wurde. Mir stockte der Atem, als die Torte schaukelte.

»Seien Sie vorsichtig!«, brüllte Chef Heston, als er den Umzug überwachte. »Ich werde Sie außerhalb der Burgmauern an den Ohren aufhängen lassen, wenn Sie das ruinieren.«

»Tut mir leid, Chefkoch«, sagte der Küchenassistent Johnny.

Chef Heston bemerkte mich und nickte. »Zeit zu gehen.«

Ich ging neben ihm her, mein Magen war nervös, als er die Torte zum Nordviertel und zum Speisesaal schob. Das Empfangszimmer und der große und der kleine Salon waren ausschließlich für die Jubiläumsfeier geöffnet worden.

Zwei Wachleute standen im Smoking vor der Tür des großen Salons. Heute Abend waren Kace Delaney und Mason Sloane im Dienst, die beide in ihren Outfits beeindruckend aussahen.

»Aufmachen. Wir haben die Torte für die Party«, sagte Chef Heston.

Mason nickte und beide stießen die Flügeltüren auf.

Ein Aufruhr aus Lärm, Gelächter und Musik traf mich.

»Kommen Sie mit rein?« Chef Heston warf einen Blick über seine Schulter.

Ich hatte nicht bemerkt, dass ich stehengeblieben war. Ich holte tief Luft und folgte ihm hinein, wobei ich meine Hände hinter meinem Rücken verschränkte.

Wir warteten an der Tür, bis ein Bediensteter in einem weißen Smoking und passenden Handschuhen auf uns zukam.

»Einen Moment bitte. Die Musik wird verstummen, und dann sollen Sie die Torte in der Mitte des Raumes präsentieren. Lady Diana wird sich um Sie kümmern.«

Mein Magen zog sich zusammen. Jeder würde uns sehen. »Sind Sie sicher, dass es in Ordnung ist, dass ich hier bin?«, flüsterte ich Chef Heston zu.

»Natürlich. Aber nicht reden. Schauen Sie einfach zu und es alles gut werden«, sagte er. »Genießen Sie diesen Moment, Holly. Sie haben es verdient.«

»Du bist hier!« Alice sprang herüber und legte einen Arm um meine Schultern, bevor sie mich auf die Wange küsste. Sie trug ein atemberaubendes schulterfreies bernsteinfarbenes Kleid, das ihre unglaublichen Kurven enthüllte. »Ach, Holly! Die Torte sieht fantastisch aus.«

»Danke. Ich hoffe, sie gefällt Lady Diana und Percy«, sagte ich.

»Wenn sie ihnen nicht gefällt, sind sie Idioten. Tatsächlich kann Diana manchmal eine Idiotin sein, also ignorier sie einfach, wenn sie sich über etwas beschwert.«

Die Musik hörte auf und der Bedienstete winkte uns nach vorn.

Ich ging in die Mitte des Raumes, wo sich die Menge getrennt hatte, um Platz für uns zu machen. Chef Heston blieb stehen, trat von der Torte zurück und bedeutete mir, dasselbe zu tun.

Die Menge *oh*-te und *aah*-te, als sich Lady Diana und Percy näherten.

Percy sah in seinem maßgeschneiderten schwarzen Smoking umwerfend aus. Sein dunkles Haar war ihm aus dem Gesicht gestrichen worden und das gleiche unbeschwerte Lächeln, mit dem ich ihn schon früher gesehen hatte, ließ ihn warmherzig und zugänglich aussehen.

Lady Diana sah genauso unglaublich aus. Sie trug eine glitzernde Tiara, die in die Locken auf ihrem Kopf getaucht war, und ein dramatisches dunkles Augen-Make-up, das zu ihrem nachtblauen Kleid passte.

Dreißig Sekunden lang herrschte Schweigen, und ich zählte jede einzelne, während sie die Torte betrachteten.

Lady Diana klatschte in die Hände und lächelte. »Ist sie nicht atemberaubend? Unsere Hochzeitstorte wurde wieder zum Leben erweckt, um fünf glorreiche Ehejahre zu feiern.«

Ich atmete gleichzeitig mit Chef Heston aus. Wir teilten ein kurzes Lächeln.

»Ausgezeichnete Arbeit«, sagte Percy. »Es ist, als wäre ich noch einmal an meinem Hochzeitstag.«

Die Menge applaudierte höflich.

Lady Diana streckte ihre Hand aus, ohne Chef Heston anzusehen.

Er holte ein Messer unter dem Rollwagen hervor und reichte es ihr.

»Alle, stellt sicher, dass ihr viele Bilder von uns zusammen bekommt.« Sie deutete auf Percy.

Er glitt hinter sie, umfasste ihre Taille mit seinen Armen, und sie schnitten in die unterste Schicht des Kuchens.

Es gab noch mehr Applaus und Jubel.

»Bringen Sie die Torte zum Serviertisch und bereiten Sie sie für unsere Gäste vor.« Lady Diana gab Chef Heston das Messer zurück. »Stellen Sie sicher, dass Sie uns die oberste Schicht überlassen.«

Er neigte den Kopf, bevor er die Torte zu einem Tisch rollte, der mit zarten Kanapees und gefüllten *Vol au vents* beladen war.

Ich rollte mit den Schultern, als ich ihm folgte. Wer hätte gedacht, dass es so stressig war, Torten zu präsentieren? Ich war eher ein Hinterzimmer als ein Vorderhaus, und das passte mir gut.

Chef Heston reichte mir das Messer. »Da Sie geholfen haben, Sie zu machen, warum fangen Sie nicht an, sie zu zerschneiden?«

»Danke. Das würde ich gerne tun.« Ich machte mich daran, die Tortenschichten zu zerlegen, bevor ich Stücke von Obstkuchen, Zitronenschwamm und Schokoladenkuchen abschnitt. Die Gäste schlenderten bald hinüber, um sich ein Stück zu schnappen.

Die Herzogin kam mit einem Glas Champagner in der Hand herüber. Sie sah unglaublich aus in einem austernrosa Kleid, das sich kräuselte, wenn sie sich bewegte. »Ich bewundere deine Fähigkeiten im Kuchenbacken, Holly. Ich hatte Diana heute fast eine Stunde in Tränen aufgelöst in meinem Zimmer, weil sie befürchtete, die Torte würde nicht gut genug sein. Ich habe ihr alles über deine brillanten Backkünste erzählt. Und wie ich selbst sehen kann, hast du uns stolz gemacht.«

»Es war eine gemeinsame Anstrengung«, sagte ich. »Chef Heston hat die meisten Kuchen gemacht. Ich habe mich auf die Dekoration konzentriert.«

»Natürlich. Unser brillanter Koch.« Sie lächelte Chef Heston strahlend an, der ein paar Schritte entfernt stand. »Danke euch beiden. Ich versuche immer, meine Töchter glücklich zu machen, aber Diana war schon immer so genau mit allem. Sie muss einfach immer alles haben. Manchmal denke ich, ich habe sie verwöhnt, als sie jung war. Aber du willst deine Kinder immer verwöhnen, nicht wahr?«

Bei Meatball war ich genauso, also verstand ich es. »Möchtest du ein Stück Kuchen?«

»Ich nehme bitte zwei Stück Zitrone. Ich habe meinen Mann aus den Augen verloren. Zweifellos studiert er irgendwo im Schloss ein Ölgemälde und versucht sich zu erinnern, um welchen Verwandten es sich handelt. Vielleicht kann ich ihn mit dem Versprechen von Kuchen zurück zur Party locken.«

Ich reichte ihr zwei große Stücke, bevor ich mehr Kuchen für die eifrigen Partygäste schnitt.

»Blaine! Wir müssen Kuchen haben.« Eine schrille Frauenstimme erregte meine Aufmerksamkeit, ebenso wie der Name, den sie sagte.

Ich sah mich im Raum um und entdeckte eine auffallend aussehende Frau mit langem, pechschwarzem Haar. Sie näherte sich dem Tisch und hielt Händchen mit einem Mann. Das musste Blaine Masters sein.

Das war vielleicht die einzige Chance, die ich hatte, um ihn vor der tödlichen Bedrohung zu warnen, aber wie konnte ich das tun, ohne dass er dachte, ich hätte den Verstand verloren?

»Ich dachte, du würdest heute Abend nichts essen«, sagte Blaine. Sein Blick wanderte über die Torte, bevor er wegsah.

»Ich habe den ganzen Tag nichts gegessen, nur um ein Stück Kuchen zu essen«, sagte die Frau.

»Lila, du wirst deine Figur ruinieren«, sagte Blaine.

Sie schlug ihm auf den Arm, eine winzige Falte verunstaltete ihre ansonsten makellose Stirn. »Ich werde meine Figur nicht ruinieren. Du wirst mich immer noch lieben, wenn ich Kuchen esse, nicht wahr?«

»Zucker lässt die Haut altern«, sagte Blaine.

»Ein Stück Kuchen wird kein Problem sein.« Ich drücke ihr ein großes Stück Obstkuchen auf einem weißen Porzellanteller in die Hand. »Und dieser Kuchen besteht hauptsächlich aus Obst, also alles aus natürlichem Zucker. Daran ist nichts auszusetzen.«

Blaine grunzte, als er einen Schluck Champagner nahm.

»Irgendwas für Sie, Sir?« Ich fragte.

»Ich bin keine Naschkatze. Ich weiß nicht, warum alle so von Kuchen besessen sind.«

»Das ist göttlich.« Lila hielt Blaine ein Stück hin. »Du musst es probieren.«

»Nein danke«, sagte er. »Schau mal, da ist Quentin. Ich muss mit ihm über einen Geschäftsvorschlag sprechen.«

Ich musste etwas sagen, bevor ich meine Gelegenheit verpasste. »Seien Sie heute Nacht vorsichtig«, platzte ich heraus.

Blaine sah mich an. »Vorsichtig wobei?«

»Seien Sie bloß vorsichtig. Haben Sie viel Spaß, aber seien Sie vorsichtig.«

Er schnaubte ein Lachen. »Haben Sie zu viel Champagner getrunken?«

»Nein! Es ist nur manchmal so, dass die Leute bei solchen Veranstaltungen etwas zu viel trinken.«

»Bleiben Sie beim Schneiden des Kuchens, Serviermädchen. Sagen Sie mir nicht, was ich tun soll. Komm schon, Lila.« Er nahm ihr den halb aufgegessenen Kuchen aus der Hand und stellte ihn ab, bevor er sie wegzerrte.

Mein Herz sank, als ich ihm nachsah. Ich hatte getan, was ich konnte, um ihn zu warnen. Es blieb nichts anderes übrig, als zu hoffen, dass Lady Philippas Vorhersage über Blaine Masters falsch war.

Kapitel 5

Trotz der Erschöpfung vom frühen Start und dem stressigen Tag in der Küche konnte ich nicht schlafen. Ich wälzte mich ein paar Stunden hin und her, bevor ich aufgab, mir eine heiße Schokolade und einen Teller köstlichen Toast mit Butter zubereitete und es mir dann auf meinem gemütlichen gepolsterten Fensterplatz im Vorderteil meiner Wohnung gemütlich machte.

Ich wickelte einen dicken weichen Überwurf um meine Schultern und zog meine Knie an meine Brust, während ich aus dem Fenster auf die große und dunkel aufragende Präsenz des Schlosses blickte.

Meatball hüpfte auf die Fensterbank und kuschelte sich an meine Füße, während er sein pelziges Kinn auf die Fensterbank legte, damit er nach draußen schauen konnte.

Ich balancierte meinen Teller mit Toast auf meinen Knien, während ich ihn langsam aufaß.

Ich machte mir wegen nichts Sorgen. Es gab keine Hilferufe oder Krankenwagen, die während der Party eingetroffen waren. Und ich war so lange aufgeblieben, wie ich konnte, hatte die Küche aufgeräumt und Jobs gefunden, damit ich jedes potenzielle Problem mitbekommen konnte.

Erst als Chef Heston mich zwang, nach Hause zu gehen und mich auszuruhen, gab ich endlich nach.

Aber ich konnte mich nicht ausruhen. Aus meinen zwei kurzen Begegnungen mit Blaine war klar, dass er eine schlechte Einstellung hatte. Ich konnte leicht verstehen, warum die Leute ihn nicht mochten. Aber wie sollte er sterben? Und wann würde es passieren?

In den oberen Stockwerken des Schlosses gingen mehrere Lichter an.

Ich setzte mich aufrecht hin und verlor fast meinen Teller, als ich ihn in letzter Sekunde packte, damit Meatballs Kopf nicht mit Buttertoast bedeckt wurde.

Im Schloss gingen weitere Lichter an und in meinem Magen breitete sich ein kalter Ball der Sorge aus.

Ich blickte zu Lady Philippas Turm hinauf und entdeckte das Funkeln ihres Fernglases. Sie wollte wohl auch gerne wissen, was los war. Vielleicht hatte sie auf dem Gelände etwas Nützliches gesehen. Jemand, der sich wegschlich, nachdem er Blaine getötet hatte.

Ich sprang auf und ging zur Tür, blieb dann stehen und kehrte zum Fenster zurück. Weitere Lichter waren angegangen. »Ich kann nicht hier sitzen und nichts tun, Meatball. Das sieht nach Ärger aus.«

»Wuff, wuff.« Sein Blick ruhte auf dem zurückgelassenen Toast in meiner Hand.

»Es ist nicht verkehrt, zum Schloss zu gehen und einen kurzen Blick darauf zu werfen. Vielleicht können wir helfen.«

»Wuff, wuff!«

»Ja, lass uns das machen.« Ich aß meine letzte Toastscheibe auf, fütterte Meatball mit der Kruste und zog mich hastig an.

»Wuff, wuff?« Meatball tanzte um mich herum, aufgeregt wegen der Aussicht auf einen nächtlichen

Spaziergang. Er rannte hinüber, nahm seine Leine mit dem Maul und präsentierte sie mir.

Ich streichelte ihn über den Kopf, als ich seine Leine befestigte, fuhr mir mit der Hand durchs Haar, um mich ansehnlicher zu machen, und eilte mit Meatball aus der Vordertür.

Ich ging durch den Kücheneingang und rannte die Korridore entlang, bis ich die öffentlichen Räume des Schlosses erreichte. Bevor ich die große Halle erreichte, konnte ich Stimmen hören und jemand weinte.

»Wo ist der Krankenwagen?«

Meine Eingeweide verkrampften sich, als ich weiterrannte. Ein Krankenwagen bedeutete definitiv, dass jemand verletzt worden war. Aber war es Blaine?

Alice rannte die Haupttreppe hinunter und trug einen flauschigen blauen Morgenmantel. Sie entdeckte mich und rannte hierüber. »Hast du die Neuigkeiten gehört?«

Ich zuckte zusammen. »Hat es etwas mit Blaine zu tun?«

Sie nickte. »Ich habe es gerade herausgefunden. Er wurde vor ein paar Minuten am Fuß der alten Bedienstetentreppe entdeckt. Er ist tot!«

»Also hatte Lady Philippa recht mit ihrer Vorhersage bezüglich Blaine«, sagte ich.

»Granny hat oft recht. Obwohl ich sie davon abhalte, ihre Vorhersagen anderen zu offenbaren. Es macht die Leute nervös. Ich habe sogar gehört, dass jemand sie eine Hexe genannt hat. Das ist einfach unhöflich.«

»Ich habe versucht, Blaine zu warnen, als ich ihn auf der Party gesehen habe. Ich sagte ihm, er solle vorsichtig sein, aber er wollte nicht auf mich hören.«

»Es gab nichts, was irgendjemand hätte tun können. Blaine Masters hörte immer nur auf sich selbst.

Zweifellos ist er so in diesem Schlamassel gelandet. Komm, lass uns einen Blick darauf werfen.«

Ich war mir nicht sicher, ob ich das wollte, aber ich ließ mich von Alice durch die große Halle, am Zimmer der Haushälterin vorbei und in den Westflügel ziehen. Wir schritten durch die grauen Gänge, die das Reinigungspersonal benutzte, damit es sich bei geöffnetem Schloss von den Besuchern unbemerkt bewegen konnte.

Es gab keinen Grund für Blaine, diese Treppe zu benutzen, es sei denn, er wollte nicht gesehen werden.

»Ich sollte nicht hier sein«, flüsterte ich Alice zu.

»Niemand wird bemerken, dass du hier bist«, sagte Alice. »Aber falls es jemand tut, werde ich sagen, dass ich dich gebeten habe, zu kommen, weil ich so erschüttert über die Neuigkeiten war. Ich brauchte eine mitfühlende Schulter zum Anlehnen. Niemand wird das Wort einer Prinzessin infrage stellen. Wenn sie das tun, werden sie in Schwierigkeiten geraten.«

Als wir das Ende der Hintertreppe erreichten, eilte ein Wachmann davon.

Ich lehnte mich nach links, blickte an der kleinen Menschenmenge vorbei, die sich versammelt hatte, und schnappte nach Luft. Blaine war mit gesenktem Kopf gegen die Wand gelehnt. Er war nur mit roten Seiden-Boxershorts bekleidet.

Ich sah mich in der Gruppe um. Lila war da, zusammen mit James. Eine Frau mit seidigem rotem Haar, die einen Morgenmantel trug, klammerte sich mit blassem Gesicht an seinen Arm. Es gab noch mehr Leute, die ich nicht kannte.

Eine große feste Hand umklammerte meine Schulter. »Was machen Sie hier?«

Ich musste mich nicht umdrehen, um zu wissen, dass es Campbell war.

»Ich habe darauf bestanden, dass Holly kommt.« Alice griff nach meinem Arm und drehte mich zu ihm um. »Ich bin schockiert über diese schreckliche Entdeckung.«

»Vielleicht wären Sie weniger schockiert, wenn Sie der Leiche nicht so nahe wären, Prinzessin«, sagte Campbell. »Ich schlage vor, Sie gehen zurück in Ihr Zimmer. Die Polizei wird bald hier sein und Fragen an alle stellen.«

Ich riss meinen Blick von der Leiche los. »Was ist passiert?«

»Das ist offensichtlich«, sagte Campbell.

»Hat er sich das Genick gebrochen?«, fragte Alice.

»Die Todesursache muss noch ermittelt werden, Prinzessin.«

Alice biss sich auf die Lippe und sah mich an. »Was denkst du?«

Ich machte einen Schritt auf die Leiche zu. Campbell versperrte mir den Weg.

»Wir wollen nur einen kleinen Blick darauf werfen«, sagte Alice.

»Es tut mir leid, Prinzessin, aber das ist nichts, was Sie sehen sollten.« Campbell zog eine Augenbraue hoch. »Wenn Holly wirklich Ihre Freundin ist, wird sie Sie von hier wegbringen und dafür sorgen, dass es Ihnen beiden gut geht.«

Alice atmete empört aus.

»Komm, lass uns von hier verschwinden.« Es war klar, dass Campbell alles tun würde, um uns zum Gehen zu bringen.

Alice schürzte ihre Lippen, bevor sie mich am Arm nahm, und wir davoneilten. »Blaine war auf der Party so betrunken, dass es kein Wunder wäre, wenn er die

Treppe heruntergefallen ist. Ich weiß jedoch nicht, was er tat, als er auf der Dienstbotentreppe herumschlich.«

»Glaubst du wirklich, er ist einfach hingefallen?« Wir erreichten die südliche Bibliothek und überprüften, ob sie leer war, bevor wir hineingingen.

Alice setzte sich auf einen Platz und ich setzte mich neben sie. »Granny hat nicht gesagt, dass Blaine getötet werden würde. Vielleicht meinte sie das. Ein betrunkener Possenreißer, der eine Steintreppe hinunterstürzt und sich den Kopf einschlägt.«

Ich verschränkte meine Finger miteinander, meine Gedanken konzentrierten sich auf das Bild von Blaine auf dem kalten Steinboden. »Er lag auf dem Rücken.«

»Warum ist das wichtig?«

»Diese Treppe ist schmal. Ich bezweifle, dass er Platz gehabt hätte, sich umzudrehen, wenn er ausgerutscht wäre. Wenn du mit dem Gesicht zuerst hinfällst, versuchst du normalerweise, die Landung abzufedern, indem du deine Arme ausstreckst.«

»Und das bedeutet was?« Alices Nase kräuselte sich. »Blaine ist rückwärts gestolpert und hat den Halt verloren?«

Ich schüttelte den Kopf. »Nein, ich glaube nicht, dass das passiert ist. Ich konnte mir seinen Hinterkopf nicht genau ansehen, um zu sehen, ob er irgendwelche Verletzungen hatte.«

Alice verzog das Gesicht. »Wofür wir nur dankbar sein können. Auf einigen Steinen war ein Blutfleck. Er muss sich auf dem Weg nach unten den Hinterkopf angeschlagen haben. Ich habe vorne keinen Schnitt gesehen.«

»Das ist richtig. Und wenn er rückwärts gestolpert und gestürzt wäre, wäre er wahrscheinlich auf dem Weg nach unten gegen die Treppe gestoßen. Es sah aus, als wäre es ein direkter Sturz gewesen. Ich meine, er ist nicht gestolpert, hingefallen und die Treppe hinuntergerutscht.«

»Glaubst du, jemand hat ihn geschubst?«, flüsterte Alice.

»Es muss mit einiger Kraft getan worden sein, um in dieser Position zu landen«, sagte ich.

»Was für ein Gedanke.« Sie schüttelte den Kopf. »Wer würde das tun? Und warum?«

Ich zuckte mit den Schultern. »Ich habe keine Ahnung. Ich habe keine Verletzungen an seinen Beinen oder Armen gesehen, was darauf hindeutet, dass es vor seinem Sturz keinen Kampf gegeben hat.«

»Und man würde definitiv irgendwelche Schnitte oder Abschürfungen sehen, wenn man bedenkt, wie wenig Blaine trug.«

»Es gab Kratzspuren an seinen Fingerspitzen. Hast du die gesehen?«

»Nein. Was bedeutet das?«

»Wenn du fällst, streckst du deine Hände aus, um dich selbst abzufangen. Wenn er geschubst wurde, hat er vielleicht seine Hände ausgestreckt, um zu versuchen, die Wand zu greifen.«

»Das ist grausig, Holly. Wie bemerkst du solche Dinge?«

»Wenn Sie mit der Lösung dieses Rätsels fertig sind, sollten sich die Damen vielleicht für die Nacht zurückziehen, wie ich vorgeschlagen habe.« Campbell stand in der Tür und sah mich finster an.

Alice sprang auf. »Sie müssen auf Holly hören. Sie hat wertvolle Informationen über den Mord.«

»Wir wissen nicht, dass das ein Mord war«, sagte Campbell.

»Weiß jemand, was Blaine um diese Zeit in der Nacht auf der Dienstbotentreppe gemacht hat?«, fragte ich.

»Ich bin sicher, wir werden es herausfinden, sobald wir die richtigen Leute befragt haben«, sagte Campbell.

»Wissen Sie, wie lange er schon tot ist?«, fragte ich.

Campbell presste die Lippen zusammen und starrte mich an.

»Es ist nicht lange her«, sagte Alice. »Das habe ich von einem der Wachleute gehört. Es kann nicht vor mehr als dreißig Minuten passiert sein.«

»Prinzessin, Sie müssen nach der Party müde sein. Und Sie hatten einen Schock. Warum gehen Sie nicht ins Bett?« sagte Campbell.

»Ach nein! Ich kann nicht schlafen, nachdem so etwas passiert ist«, sagte Alice. »Ich brauche frische Luft. Holly, du kommst mit mir. Leiste mir Gesellschaft. Schließlich ist es nicht sicher, allein zu sein, wenn jemand Blaine die Treppe hinuntergestoßen hat. Ich könnte die Nächste sein.«

»Prinzessin, es ist das Beste, wenn Sie keine Gerüchte verbreiten, bis wir die Situation geklärt haben.«

»Das ist kein Gerücht, das ist eine Vorhersage. Wir kennen die Wahrheit.« Alice nahm meine Hand und zog mich aus dem Zimmer.

Campbell funkelte mich an, bis ich außer Sichtweite war. Es war ein Blick, der einem Heiligen Schuldgefühle einflößen würde. Aber wenn Alice mich an ihrer Seite haben wollte, dann blieb ich dort. Man sagte nicht nein zu Alice Audley.

Sie stürmte durch das Schloss und durch die Haupttür hinaus und wurde erst langsamer, nachdem sie tief Luft geholt hatte. »Was für eine Nacht.«

Ein Schluchzen erregte meine Aufmerksamkeit. Ich drehte mich um und sah, dass Percy und Lady Diana draußen zusammenstanden. »Alice, wir sollten mit ihnen sprechen. Sie haben vielleicht eine Ahnung, was mit Blaine passiert ist.«

»Großartige Idee.« Alice eilte mit mir an ihrer Seite herüber. »Diana, was für eine schreckliche Sache auf deiner Party passiert ist.« Sie schlang ihre Arme um sie, bevor sie Percy umarmte.

Percy fuhr sich mehrere Male durch die Haare, bevor er seufzte. »Ich habe Blaine gesagt, dass er heute Nacht zu viel getrunken hat. Er hat nur gelacht und gesagt, dass ich es aushalten werde.«

Diana tupfte sich mit einem Taschentuch über die Nase. »Was er eigentlich gesagt hat, war, dass du dich nach oben geheiratet hast und dass du die Vorteile deiner strategischen Ehe mit der Familie Audley voll ausnutzen solltest.« Ihr Blick wanderte zum Schloss. »Es war ein Fehler, ihn einzuladen.«

»Du hast gesagt, wir könnten niemanden ausschließen. Jeder, der zu unserer Hochzeit kam, musste eine Partyeinladung erhalten«, sagte Percy. »Ich habe vorgeschlagen, dass wir Blaine von der Liste streichen, aber du wolltest nichts davon hören.«

Sie hob eine Hand. »Ich hätte nicht gedacht, dass so etwas passieren würde. Blaine macht normalerweise Spaß auf Partys. Und er organisierte auch gerne seine eigenen erstaunlichen Veranstaltungen. Die Leute sprechen noch wochenlang darüber, nachdem sie stattgefunden haben.«

Alice beugte sich näher zu mir. »Ich habe gehört, Blaine hat diese Partys abgehalten, damit er neue Freundinnen findet. Es waren immer achtzig Prozent wunderschöne Frauen und zwanzig Prozent Männer da, also konnte er sich jemanden aussuchen.«

Percy kicherte leise. »Das war Blaine durch und durch. Er war immer auf der Suche nach einer guten Zeit. Sein Motto war: ,Es ist besser, auszubrennen, als zu verblassen'. Aber was für eine Art zu sterben, nicht wahr?«

»Weiß jemand, warum er auf dieser Treppe war?«, fragte ich.

Lady Dianas Stirn legte sich in Falten. »Nein. Was machen Sie hier? Sind Sie nicht die Kuchendame?«

»Die Kuchendame ist meine Freundin«, sagte Alice. »Ich vertraue Holly mein Leben an. Sie ist immer für mich da und macht die besten Brownies der Welt. Ich habe sie gebeten, hier zu sein.«

Lady Diana zuckte mit den Schultern, bevor sie wegsah. »Ich bin überrascht, dass Blaine von der Treppe wusste. Vielleicht hat er sich verirrt. Vielleicht war er betrunken und ging spazieren, um seinen Kopf freizubekommen.«

»Er ist in seiner Unterhose spazieren gegangen?«, sagte Alice. »Im Schloss ist es auch in den Sommermonaten kühl.«

»Es muss etwas mit einer Frau zu tun haben«, sagte Percy. »Blaine musste noch erwachsen werden. Er fand es cool, ein Frauenheld zu sein. Und obwohl er Lila zu dieser Party mitgebracht hat, weiß ich, dass er mit mehreren anderen Frauen zusammen war.«

»Wie kannst du das wissen?«, fragte Lady Diana. »Du hast ihm doch nicht wieder ein Alibi gegeben, oder?«

Percy warf ihr einen schuldbewussten Blick zu. »Er ist mein Freund. Er erzählt mir Dinge.«

»Ich hoffe, du hast mit ihm nicht über unsere Ehe geredet.«

»Du kennst Blaine, er hat immer nur gern über sich selbst gesprochen.« Percy schüttelte den Kopf. »Ich kann immer noch nicht glauben, was passiert ist.«

Das Heulen einer Krankenwagensirene drang durch die Luft.

»Wir gehen besser wieder rein«, sagte Percy. »Komm schon, Diana.«

Sie hielt ihn am Arm fest und nach einem Nicken zum Abschied ließen sie uns allein.

»Was wirst du tun?« Alice drehte sich zu mir um und ergriff meine Schultern.

»Was meinst du? Ich kann nichts tun.«

»Du musst. Du solltest Nachforschungen anstellen. Jemand hat Blaine die Treppe runtergestoßen. Vielleicht war es eine der Frauen, die er traf.«

»Er hätte nicht versucht heute Abend auf der Party jemand Neues kennenzulernen und mit ihr durchzubrennen«, sagte ich. »Nicht, wenn er ein Date dabei hatte.«

»Natürlich hätte er. Kennst du seine persönliche Assistentin? Sie ist auch hier.« Alice malte Anführungszeichen in die Luft, als sie persönliche Assistentin sagte. »Sie ist *va va voom*, nicht von dieser Welt, umwerfend. Wenn ich Blaines Freundin wäre, würde ich sie sehr genau im Auge behalten. Was soll man sagen? Dass er hinter dem Rücken seiner Freundin keine Beziehung mit seiner Assistentin hatte? Das hört sich ganz nach Blaine an.«

»Es ergibt keinen Sinn, dass er seine Assistentin zu einer Party mitbringt.«

»Das tut es, wenn sie ihm bei allem in seinem Leben hilft.« Alice wackelte mit den Augenbrauen. »Sabine geht anscheinend überall mit ihm hin. Ich hörte, wie Lila mit jemandem auf der Party darüber murmelte. Sie war nicht glücklich.«

»Ich sollte mich da nicht einmischen«, sagte ich. »Campbell war nicht glücklich darüber, dass ich am Tatort war.«

»Was ist, wenn die Polizei nicht sieht, was du siehst? Sie könnten das einen Unfall nennen und ein Mörder könnte entkommen, obwohl ich nicht traurig bin, dass Blaine nicht mehr da sein wird. Ich mochte ihn nicht.«

Ich nickte. Er schien diese Wirkung auf viele Menschen zu haben. Aber er war tot. Was, wenn ich ihm den Rücken zukehrte und ihm etwas Schlimmes zugestoßen war? Hatte jemand einen so würdelosen Tod verdient? Nur mit einer Unterhose bekleidet. Auch wenn es eine sehr schöne Unterhose war.

»Du musst dir das ansehen.« Alice schüttelte meine Arme. »Stell ein paar Fragen. Ich kann helfen. Ich bin großartig darin, Menschen dazu zu bringen, sich mir zu öffnen. Die Leute achten nie darauf, was sie vor mir sagen, weil sie mich für dumm halten.«

»Nein! Alice, du bist nicht dumm. Du bist fantastisch.«

Sie grinste. »Das wissen wir beide, aber es schadet nicht, den Leuten glauben zu machen, dass ich die meiste Zeit mit den Feen spiele.«

»Lass uns erst einmal einen Schritt zurücktreten«, sagte ich. »Campbell und sein Team sind an dem Fall dran und die Polizei wird bald hier sein. Ich bin sicher, sobald sie den Tatort untersucht haben, werden sie zu den gleichen Schlussfolgerungen wie wir kommen.«

Alices Unterlippe zitterte. »Jemand hat Blaine im Schloss getötet. Das ist mein Zuhause. Ich kann diese Person nicht davonkommen lassen.«

»Das werden wir nicht. Das verspreche ich.« Ich blickte zurück zum Schloss. Was auch immer mit Blaine passiert war, es war definitiv kein Unfall. Ich musste nur hoffen, dass Campbell und die Polizei das auch so sahen.

Kapitel 6

Meatballs warme, feuchte Nase weckte mich aus meinem unruhigen Schlaf.

Ich gähnte und legte meinen Arm um seinen Rücken, bevor ich ihn herzhaft streichelte. »Ich hoffe, du hast besser geschlafen als ich.«

»Wuff.«

Es schien, als hätten wir beide schlechte Nächte gehabt. Ich warf einen Blick auf die Uhr und sah, dass es kurz vor sieben Uhr morgens war. Ich hatte nur ein paar Stunden Schlaf geschafft. Jedes Mal, wenn ich meine Augen geschlossen hatte, musste ich an das denken, was ich am Fuß der Dienstbotentreppe gesehen hatte.

Nach einem weiteren langen, lauten Gähnen und einer Bauchmassage für Meatball rollte ich aus dem Bett, duschte und zog mich dann an.

Meatball hüpfte vor mir herum, als ich in meine kleine Küche ging und das Frühstücksgeschirr herausholte.

»Ich denke, das ist ein Verbrechen aus Leidenschaft«, sagte ich zu ihm. »Jeder, mit dem ich über Blaine gesprochen habe, sagte, er sei ein Betrüger und man könne ihm in der Nähe von Frauen nicht vertrauen. Er muss eine seiner Freundinnen zu weit getrieben haben und sie hat ihn buchstäblich die Treppe hinuntergestoßen.«

»Wuff, wuff.« Meatball wedelte mit dem Schwanz.

»Ich freue mich, dass du zustimmst. Was bedeutet, dass wir nach einer Frau suchen, die eine enge Verbindung zu Blaine hat. Jemand, mit dem er in einer Beziehung war. Nun, wenn man das, was er mit seinen Freundinnen gemacht hat, echte Beziehungen nennen kann.«

Meatball schob seine leeren Futterschüsseln mit seiner Nase zu mir.

»Ich arbeite daran. Das Frühstück ist fast serviert.« Ich füllte seine Wasserschüssel wieder auf und stellte sie ab, bevor ich sein Hundefutter herausholte und eine Portion herausschöpfte.

Meatball machte sich an sein Essen und kaute geräuschvoll, während ich eine Kanne Tee machte und einen Mohn-Bagel röstete.

»Da ist die offensichtliche Verdächtige, die aktuelle Freundin«, sagte ich. »Lila. Ich weiß nicht viel über sie, aber sie ist umwerfend. Höchstwahrscheinlich ein Model. Und dann ist da noch Sabine, die persönliche Assistentin. Sie muss auch untersucht werden.«

Meatballs Mund war voller Knabbereien, also antwortete er nicht, aber er wedelte mit dem Schwanz, als ob er immer noch aufpasste und allem zustimmte, was ich sagte.

»Und dann ist da noch Lady Diana.« Ich wollte sie nicht auf meiner Verdächtigenliste haben, aber sie hatte deutlich gemacht, dass sie nicht viel von Blaine hielt. Hatte er sie auf der Party mit etwas beleidigt?

Ich mampfte gerade mein letztes Stück Bagel, als eine Nachricht auf meinem Handy einging. Ich öffnete sie, nur um zu sehen, dass sie von Alice war.

Triff mich so schnell wie möglich im Speisesaal!

Ich drückte auf Antworten. *Was ist los?*

Beeil dich! Es ist ein Notfall!

Ich stopfte das letzte Stück Bagel in meinen Mund, fuhr mir mit den Händen durch mein noch feuchtes Haar und griff nach meinen Schuhen. »Komm schon, Meatball. Alice braucht unsere Hilfe.«

Nachdem er seine letzten Knabbereien verschlungen hatte, trottete er zur Tür. Ich befestigte seine Leine und ging hinaus. Ich hoffte, dass mit Alice alles in Ordnung war. Es sah ihr nicht ähnlich, mir so früh eine Nachricht zu schreiben. Sie genoss es, auszuschlafen. Ich hätte nicht gedacht, dass ich vor Mittag jemanden aus der Familie sehen würde.

Ich schlüpfte mit Meatball durch eine Seitentür im Südflügel ins Schloss. Ich eilte den Korridor entlang, und nickte und wünschte dem Reinigungspersonal einen guten Morgen, als ich an ihnen vorbeiging.

Die Tür zum Speisesaal stand offen, als ich ankam. Ich steckte meinen Kopf durch die Tür.

Alice saß zusammen mit Rupert, Lady Diana und Percy an einem Tisch.

Sie sah herüber und grinste. »Da bist du ja. Ich dachte, du schaffst es nicht, bevor ich das ganze Pain au Chocolat aufgegessen habe.«

Rupert stand auf, als ich näher kam. »Guten Morgen, Holly. Es ist schön, dich zu sehen.«

Ich blieb am Tisch stehen und lächelte ihn an, bevor ich meine Aufmerksamkeit Alice zuwandte. »Was ist der Notfall?«

»Der Notfall ist, dass ich leckeres Frühstücksgebäck esse, und ich wollte nicht, dass du es verpasst.« Sie neigte ihren Kopf und weitete ihre Augen, bevor sie Lady Diana und Percy einen Blick zuwarf.

Ich unterdrückte ein Stöhnen. Das war alles geplant. Sie hatte mich hierher gebracht, damit ich mehr darüber nachforschen konnte, was mit Blaine passiert war. »Ich sollte euch dabei belassen. Ich möchte ein Familienfrühstück nicht unterbrechen.«

»Ich bestehe darauf, dass du dich uns anschließt. Du bist jetzt hier.« Alice sprang auf, ergriff meine Hand und zog mich zu einem Sitzplatz. »Und ich habe besondere Leckereien für Meatball. Sei nicht grausam und bring ihn um seine Leckereien. Du liebst Leckereien, nicht wahr?« Sie tätschelte ihr Knie.

Meatball hüpfte auf seinen Hinterbeinen und wackelte mit den Vorderpfoten in der Luft.

Alice lachte. »Er ist so ein guter Hund. Rupert, bestehe darauf, dass Holly mit uns frühstückt.«

Rupert wischte sich mit einer weißen Leinenserviette über den Mund, bevor er einen Stuhl für mich herauszog. »Absolut! Wir haben mehr als genug. Schließ dich uns an.«

Percy lächelte mich an und nickte, während Lady Diana mir kaum Beachtung schenkte. Ihre Finger klopften auf die Tischplatte, ihr Obstsalat war unberührt.

»Nur wenn es euch nichts ausmacht, dass ich hier bin«, sagte ich.

Rupert schob meinen Stuhl hinein, als ich mich setzte. »Alice übertreibt es immer, wenn sie ihr kontinentales Frühstück hat. Es gibt genug zu essen, um ein Dutzend Menschen zu ernähren.«

»Nicht, wenn du in der Nähe bist.« Alice kehrte zu ihrem Platz zurück. »Du isst immer mehr Croissants als ich. Ich muss extra bestellen, falls du dir stiehlst, was ich will.«

»Du tust immer so, als wäre ich so gierig.« Rupert machte es sich auf seinem Platz bequem und widmete sich seinem Croissant.

»Das liegt daran, dass wir zusammen aufgewachsen sind. Ich weiß, was für ein gieriger Geier du bist«, sagte Alice.

Meatball hüpfte ein paar Mal um den Tisch herum, beschnupperte jeden und suchte auf dem Boden nach Krümeln.

»Oh! Ich hätte dich fast vergessen.« Alice nahm ein Päckchen aus ihrer Handtasche, die an der Stuhllehne hing. »Das sind Wild- und Spinatkausnacks. Anscheinend ist es wichtig, dass Hunde ihr Grünzeug bekommen. Die habe ich von Granny. Jetzt sei ein guter Junge und setz dich.«

Meatball hörte auf, herumzuspringen, und setzte sich mit großen, flehenden Augen neben Alices Stuhl.

Sie kicherte, als sie ihm das Leckerli reichte.

Er wedelte mit dem Schwanz, bevor er sich auf dem Teppich niederließ, um es zu genießen.

»Wir haben gerade darüber gesprochen, was letzte Nacht passiert ist«, sagte Alice.

»Als ich heute Morgen aufwachte, hoffte ich, es wäre ein Alptraum gewesen«, sagte Percy.

»Wenn das nur wahr wäre«, sagte Lady Diana. »Das ist alles, worüber die Leute reden werden. Sie werden sich nicht daran erinnern, dass es unser fünfjähriger Hochzeitstag war. Blaine war immer egoistisch. Wann immer er konnte, stahl er das Rampenlicht.«

»Ermordet zu werden, wird definitiv das Rampenlicht stehlen«, sagte ich.

Lady Diana blinzelte mich an, als ob sie mich zum ersten Mal im Zimmer bemerkt hätte. »Das würde es in der Tat. So typisch für Blaine.«

»Ich nehme an, er wäre viel lieber am Leben als die Quelle des Klatsches«, sagte Rupert.

»Gibt es irgendwelche Fortschritte bei der Entdeckung dessen, was mit ihm passiert ist?«, fragte ich.

»Campbell leitet den Fall«, sagte Alice. »Er hat schon einige Leute befragt.«

»Das Problem ist, dass gestern Abend über dreihundert Gäste auf der Party waren«, sagte Rupert.

»Dreihundertzweiundzwanzig«, sagte Lady Diana. »Alle unsere engen Freunde und Familie.«

Ich sah sie an. Ich konnte meine engen Freunde an einer Hand abzählen. Wie konnte jemand so beliebt sein?

Rupert nickte. »Es wird eine Weile dauern, bis Campbell und sein Team alle befragt haben.«

»Sie müssen in der Lage sein, die meisten Gäste auszuschließen«, sagte ich. »Wenn sie Blaine nicht kennen oder solide Alibis haben, werden sie keine Verdächtigen sein.«

»Verdächtige? Wovon reden Sie?« sagte Lady Diana. »Das war ein Unfall.«

Ich biss mir auf die Unterlippe und sah Alice an. »Ich bin mir nicht sicher, ob es das war.«

Percy räusperte sich. »Ich wollte dich nicht beunruhigen, meine Liebe. Die Sicherheitsleute denken, dass es ein Verbrechen war. Sie sammeln Beweise, aber als ich mit dem Sicherheitschef des Schlosses sprach, erwähnte er eine laufende Untersuchung. Das deutet darauf hin, dass das kein Unfall war.«

»Mord! Auf unserer Party! Könnte es noch schlimmer werden?« Lady Diana massierte sich mit den Fingern die Stirn.

»Hat die Polizei Sie gefragt, wo Sie beide waren?«, fragte ich.

»Wir waren natürlich in unserem Zimmer«, sagte Lady Diana. »Ich war nach der Party erschöpft. Sobald mein Kopf das Kissen berührte, schlief ich sofort ein.«

Percy warf seiner Frau einen Blick zu, bevor er nickte. »Das ist richtig. Wir schliefen beide. Wir wurden von Menschen geweckt, die um Hilfe riefen.«

»In welchem Zimmer hat Blaine übernachtet?«, fragte ich.

»Er war euch beiden gegenüber.« Alice zeigte auf Lady Diana.

»Hat einer von euch gehört, wie er letzte Nacht sein Zimmer verlassen hat?«, fragte ich.

»Wenn ich schlafe, stört mich nichts«, sagte Lady Diana. »Percy musste mich schütteln, um mich aufzuwecken und mich wissen zu lassen, was passiert war.«

Percy rutschte auf seinem Sitz herum und nickte erneut.

»Ich kann mir nicht vorstellen, wie das ein Mord gewesen sein kann«, sagte Lady Diana. »Blaine war betrunken. Er ist einfach hingefallen.«

Alice hob ihre Augenbrauen und nickte mir zu.

Ich war mir immer noch nicht sicher, ob ich weitere Fragen zu diesem Mord stellen sollte. Campbell würde mich umbringen, wenn er herausfand, was ich tat. Aber ich hatte dieses improvisierte Frühstücksverhör nicht arrangiert. Das war Alices Werk. Ich könnte mir vorstellen, dass Campbell das nicht so sehen würde.

»Wenn irgendjemand Blaine tot sehen wollte, wäre es eine seiner Frauen gewesen«, sagte Percy. »Obwohl er mit Lila Mendelsham zusammen war und sie ein hübsches Mädchen ist, erwähnte er, dass er sein Modell verbessern wollte.«

»Das ist respektlos«, sagte Alice.

»Das ist Blaine«, sagte Lady Diana. »Oder besser gesagt, das war er. Er war nie zufrieden mit dem, was er hatte. Er dachte immer, das Gras sei grüner. Die Sache mit Gras ist, dass es stirbt, wenn man es nicht pflegt, wässert und es Aufmerksamkeit schenkt. Blaine suchte immer nach der einfachen Option. Die neue, aufregende Beziehung.«

Percy hob sein Handy vom Tisch, als es summte. »Entschuldigt mich bitte. Normalerweise habe ich mein Telefon nicht am Tisch, aber ich erwarte einen Anruf aus Japan. Ich muss das annehmen. Es ist Arbeit. Bitte entschuldigt mich.« Er schob seinen Stuhl zurück und ging mit seinem Telefon am Ohr aus dem Zimmer.

Lady Diana tippte auf Alices Handrücken. »Ich sollte das nicht sagen, aber ich bin nicht traurig, dass Blaine nicht mehr da ist. Ich machte mir Sorgen um seine Freundschaft mit Percy.«

»Warum? Was haben sie zusammen gemacht, das dich beunruhigt hat?«, fragte Alice.

»Blaine hat immer versucht, Percy in die Irre zu führen. Blaine glaubte nicht an Monogamie. Er dachte, es sei kein natürlicher Zustand für einen Mann. Ich weiß, dass er Percy bei zahlreichen Gelegenheiten mit schönen Frauen in Versuchung geführt hat.«

»Oh! Du sprichst von diesen Boulevardbildern, die vor ein paar Monaten erschienen sind. Ich habe die gesehen, in denen Percy einen Lapdance bekommen hat.« Alice kicherte. »Die Frau hatte ein sehr großes ... Vermögen. Sie drückte es ihm ins Gesicht. Er hatte Glück, nicht zu ersticken.«

»Ja! Danke schön. Ich muss nicht an diese Demütigung erinnert werden.« Lady Diana stach einen Löffel in ihren Obstsalat. »Jeder hat diese Bilder gesehen.«

»Ich nicht«, sagte ich.

»Percy war unschuldig. Diese Bilder waren alle Blaines Schuld«, sagte Lady Diana. »Ich habe versucht, Percy davon abzuhalten, mit Blaine befreundet zu sein, aber er bestand darauf, dass die Freundschaft intakt bleibt.«

»Glaubst du nicht, dass es Blaine jemals gelungen ist, Percy vom Weg abzubringen?«, fragte Alice.

Ich holte tief Luft, während ich auf die Antwort wartete. Das war kein schlechtes Motiv für einen Mord. Blaine kannte ein Geheimnis über Percy. Könnte er gedroht haben, es zu enthüllen und seine Ehe zu ruinieren? Hatte Percy Blaine die Treppe runtergeschubst, um ihn zum Schweigen zu bringen?

»Ich vertraue Percy.« Lady Dianas Hand zitterte, als sie einen Schluck Tee nahm.

»Dann brauchst du dir keine Sorgen zu machen«, sagte Alice. Sie biss ein großes Stück von ihrem Pain au Chocolat ab.

»Natürlich nicht. Unsere Ehe ist perfekt.« Lady Diana spielte mit der Serviette auf ihrem Schoß, während ihre Hand gegen ihre Brust flatterte.

Sie benahm sich nicht so, als wäre sie in einer perfekten Ehe. Vielleicht gab es ein Problem zwischen ihr und Percy. Percy hätte der Versuchung erliegen können, wenn Blaine ihm ständig Frauen zugespielt hätte. Oder vielleicht war es umgekehrt. Vielleicht hatte Blaine Lady Diana dazu verleitet, mit ihm untreu zu sein. Was auch immer zwischen den beiden vor sich ging, irgendetwas stimmte nicht mit dieser Beziehung.

Lady Diana warf einen Blick zur Tür. »Ich sage Percy immer, dass er seine Geschäfte nicht während des Essens erledigen soll. Ich gehe besser und finde ihn. Ich treffe mich später mit dir, Alice.« Sie nickte Rupert zu, ignorierte mich völlig und verließ den Raum.

»Also, was denkst du, Holly?« Alice beugte sich zu mir. »Könnten sie Verdächtige sein?«

»Ich weiß noch nicht genug über sie, um mir ein Urteil bilden zu können. Percy sieht jedoch erschüttert aus.«

»Diana ist nicht traurig«, sagte Alice. »Sie tanzte fast auf ihrem Stuhl. Sie muss entzückt sein, dass ihr ein Dorn aus der Seite gerissen wurde. Blaine ist weg und ihr Ehemann wird nicht länger von schönen Frauen in Versuchung geführt.«

»Du kannst nicht glauben, dass einer von ihnen Blaine getötet hat«, sagte Rupert.

»Percy kennt Blaine seit Jahren. Sie hätten sich über etwas streiten können. Frauen, Geschäfte, Geld. Alles ist möglich«, sagte Alice.

»Erpressung«, sagte ich.

Alice klatschte in die Hände. »Ich wusste es! Du kannst diesem Rätsel nicht widerstehen. Warum glaubst du, dass es sich um Erpressung handeln könnte?«

»Das tu' ich nicht. Jedenfalls nicht mit Sicherheit.« Ich biss mir auf die Unterlippe, unsicher, ob ich meine unbegründete Idee teilen sollte. »War Percy überzeugend, als er sagte, wo er war, als Blaine die Treppe heruntergestoßen wurde? Er kam mir verdächtig vor.«

»Glaubst du nicht, dass er mit Diana im Bett war?«, fragte Alice. »Wo war er stattdessen?«

»Ich weiß es nicht. Aber wenn Lady Diana schlief, hätte Percy aus dem Zimmer schlüpfen können. Sie sagte, sie sei eine tiefe Schläferin.«

»Percy ist ein guter Kerl«, sagte Rupert. »Ich glaube nicht, dass er irgendwelche Probleme mit Blaine hatte. Sicherlich nichts, wofür es sich zu töten lohnt.«

»Es sei denn, Blaine hatte ein Geheimnis über Percy, das er zu enthüllen drohte«, sagte Alice.

Ich nickte. »Vielleicht ist Percy mit einer dieser Frauen untreu gewesen. Blaine beschloss, das zu seinem Vorteil zu nutzen.«

»Das ist zu krass, selbst für Blaine«, sagte Rupert. »Außerdem hat er genug eigenes Geld.«

»Was ist mit Lady Diana?«, fragte ich. »Blaine war ein gutaussehender Typ.«

»Du dachtest, er sieht gut aus?« Rupert senkte die Augenbrauen.

Alice schlug ihm auf die Hand. »Jeder konnte sehen, dass Blaine ein gutaussehender Typ war. Das macht ihn nicht zu einem netten Menschen. Und das bedeutet nicht, dass Holly Pläne hatte, ihn zu heiraten.«

»Ah! Natürlich. Das ist nicht das, was ich meinte.« Rupert beschäftigte sich damit, Erdbeermarmelade auf sein Croissant zu streichen.

Ich biss mir auf die Zunge, um nicht zu lächeln. »Worauf ich hinauswollte, war, dass es vielleicht nicht Percy war, der von seinem Weg abgekommen ist. Könnten Lady Diana und Blaine ein Techtelmechtel gehabt haben?«

Alices Hand flog zu ihrem Mund. »Sie hasste ihn. Sie lud ihn nur zu der Party ein, damit sie ihre Hochzeit nachstellen konnte. Diana hätte Blaine Masters nicht mit einer drei Meter langen Stange eines anderen angefasst. Nein, das kann nicht sein.«

Ich zuckte mit den Schultern, als ich mir ein Pain au Chocolat nahm. »Zu diesem Zeitpunkt sind das nur Ideen.«

»Das ist so aufregend. Holly, du musst dich am Fall beteiligen«, sagte Alice. »Du bist so gut darin, um die Ecke zu denken. Ich wette, Campbell und sein Team haben nicht einmal daran gedacht, dass Blaine mit Diana zusammen sein könnte. Das wäre doch unglaublich, wenn es wahr wäre. Sie prahlt immer mit ihrer perfekten Ehe und wie sie mit dem wunderbarsten Mann verheiratet ist. Ihr Leben ist Perfektion.«

»Niemandes Leben ist perfekt«, sagte ich.

»Ja, ich weiß. Ich muss wegen der schrecklichen bevorstehenden Ballsaison wöchentliche Tanzstunden ertragen. Das ist reine Folter.«

»Das klingt furchtbar.«

Sie kicherte. »Diana ist eine große Angeberin. Das war sie schon immer, seit sie ein Kind war. Sie würde es hassen, wenn irgendwelche Gerüchte herauskämen, dass sie mit Blaine intim gewesen wäre.«

»Fang nicht mit diesen Gerüchten an«, sagte ich. »Ich habe keine Beweise dafür, dass sie beteiligt waren. Ich schlage nur Theorien darüber vor, wer ein Motiv gehabt haben könnte, Blaine zu töten.«

»Das ist eine ausgezeichnete Theorie«, sagte Alice. »Ich bestehe darauf, dass du dieses Rätsel untersuchst. Dieser Mord geschah in unserem Haus. Wir können es nicht ungelöst lassen.«

»Ich bin sicher, Campbell wird dafür sorgen, dass es gelöst wird«, sagte ich.

»Indem alles vertuscht und so getan wird, als wäre es ein Unfall gewesen«, sagte Alice.

»Er wird einen soliden Job machen«, sagte Rupert. »Wir können darauf vertrauen, dass Campbell und sein Team das Richtige tun.«

»Ich stimme zu«, sagte ich. »Ich halte mich da raus.«

»Holly ... Ach! Hast du einen zweiten Vornamen?«, fragte Alice.

»Sicher. Rosemary.«

Alice deutete mit einem Finger auf mich. »Holly Rosemary Holmes. Du musst diesen Mord untersuchen.

Du weißt, was ich mit Leuten mache, die meine Befehle nicht befolgen.«

Ich grinste und blickte zu Rupert. »Du drohst ihnen den Kopf abzuschlagen?«

»Ganz genau. Ich kann dir helfen, wenn du mit einem der Verdächtigen sprechen möchtest. Ich kenne jeden. Wir können die Dinge in Ordnung bringen, genau wie ich es heute Morgen mit Diana und Percy getan habe. Es war eine perfekte Kulisse. Alle waren entspannt, glücklich und aßen. Niemand hielt es für seltsam, dass du Fragen zum Mord stelltest.«

»Du hast die meisten Fragen gestellt«, sagte ich.

»Das alles wird einfach. Wir erstellen eine Liste mit Verdächtigen und arbeiten sie ab. Wir werden diskret sein. Campbell muss es nicht wissen. Und wenn du wirklich schnell bist, könnten wir ihn schlagen, wenn es darum geht, herauszufinden, wer es getan hat. Das würde ihm ein Lächeln ins Gesicht zaubern.«

»Das bezweifle ich sehr. Und was die Androhung des Kopf-Abschlagens angeht: Wenn ich mich nicht einmische, wird Campbell es trotzdem tun, wenn er herausfindet, was wir vorhaben.«

»Er ist eine große Miezekatze. Wenn er dir Ärger bereitet, kommst du zu mir.«

Ich seufzte, als ich einen Bissen von meinem warmen Pain au Chocolat nahm. Ich war fasziniert davon, was mit Blaine passiert war. Vielleicht würden ein oder zwei diskrete Fragen nicht schaden.

»Wenn wir Nachforschungen anstellen, müssen wir unauffällig sein«, sagte ich. »Campbell hat mich davor gewarnt, in Dingen herumzustochern, die mich nichts angehen.«

Alice schüttelte den Kopf. »Ich wette, er sagt so etwas wie: *Mord ist nicht zum Lachen. Ihr Platz ist in der Küche. Halten Sie Ihre Nase raus.*«

Ich schnaubte ein Lachen. »Das ist eine gute Nachahmung.«

»Also, wirst du Nachforschungen anstellen?«, fragte Alice.

Ich nickte. »Ich werde heute bei der Arbeit meine Denkkappe aufsetzen. Aber ich verspreche nichts. Wenn Campbell mir sagt, ich soll mich fernhalten, werde ich das tun.«

»Hat er dir nicht schon früher gesagt, du sollst deine Nase raushalten?«, sagte Alice. »Hast du damals auf ihn gehört?«

Meine Wangen wurden warm. »Das war anders.«

»Und das ist auch anders«, sagte Alice. »Holly Holmes, wir werden diesen Mord aufklären.«

Kapitel 7

»Butter zum Einfetten, mit Backpulver versetztes Mehl, Streuzucker, zwei Eier, Gewürzmischung und Vanilleextrakt.« Ich tippte mit einem Finger auf mein Kinn. »Puderzucker.« Ich nahm eine Tüte heraus und stellte sie auf die Theke.

Das war mein fünfter Versuch, Gewürz- und Vanillemischungen nach einem Tudor-Rezept zuzubereiten, das ich in einem alten Buch in der Familienbibliothek gefunden hatte. Bisher war es mir nicht gelungen, etwas zu backen, das ich mit anderen hätte teilen wollen.

Vielleicht hatte ich die falsche Mehlsorte verwendet. Was wir in der Küche hatten, war anders als das Mehl, das vor fünfhundert Jahren verwendet wurde. Ich konnte einfach nicht die richtige Konsistenz hinbekommen. Entweder waren die Klumpen in der Mitte zu matschig oder die Ränder verbrannt oder gar zusammengesunken. Dieses Rezept war mir noch nicht gelungen, aber ich war fest entschlossen, es weiter zu versuchen. Ich hatte gerade noch genug Zeit für einen weiteren Versuch, bevor ich meine Mittagspause machte.

»Alle mal herkommen bitte.« Chef Heston rollte einen Servierwagen in die Mitte der Küche, die Reste der Himmelstorte waren darauf auf Tellern ausgelegt.

Ein Dutzend Küchenmitarbeiter versammelten sich um ihn und nahmen Stücke der Torte entgegen.

Für Chef Heston war das ein ungewöhnliches Verhalten. Er hatte uns nie zu einer Kuchenpause zusammengebracht. Was hatte er vor?

»Es ist eine Schande, zu sehen, wenn das verschwendet wird.« Er sah sich in der versammelten Gruppe um.

»Da kann ich nur zustimmen«, sagte Louise. »Es ist eine tolle Torte.«

Ich nickte ihr zu und lächelte, als sie sich an ein Stück Kirschbiskuit machte, das ich gebacken hatte.

»Wir sind jedoch nicht nur hier, um Kuchenreste zu essen«, sagte Chef Heston. »Wir können aus den jüngsten Ereignissen eine wertvolle Lektion lernen. Lorcan Blaze ist einer der Besten. Er betreibt ein mit einem Michelin-Stern ausgezeichnetes Restaurant und besitzt über zwanzig erfolgreiche Konditoreien auf der ganzen Welt. Jeder, der seine Desserts probiert, schwärmt von seinem Essen und was für ein Genie er ist. Aber auch ein Genie kann Fehler machen. Lebensmittelvergiftungen sind eine ernste Angelegenheit. Es ist bekannt, dass sie Menschen töten können.«

Sally gab mir einen Stoß. »Wir sind hier immer vorsichtig. Unsere Küche ist makellos.«

Ich nickte. Wir waren stolz auf unsere hohen Standards.

»Ich bin mir sicher, dass Lorcan sich die Lebensmittelvergiftung nicht während seines Aufenthalts hier zugezogen hat. Anscheinend speiste er zwei Abende vor seiner Ankunft in einem Restaurant in London. Auch einige der anderen Gäste dort sind erkrankt. Es gab ein Problem mit der Hühnerleberpastete.« Chef Heston schüttelte den Kopf. »Wir alle wissen, dass wir mit solchen Lebensmitteln vorsichtig sein müssen. Das soll allen eine Warnung sein. Es ist Lorcan passiert, also kann es auch euch passieren. Hygienestandards gibt es nicht ohne Grund. Wenn ich jemanden dabei erwische, wie er oder sie nachlässt und vergisst, was diese Standards sind, wird diese Person sang- und klanglos entlassen. In meiner Küche wird niemand krank. Ist das klar?«

Alle nickten und murmelten ihre Zustimmung.

»Gute Arbeit, Leute. Behalten wir die hervorragenden Standards bei, die wir bereits haben. Essen Sie Ihren Kuchen fertig und machen Sie sich wieder an die Arbeit.« Chef Heston schnappte sich ein Stück, bevor er davonmarschierte.

»Weißt du, wie es Lorcan geht?«, fragte ich Sally.

»Ihm geht es immer noch richtig schlecht«, sagte sie. »Sie haben ihn in einem Gästezimmer untergebracht, so weit wie möglich von allen anderen entfernt. Er verursacht einen regelrechten Gestank und fordert Federkissen und zusätzliche Decken. Der Mann klingt wie ein Albtraum.«

»Holly, haben Sie Ihren Kuchen aufgegessen?«, fragte Chef Heston von der anderen Seite der Küche.

Ich stopfte mir das letzte Stück Zitronenbiskuit in den Mund, bevor ich nickte.

»Gut. Bringen Sie diesen Toast zu Lorcan.« Chef Heston reichte mir ein Tablett.

Ich schaute auf das Tablett und mein Magen verkrampfte sich. Er war die letzte Person, die ich sehen wollte. »Ich habe hier noch viel zu tun.«

»Nein, haben Sie nicht. Ich habe gesehen, dass Sie an der Tafel alles von Ihrer To-do-Liste gestrichen haben. Außerdem möchte Lorcan mit Ihnen über die Torte reden.«

Meine Schultern spannten sich an. »Ist er mit etwas unzufrieden?«

»Das müssen Sie herausfinden. Er hat einige Bilder von dem gesehen, was wir gemacht haben, und möchte sie mit Ihnen besprechen.«

Ich korrigierte meinen Griff um das Tablett. Es gab für mich keinen Ausweg, egal, was ich sagte. Die Torte, die wir gemacht hatten, war fantastisch. Das wusste ich. Aber von einem kranken, gereizten Bäcker, der ein Ego von der Größe dieses Schlosses hatte, die Meinung gesagt zu bekommen, war etwas, worauf ich mich nicht freute.

»Beeilen Sie sich.« Chef Heston gab mir einen sanften Schubs in Richtung Tür. »Er ist im zweiten Stock, hinter dem alten Kinderzimmer und der letzten Tür links. Ich bin sicher, dass Sie ihn hören werden, bevor Sie das Zimmer betreten. Offenbar schreit er viel, wenn er nicht seinen Willen bekommt.«

»Ich kenne da auch so jemanden.«

»Verzeihung? Ich habe Sie nicht gehört.« Chef Hestons Augen wurden schmal.

»Nichts, Chef. Ich werde mich dann mal aufmachen.« Ich stieß die Tür mit der Hüfte auf und eilte zur Haupttreppe. Ich flitzte hinauf und ging den Korridor entlang, bis ich Lorcans Zimmer fand. Ich klopfte und wartete.

»Herein«, sagte Lorcan.

Ich betrat den Raum und fand Chaos vor. Decken lagen auf dem Boden, mehrere Kissen waren gegen die Wand geworfen worden und auf dem Nachttisch neben einem großen Himmelbett standen zahlreiche halbleere Gläser Wasser.

Lorcan blickte mich finster an. »Endlich! Ich wollte Sie schon den ganzen Tag sehen. Warum sind Sie nicht sofort gekommen, als ich es verlangte?« Er setzte sich im Bett auf. Sein Haar war ein zerknittertes, fettiges Durcheinander und seine Haut war grau verfärbt.

»Ich habe gerade erst erfahren, dass Sie mich sehen wollten.«

Er sank ins Bett und stöhnte.

»Wie fühlen Sie sich?«, fragte ich.

»Ich sterbe.«

»Eine Lebensmittelvergiftung kann zu Unwohlsein führen«, sagte ich. »Haben Sie heute schon etwas gegessen?«

»Ich bin zu schwach zum Essen.«

»Vielleicht fühlen Sie sich danach besser«, sagte ich. »Wenn das, was Sie krank gemacht hat, Ihren Körper verlassen hat, brauchen Sie Nahrung.«

»Oh, das hat es. Mir war die ganze Nacht heftig schlecht.« Er legte einen Arm über seine Augen. »Nicht, dass es irgendjemanden interessiert.«

Ich warf einen Blick auf die geschlossene Badezimmertür und hatte Mitleid mit der Reinigungskraft, die sich um dieses Durcheinander kümmern musste. »Ein bisschen einfaches Essen könnte Ihren Magen beruhigen. Ich habe etwas Toast.«

Er stöhnte und sank tiefer ins Bett. »Ich habe nicht die Energie, ihn an meinen Mund zu heben.«

»Ich lasse ihn auf dem Boden neben dem Bett stehen. Vielleicht können Sie es später versuchen.«

»Ich werde ihn von dort aus nicht erreichen können. Füttern Sie mich«, sagte er.

Mein Kopf schnellte zurück und ich starrte ihn an. »Sie möchten, dass ich Ihnen Toast füttere?«

»Brechen Sie ihn in kleine Stücke und stecken Sie sie mir in den Mund. Ich habe kaum genug Energie zum Sprechen. Und ich möchte Ihnen viel sagen.«

Es schien ihm wirklich schlecht zu gehen, aber ich würde ihn auf keinen Fall füttern.

Lorcan stöhnte. »Helfen Sie mir. Vielleicht überlebe ich diesen Tag nicht.«

Ich unterdrückte einen Seufzer. Warum verhielten sich die meisten Männer wie schwache Idioten, wenn es ihnen schlecht ging? Anstatt ihn in seiner erbärmlichen Stunde der Not zurückzulassen, ging ich einen Kompromiss ein. Ich nahm den Toast vom Tablett und setzte mich auf die Bettkante, bevor ich ihm eine Scheibe in die Hand drückte. »Versuchen Sie, selbst zu essen. Wenn Sie es schaffen, werden Sie das Gefühl haben, etwas erreicht zu haben.«

Seine Lippen pressten sich zusammen, als er seine Hand senkte und auf den Toast blickte. »Das ist Vollkorntoast. Ich esse nur weißen Toast.«

Ich zwang mich zu einem Lächeln. »Versuchen Sie ihn trotzdem. Er ist hausgemacht in unserer Küche. Vielleicht schmeckt er Ihnen.«

Er nahm einen kleinen Bissen, bevor er den Toast auf seine Brust fallen ließ. »Das ist Ihre Schuld. Ich habe Ihnen gesagt, dass ich zu schwach bin, um selbst zu essen. Ich werde verhungern und Ihnen ist es egal!«

Ich schnappte mir den Toast und legte ihn zurück auf den Teller. »Kann ich sonst noch etwas für Sie tun?« Vielleicht ihn aus seinem Elend erlösen, wenn er sich weiterhin so schwierig verhielt?

Lorcans Augen verengten sich, bevor er nickte. »Sie waren an der Fertigstellung der Torte für die Jubiläumsfeier beteiligt?«

»Das war ich. Chef Heston weckte mich im Morgengrauen, um sicherzustellen, dass wir Lady Diana nicht im Stich ließen.«

»Hmm. Ich habe Bilder gesehen. Sie sah uneben aus.«

»Nein. Alles wurde abgemessen und wir haben uns genau an Ihr Rezept gehalten. Alle Schichten waren vollkommen gleichmäßig.« Ich würde nicht zulassen, dass er die Arbeit kritisierte, die in die Rettung seines Halses gesteckt worden war.

»Die Farbgebung war falsch und die Goldpunkte auf der Mittelschicht waren zu groß.«

»Nein, das waren sie nicht. Sie waren laut Anleitung zweieinhalb Zentimeter groß.«

Er grunzte. »Auf den Bildern sahen sie groß aus.«

»Wenn sie zu groß waren, lag das daran, dass Ihre Anweisungen falsch waren.«

Lorcan holte tief Luft. »Meine Anweisungen sind nie falsch. Wie können Sie es wagen?«

Ich stand vom Bett auf und stemmte meine Hände in die Hüften. Ich musste vorsichtig sein, sonst würde ich anfangen zu schreien. »Wie *ich* es wagen kann? Sie kommen in unsere Küche, bellen Befehle und sind allen gegenüber unhöflich. Und als ich Sie zum ersten Mal traf, konnten Sie sehen, dass ich Hilfe brauchte, und Sie sind einfach weitergefahren. Sie haben meinen Bereich für die Essenszubereitung in der Küche übernommen, dann hatten Sie die Frechheit, krank zu werden. Ich habe Ihnen den Hals gerettet. Wir haben in der Küche gemeinsam dafür gesorgt, dass alles reibungslos ablief und die Jubiläumsfeier nach Plan verlief. Ich habe mir den Hintern abgearbeitet, um sicherzustellen, dass Lady Diana und Percy die Torte ihrer Träume bekamen.«

Er stotterte mehrere Worte, aber ich hob einen Finger.

»Ich bin noch nicht fertig. Sie waren unhöflich zu mir, seit wir uns kennengelernt haben. Sie haben mich wegen meines Essens herausgefordert, aber ich habe bewiesen, dass ich backen kann. Jetzt sind Sie unhöflich wegen der Torte, die ich gemacht habe, um Ihre Haut zu retten. Sie sollten dankbar sein. Ich hätte all das nicht tun müssen. Ich hätte einfach im Bett bleiben können.«

»Ich ... Ich ... kann nicht glauben, dass Sie das gerade gesagt haben. Sie glauben, Sie können ...«

»Ich bin eine ausgezeichnete Bäckerin. Ich backe leckere Kuchen und bin stolz darauf. Wenn Sie ein Problem damit haben, dass ich Ihre Konkurrenz bin, wenn es um die Zubereitung köstlicher Desserts geht, dann müssen Sie lernen, damit zurechtzukommen. Ich werde nicht hier sitzen und Sie mit Toast füttern und Ihr Ego streicheln. Sie sind kein netter Mann, Lorcan Blaze.« Ich schnappte nach Luft, meine Hände kribbelten. Ich konnte nicht glauben, was ich getan hatte. Das würde mich in große Schwierigkeiten bringen. Ich drehte mich um und ging zur Tür, bevor ich noch etwas anderes sagte.

»Warten Sie einen Augenblick.«

Meine Hand lag bereits auf der Türklinke. »Was?«

»Sie haben Temperament, Küchenmädchen.«

Ich drehte mich wieder zu ihm um. »Mein Name ist Holly Holmes.«

Sein Blick glitt über mich. »Holly, ich bewundere Ihren Ehrgeiz. Wo sehen Sie sich in fünf Jahren?«

Ich blinzelte ihn an. »Warum kümmert Sie das?«

»Weil Sie mich faszinieren. Es ist nicht einfach, mit mir zusammenzuarbeiten, aber das liegt daran, dass ich meine Ansprüche so hoch ansetze.«

»Das habe ich gehört«, sagte ich.

»Dafür entschuldige ich mich nicht. Ich wäre nicht dort, wo ich jetzt bin, wenn ich nicht von jedem, mit dem ich zusammenarbeite, Spitzenleistungen erwarten würde. Es kommt selten vor, dass ich ein neues Gesicht finde, das zu meinem Team passt. Die meisten Leute haben nicht das Zeug dazu, sich mir anzuschließen. Wenn man in die großen Ligen aufsteigt, verändert das ihr Leben.«

»Ich bin sicher, Ihre Mitarbeiter freuen sich, jeden Tag mit Ihnen zusammenarbeiten zu dürfen. Es muss eine Freude sein.«

Er schnaubte und lachte. »Sie werden extrem gut bezahlt. Und wenn sie mein Team verlassen, können sie jeden Job übernehmen, den sie sich wünschen. Die Arbeit bei Lorcan Blaze garantiert ihnen eine goldene Zukunft. Also, Holly Holmes, was sagen Sie?«

»Was meinen Sie?«

»Den Einstieg in die großen Ligen. Wenn Sie Abwechslung und Herausforderungen wollen, rufen Sie mich doch einfach an.«

Mein Mund klappte auf und ich lehnte mich gegen die Tür. »Sie bieten mir einen Job an?«

»Das kommt nicht oft vor. Die meisten Menschen, die ich treffe, bleiben hinter meinen Erwartungen zurück. Vielleicht war Ihre Torte gestern Abend etwas schief ...«

»Sie war nicht schief.« Ich hob mein Kinn und starrte ihn an. »Sie war Perfektion.«

Sein Grinsen sah aus wie das eines Hais. »Sie war beinahe perfekt. Sie müssen noch einiges lernen.

Kommen Sie mit und arbeiten Sie für mich. Ich werde Ihr Leben verändern.«

Mir fehlten die Worte. Ich hatte ihn eben gerade beleidigt und ihm gesagt, ich hätte seinen Hintern gerettet, und er bot mir eine Chance an, für ihn zu arbeiten.

»Ich verstehe. Ich bin an diese Reaktion gewöhnt, wenn jemand ein so unglaubliches Angebot erhält.«

»Ich meine. Ich weiß nicht ... Meinen Sie das ernst?«

»Ich meine es immer ernst, wenn es um mein Essen geht. Ich mache Exzellenz, ich erwarte Exzellenz und ich möchte nur exzellente Menschen um mich herum haben. Nehmen Sie das.« Er nahm seine Brieftasche vom Nachttisch, zog eine Karte heraus und hielt sie mir hin.

Mit zitternden Knien ging ich zurück zum Bett und nahm die Karte.

»Nur wenige Menschen haben meine persönlichen Kontaktinformationen. Sie gehören jetzt zu den wenigen Privilegierten. Das Paket, das ich allen Mitarbeitern anbiete, ist erstklassig. Sie lernen eine Menge neuer Fähigkeiten und können dank mir die Welt bereisen. Ich erwarte, bald von Ihnen zu hören.«

Ich schluckte und steckte die Karte in meine Tasche. »Ich bin mir darüber nicht sicher. Ich bin hier glücklich.«

Er tat den Kommentar mit einer Fingerbewegung ab. »Glücklich, zufrieden und nicht herausgefordert. Ich könnte noch viel mehr aus Ihnen herausholen, wenn Sie dazu bereit wären.«

Ich wich zurück und erreichte die Tür. »Ich werde darüber nachdenken.«

»Denken Sie nicht zu lange nach.«

Ich drehte mich um und eilte aus dem Schlafzimmer. Meine Gedanken wirbelten. Das war das Letzte, was ich erwartet hatte. Lorcans Ruf war hervorragend. Das könnte eine unglaubliche Chance sein. Aber ich wollte Audley Castle nicht verlassen. Ich liebte meinen Job. Ich liebte alle Menschen hier. Das gespenstische Flüstern und die kalten Stellen störten mich nicht einmal. Sie machten diesen Ort einzigartig.

Ich wurde langsamer, als ich an einem offenen Fenster vorbeikam. Erhobene Stimmen drangen zu mir herauf. Als ich aus dem Fenster spähte, sah ich zwei Frauen, die Kopf an Kopf standen und sich stritten.

Eine davon war Lila Mendelsham, aber ich erkannte die Rothaarige nicht. Was auch immer zwischen ihnen vorging, sah intensiv aus.

Ich verdrängte alle Gedanken an Lorcans Jobangebot und eilte die Treppe hinunter. Könnte sich dieser Streit um Blaine drehen?

Es gab nur einen Weg, das herauszufinden.

Kapitel 8

Als ich durch den Seiteneingang auf die Kiesauffahrt trat, schubste die Frau mit den roten Haaren Lila. Sie taumelte auf ihren High Heels zurück, bevor sie einen Schrei ausstieß.

Die andere Frau drehte sich auf ihren ebenso hohen Absätzen um und stolzierte davon.

»Das ist noch nicht vorbei«, schrie Lila. »Dafür kriege ich dich.«

»Ist alles in Ordnung?« Ich eilte zu ihr.

»Nein! Nichts ist in Ordnung. Diese ... Diese Kreatur sollte nicht einmal hier sein.« Lila strich ihr langes Haar aus dem Gesicht. Zwei rote Flecken zierten ihre Wangen.

»Ich kenne Sie von der Party«, sagte ich.

Sie warf mir einen Blick zu und rümpfte die Nase. »Sie waren auf der Party?«

»Nicht in offizieller Funktion«, sagte ich. »Ich habe die Jubiläumstorte gebracht.«

Lilas Augen leuchteten für eine Sekunde auf. »Es war eine unglaubliche Torte. Allerdings habe ich nicht viel davon bekommen. Blaine mochte es nie, wenn ich Zucker esse.«

»Das ist kein Problem, über das Sie sich jetzt Sorgen machen müssen.«

Ihre großen mandelförmigen Augen wurden schmal. »Kannten Sie ihn? Sie waren doch nicht eine von seinen ...« Sie deutete mit der Hand in die Richtung, in die die andere Frau gegangen war.

»Nein! Nichts dergleichen. Aber ich habe gehört, was mit ihm passiert ist.«

»Jeder hat das.« Lila legte ihren Kopf zurück und atmete aus. »Das ist alles so ein Durcheinander. Und Leute wie Sabine machen es nur noch schlimmer. Das hat nichts mit ihr zu tun. Sie war eine Angestellte von Blaine. Ich weiß nicht einmal, warum sie immer noch hier ist. Höchstwahrscheinlich auf der Suche nach ihrem nächsten Opfer, in das sie ihre Krallen graben kann. Gibt es einen besseren Ort als ein Schloss voller reicher Leute, um ihren nächsten Trottel zu finden?«

Der Streit drehte sich also um Blaine. Dieses Gespräch war gerade sehr interessant geworden.

»Sie sehen so aus, als ob Sie eine Pause brauchten«, sagte ich. »Ich kann uns Kaffee und Kuchen machen, wenn Sie fünf Minuten Auszeit brauchen. Es macht nie Spaß, mit jemandem zu streiten.«

Sie seufzte und schüttelte den Kopf. »An Wochentagen nehme ich keine Kohlenhydrate zu mir.«

»Probieren Sie ein kleines Stück. Kuchen beruhigt mich immer, wenn ich wegen etwas wütend bin.«

Lila legte den Kopf schief. »Haben Sie noch etwas von der Jubiläumstorte übrig?«

»Es ist alles weg. Aber ich kann Ihnen Brownies, Victoria-Biskuit, Zitronenkuchen und Erdbeer-Scones anbieten. Was immer Sie wollen« Und wenn ich etwas Zeit allein mit Lila verbringen könnte, könnte ich mehr über ihre Beziehung zu Blaine und ihren Streit mit Sabine herausfinden.

Ihre Zunge fuhr über ihre Unterlippe. »Bringen Sie eine Auswahl heraus. Vielleicht schaffe ich es, ein paar Bissen von etwas zu essen.«

»Kommen Sie hier entlang. Wir haben eine Bank vor der Küche, die wir in den Pausen nutzen. Warten Sie hier. Ich bin in einer Minute zurück.« Ich rannte in die Küche, schnappte mir Kuchen, Tassen und Kaffee und ging zurück – erleichtert, Lila auf der Bank sitzen zu sehen.

Ich stellte das mit Kuchen beladene Tablett ab und setzte mich ihr gegenüber hin.

Ohne darauf zu warten, dass ich die Kuchen verteile, schnappte sich Lila den größten Schokoladen-Brownie und biss kräftig hinein.

Ich reichte ihr eine Tasse Kaffee und suchte mir dann einen Erdbeer-Scone aus.

»Oh mein Gott, das ist erstaunlich.« Lila aß den Schokoladen-Brownie in drei Bissen, bevor sie sich die Krümel von den Fingern leckte.

»Wenn Sie Brownies lieben: Es gibt noch viel mehr in der Küche.«

Lila schüttelte den Kopf. »Nein, ich esse wirklich keine Kohlenhydrate.« Sie schnappte sich den Zitronenkuchen und biss hinein.

Ich biss mir auf die Unterlippe, um nicht zu lächeln. »Kuchen spendet mir immer Trost, besonders in stressigen Zeiten. Ich kann mir vorstellen, dass Sie gestresst sind wegen dem, was mit Blaine passiert ist.«

Sie aß das letzte Stück Zitronenkuchen, bevor sie nickte. »Es war schrecklich. Als ich aufwachte, war das Bett leer. Normalerweise weckt mich Blaine mit seinem Schnarchen, nach einer Nacht voller Alkohol. Ich drehte mich um und seine Seite war noch warm, aber er war nicht da. Er muss gerade das Bett verlassen haben.«

»Haben Sie nach ihm gesucht?«

»Nein. Ich war gerade am Einschlafen, als ich die Leute schreien hörte. Ich war zuerst genervt. Ich mag es nicht, gestört zu werden. Ich stand auf, um ihnen zu sagen, sie sollten ruhig sein, als ich hörte, wie jemand Blaines Namen und einen Krankenwagen rief. Da geriet ich in Panik.« Sie nahm das Stück Victoria-Biskuit und biss hinein.

»Wer hat Blaine am Fuß der Treppe entdeckt?«, fragte ich.

Lilas Augen wurden schmal. »Anscheinend war es ein Wachmann während seines Rundgangs. Aber Sabine war eine der Ersten am Tatort, nachdem es passierte.«

»Das muss für sie beunruhigend gewesen sein.«

»Wenn sie echte Gefühle gehabt hätte, wäre es so gewesen. Ich glaube kein Wort, das aus dem Mund dieser Hure kommt. Jeder wusste, dass sie viel mehr als nur Blaines persönliche Assistentin war. Sie kann nicht einmal richtig tippen. Ihre langen falschen Nägel stören.«

»Warum hat Blaine sie dann eingestellt?«

Sie schnaubte. »Dreimal dürfen Sie raten.«

»Glauben Sie, Blaine hat Sie betrogen?«

»Leider schon. Das Demütigende war, dass er dabei nicht einmal diskret war. Er prahlte immer vor seinen Freunden. Er war ekelhaft.«

Ich nippte an meinem Kaffee. »Ich möchte Ihnen nicht zu nahe treten, aber warum bleiben Sie bei einem Mann, der Ihnen untreu ist?«

Lila hatte den Victoria-Biskuit fertig gegessen. »Blaine hatte noch einiges vor sich, um erwachsen zu werden. Manchmal bedeutete das, dass er schlechte Lebensentscheidungen getroffen hat.«

»Er muss Mitte dreißig gewesen sein«, sagte ich. »Wann genau wollte er erwachsen werden?«

Sie grinste. »Guter Punkt. Irgendwann wäre es passiert. Alle seine Freunde sind genauso. Sie haben immer mehrere Eisen im Feuer und wollen nicht, wie sie es nennen, an ein einzelnes Mädchen *gebunden* sein. Und da draußen gibt es so viele Versuchungen. Wenn du reich und gutaussehend bist, sind alle Frauen hinter dir her. Ich hatte die Wahl, meinen Traum, mit Blaine verheiratet zu sein, aufzugeben oder die Zähne zusammenzubeißen und bis zum Ende durchzuhalten.«

»Bis zum Ende? Was bedeutete das Ende für Sie?«

»Hochzeit! Wir meinten es ernst miteinander«, sagte sie. »Eines Tages hätte er seine Augen geöffnet und erkannt, wie großartig ich bin. Der Heiratsantrag wäre gefolgt. Und ich habe daran gearbeitet, ihm klarzumachen, dass wir perfekt zusammenpassen. Wenn ich jetzt die Zeit investiert hätte, ihn wieder in Ordnung zu bringen, wäre er der ideale Ehemann gewesen. Jetzt ist meine ganze harte Arbeit umsonst gewesen.«

Das klang nach dem schlechtesten Plan für eine glückliche Ehe. Man sollte keine Beziehung in der Hoffnung eingehen, eine Person zu verändern. Sicher, ein paar kleine oberflächliche Änderungen waren in Ordnung, aber die Natur einer Person zu verändern, würde nie funktionieren. Blaine klang durch und durch wie ein Betrüger. Wenn er noch am Leben wäre, hätte er wahrscheinlich auch in seinen Achtzigern noch Affären gehabt.

»Sie haben erwähnt, dass Blaine eine Beziehung mit Sabine hatte. Das muss schwer für Sie gewesen sein.«

»Wenn man es eine Beziehung nennen kann.« Lila blickte finster auf ihr Stück Kuchen. »Sabine ist so selbstgefällig. Und sie tut so, als wäre sie noch bestürzter über Blaines Tod als ich. Vertrauen Sie mir, es ist alles nur gespielt.«

Es war verdächtig, dass Lila kaum Tränen weinte, wenn man bedachte, dass ihr Freund und zukünftiger Ehemann tot war.

»Sie hat die Leiche gesehen«, sagte ich. »Es muss sie schockiert haben.«

Lila schürzte die Lippen. »Ich habe sie auch gesehen. Und er war mein Freund.«

»War Sabine die einzige andere Frau, die Blaine traf?«

Lila wedelte mit der Hand in der Luft. »Ich bezweifle es sehr. Allerdings musste es mit ihr sehr regelmäßig gewesen sein. Sie *arbeiten* seit sechs Monaten zusammen. Ich habe versucht, ihn davon abzuhalten, sie einzustellen, aber er sagte, sie verfüge genau über die richtigen Vorzüge.« Ihre Oberlippe kräuselte sich. »Ich wusste genau, was er meinte. Ich dachte, ich würde ihm ein paar Monate lang seinen Spaß lassen und er würde dann genug von ihr haben. Sie ist so auffällig in ihren High Heels und dem betonten Dekolleté. Doch dann ging die Beziehung weiter und es wurde ernst. Ich wäre fast nicht zu dieser Party gekommen, als Blaine sagte, er hätte dafür gesorgt, dass Sabine auch eine Einladung bekam.«

»Haben Sie Blaine zur Rede gestellt? Ihm gesagt, dass es nicht in Ordnung ist, gleichzeitig mit Ihnen und Sabine auszugehen?«

Sie zog eine Augenbraue hoch. »Sie wissen offensichtlich nicht viel über Männer. Das hätte nie funktioniert. Was wäre, wenn Blaine sie mir vorgezogen hätte? Außerdem hätte sich ihre Beziehung von selbst erledigt. Blaine wäre zu mir zurückgekehrt und Sabine wäre für uns beide eine ferne und unangenehme Erinnerung gewesen.«

Ich widerstand dem Verlangen zu schaudern. Es klang wie ein teuflisches Spiel. »Hat irgendjemand mit Ihnen über die Möglichkeit gesprochen, dass Blaines Sturz kein Unfall war?«

Lila nickte. »Werden Sie diesen Scone essen?«

Ich schob ihn ihr entgegen. Wenn Kuchen Lila zum Reden bringen würde, würde ich ihr geben, was sie wollte. »Bedienen Sie sich ruhig.«

»Danke. Das sieht lecker aus.«

»Sie scheinen nicht überrascht zu sein, dass Blaines Tod kein Unfall war.«

Sie zuckte mit den Schultern. »Ich bin es auch nicht. Blaine sagte immer, was ihm durch den Kopf ging, auch wenn es jemanden beleidigte. Die Gefühle anderer Menschen waren ihm egal. Ihm ging es immer um sich selbst und darum, wie er das Leben ausnutzen konnte. Ich habe dem Sicherheitsmann, der mit mir gesprochen hat, gesagt, dass sie eine echt große Aufgabe haben würden, die Person zu finden, die ihn die Treppe hinuntergestoßen hat. Eines habe ich allerdings deutlich gemacht: dass ich es nicht war. Ich habe in meinem Zimmer geschlafen. Ich bin mir sicher, dass mich jemand gesehen hat, als ich aus dem Schlafzimmer kam, als alles begann.«

»Können Sie sich hier bei irgendjemandem vorstellen, dass er oder sie Blaine hätte töten wollen?«

Sie klopfte mit ihren rosa lackierten Nägeln auf den Tisch. »Das ist eine knifflige Frage. Er hat viele Leute verärgert, aber ich habe gesehen, wie er vor der Party mit James Postle gestritten hat.«

»Worüber haben sie gestritten?«

»Ich habe es nicht gehört. Ich war zu weit weg. Sie standen dicht beieinander und es sah ernst aus. James war derjenige, der wegging, und er sah nicht glücklich aus, als er es tat. Seine Schultern waren hochgezogen und seine Hände zu Fäusten geballt.«

Das waren überraschende Neuigkeiten. Als ich James traf, schien er ein netter Kerl zu sein. Was hatte Blaine getan, um ihn zu verärgern?

Lila lehnte sich zurück und tätschelte ihren Bauch. »Ich habe ein echtes Kohlenhydrat-Baby. Ich muss für eine Weile joggen gehen, um das zu verbrennen.«

»Es tut mir leid, was mit Blaine passiert ist«, sagte ich. »Aber glauben Sie mir, es gibt jede Menge tolle Männer da draußen. Vielleicht welche, die Sie nicht betrügen. Sie sollten nicht darauf warten, dass sich ein Mann verändert, bevor er erkennt, wie großartig Sie sind. Finden Sie jemanden, der sich um Sie und niemanden sonst kümmern möchte.«

Lila schüttelte den Kopf, als sie aufstand. »Sie sind ein süßes Ding, aber Sie haben keine Ahnung, wie der Verstand von Männern funktioniert. Ich wusste, worauf ich mich einließ, als es um Blaine ging. Und klar, ich wünschte, er hätte mich nicht betrogen, aber so sind die Dinge in meinem sozialen Umfeld. Man muss richtig aussehen, den Mund halten und sich schließlich einen reichen Kerl angeln. Ich beneide Sie fast, ein einfaches Leben, jeden Tag Kuchen backen und nicht verstehen, wie die Welt funktioniert.«

Ich blinzelte sie an. »Ich weiß ganz gut, wie die Welt funktioniert.«

Sie tätschelte meine Hand. »Sie machen tolle Kuchen. Bleiben Sie dabei und geben Sie keine Beziehungsratschläge.« Lila ging weg, eine Hand auf ihrem geschwollenen Bauch.

Ich runzelte die Stirn, als ich noch einmal durchging, was sie mir gerade erzählt hatte. Sie mochte zwar von Privilegien und Luxus umgeben sein, aber es war kein Leben, das ich führen wollte. Sie blieb wegen des sozialen Status bei Blaine. Es flossen keine Tränen, obwohl sie den Mann verloren hatte, den sie heiraten wollte. Könnte Lila gelogen haben, dass sie im Schlafzimmer war, als Blaine die Treppe hinuntergestoßen wurde? Vielleicht war er einen Schritt zu weit gegangen, als er Sabine auf die Party eingeladen hatte, und Lila war ausgerastet.

Sogar ich würde in Versuchung geraten, Blaine nach allem, was er ihr angetan hatte, die Treppe hinunterzustoßen.

Und was war zwischen James und Blaine los? Warum hatten sie gestritten? Ich musste mich mit James unterhalten und herausfinden, wo er sich zum Zeitpunkt von Blaines Ermordung aufgehalten hatte. Die Liste der Verdächtigen wurde alarmierend schnell länger.

Ich hatte gerade die Kaffeetassen und leeren Teller eingesammelt, als sich jemand räusperte.

Ich schaute auf und mir stockte der Atem. Campbell stand neben einem Busch, die Hände auf dem Rücken verschränkt und die Sonnenbrille aufgesetzt, sodass ich den Ausdruck in seinen Augen nicht sehen konnte. Ich bezweifelte, dass er freundlich war.

»Ein Wort bitte, Miss Holmes.«

Ich schluckte. Ich war beim Schnüffeln erwischt worden. Ich hatte das Gefühl, dass ich bald große Schwierigkeiten bekommen würde.

Kapitel 9

»Ich bin beschäftigt«, sagte ich. »Ich muss diese Dinge zurück in die Küche bringen.«

Campbell schlenderte hinüber und nahm mir das Tablett aus der Hand, bevor er es auf den Tisch stellte. »Nein, das müssen Sie nicht.«

Ich musste mich dieser Sache direkt stellen, bevor er mich in den Kerker schickte oder mich zu einem geheimen Regierungsgelände entführte, wo man mich nie wieder sehen würde. Ich war der festen Überzeugung, Campbell könnte beides tun und ungeschoren davonkommen. »Bevor Sie anfangen, sich zu beschweren: Ich habe nichts falsch gemacht. Ich habe eine Frau entdeckt, die Trost brauchte. Ich konnte sie in ihrer Not nicht ignorieren.«

»Ich bin sicher, das war alles.« Eine Seite seines Mundes zuckte nach oben. »Ich habe gehört, dass Sie auf Fitnesstrends stehen.«

Meine Augenbrauen schossen in die Höhe. »Ja, das stimmt.«

»Ich habe eine Herausforderung für Sie. Sind Sie bereit, sie anzunehmen?«

»Das hängt von der Herausforderung ab.«

»Für diesen Job müssen meine Teams in bester körperlicher Verfassung sein.«

»Es kostet viel Energie, draußen vor Türen zu stehen und Menschen zu bewachen.«

Er schnaubte und lachte. »Es ist komplizierter. Wir müssen jederzeit bereit sein, falls Gefahr droht.«

»Okay, das ist gut zu wissen, aber was hat das mit meiner Herausforderung zu tun?«

»Meine Teams absolvieren regelmäßig Trainingseinheiten im Militärstil.«

»Oh sicher. Ich habe Sie auf dem Gelände gesehen. Sie stehen sogar früher auf als ich, um zu trainieren.«

»Das tun wir. Wie wäre es, wenn Sie es ausprobieren? Sind Sie stark genug, um eine militärische Herausforderung zu meistern?«

Ich war fasziniert. Ein militärisches Training. So etwas hatte ich noch nie zuvor gemacht. »Nur her damit. Wann möchten Sie es machen?«

»Haben Sie schon Mittagspause gehabt?«

»Nein, ich wollte gerade Pause machen. Warum wollen Sie es jetzt tun?«

»Sie sollten es am besten nicht probieren, wenn Sie einen vollen Magen haben.«

Ich verzog das Gesicht. Worauf habe ich mich da eingelassen?

»Gehen Sie und ziehen Sie sich um«, sagte Campbell. »Wir treffen uns in zehn Minuten an der Seite des Schlosses beim Bio-Obstgarten.«

Ich konnte nicht anders als zu lächeln. Da stand ich nun und erwartete eine Verurteilung, weil ich in Blaines Ermordung herumgeschnüffelt hatte, und Campbell bot mir an, mir dabei zu helfen, in Form zu kommen.

Nachdem ich die Sachen in die Küche zurückgebracht und Chef Heston Bescheid gegeben hatte, dass ich Pause machte, rannte ich zu meiner

Wohnung, zog meine Trainingsklamotten an und joggte um die Seite des Schlosses herum.

Mein Mund klappte auf, als ich die Szene vor mir wahrnahm. Da waren zwei riesige Traktorräder, zwei lange Seile und eine Reihe kleinerer Reifen aufgereiht. Es gab auch ein Netz, das direkt über dem Boden befestigt war.

»Das ist es, was Sie zum Trainieren verwenden? Ich dachte, Sie würden nur joggen?«

»Wir joggen auch. Das ist das Aufwärmen. Wie wäre es, wenn wir mit zehn Minuten Joggen beginnen, um Ihnen den Einstieg zu erleichtern?« Auch Campbell hatte sich umgezogen und trug ein eng anliegendes khaki-grünes Oberteil und ziemlich kurze Shorts, die seine muskulösen Beine zur Geltung brachten.

Ich rümpfte die Nase, nickte aber. Ich war nicht der größte Jogging-Fan. »Lassen Sie es uns langsam angehen.«

»Wo ist da der Spaß? Kommen Sie, lassen Sie uns weitermachen.«

Ich schnappte nach Luft und hatte Seitenstechen, nachdem wir unsere zehn Minuten Joggen beendet hatten. Es war eher Sprinten als Joggen gewesen, aber Campbell war kaum außer Atem, als wir zu den Trainingsgeräten zurückkehrten, die er bereitgestellt hatte.

»Wuff, wuff, wuff, wuff.«

»Es hört sich so an, als ob jemand sich uns anschließen möchte«, sagte Campbell.

Ich war an der Taille nach vorne gebeugt, atmete ein paar Mal tief durch und rieb meine Seite. »Er muss uns hier draußen gehört haben. Stört es Sie, wenn ich ihn laufen lasse?«

»Kein Problem. Er ist so klein, dass ich ihn nicht einmal bemerken werde.«

Ich kicherte. »Seien Sie sich da nicht so sicher. Meatball ist klein, aber oho.« Ich eilte davon, dankbar, ein paar Minuten Pause zu haben, damit ich wieder zu Atem kommen konnte.

Meatball war in seinem Zwinger und schaute sich um. Als er mich sah, spitzte er die Ohren und wedelte wild mit dem Schwanz.

»Hallo, wunderschöner Junge. Willst du sehen, wie ich mich vor Campbell lächerlich mache? Ich habe das Gefühl, dass er vorhat, mich zu Tode zu schinden.«

»Wuff, wuff!«

»Na dann los.« Ich ging mit Meatball um das Schloss herum zurück.

Er trottete zu Campbell hinüber und schnüffelte an seinen Turnschuhen herum, bevor er davonging, um die Reifenreihe zu inspizieren.

»Beginnen wir mit dem Krafttraining«, sagte Campbell. »Sie werden den Traktorreifen von einer Seite des Kieses auf die andere bewegen.«

Meine Augen weiteten sich, als ich auf den Reifen starrte. »Wie bitte soll ich das machen? Der ist größer als ich.«

»Nutzen Sie Ihren Einfallsreichtum. Sie sind gut darin, Rätsel zu lösen.«

Ich ging langsam um den Reifen herum. Er war riesig. Vielleicht könnte ich etwas besorgen, um ihn vom Boden wegzuheben und ihn dann umzudrehen. Ich schaute mich um, sah aber keine starken Holzstücke, die ich als Hebel nutzen konnte.

»Worauf warten Sie? Hat Sie dieses Rätsel verblüfft?«, sagte Campbell.

Ich warf ihm einen Seitenblick zu. Er hatte seinen Spaß. Das musste seine Art sein, mich dafür zu bestrafen, dass ich mich in die Ermittlungen eingemischt habe. Er hielt sich vielleicht für schlau, aber ich würde mich nicht geschlagen geben.

»Wuff, wuff.« Meatball hüpfte zwischen den kleineren Reifen auf dem Boden hin und her und hatte sichtlich Spaß.

»Ihr Hund hat die richtige Idee«, sagte Campbell. »Probieren Sie es aus und sehen Sie, was Sie schaffen können.«

Ich schlang meine Finger unter die Kante des Reifens und versuchte, ihn anzuheben. Er hob sich keinen Zentimeter.

»Beugen Sie die Knie vollständig, sonst ziehen Sie sich einen Muskel in Ihrem Rücken.«

Ich ging in die Hocke und versuchte es noch einmal. Der Reifen hatte sich bewegt. »Ich schaffe es!«

»Jetzt richten Sie ihn gerade aus und drehen ihn um.«

Ich ließ den Reifen wieder auf den Boden fallen. »Wollen Sie mich verarschen?«

»Keineswegs, Holmes. Bewegen Sie den Reifen. Ich zeige Ihnen, wie es geht.« Er schnappte sich den anderen Reifen und drehte ihn um, als ob er nicht mehr als eine Tüte Zucker wog.

Ich biss die Zähne zusammen und haute rein. Ich ließ mich nicht schlagen. Wenn ich diesen Reifen nicht umdrehte, würde Campbell für den Rest meiner Tage deswegen selbstzufrieden sein.

Ich ging so tief wie möglich in die Hocke, hielt den Reifen gut fest und begann mich zu erheben. Ich schaffte es ein paar Zentimeter nach oben und meine Armmuskeln protestierten.

»Sie haben es fast geschafft. Geben Sie jetzt nicht auf.«

Ich grunzte, als ein Schweißtropfen über mein Gesicht lief. Der Reifen bewegte sich noch etwas weiter nach oben. Ich musste ihn nur aufrichten und er konnte leicht umgeworfen werden.

»Brauchen Sie Hilfe?«, fragte Campbell.

»Ich schaff' das schon.« Ein seltsames, ersticktes Gurgeln kam aus meinem Mund. Der Reifen rutschte, ich keuchte und verlor fast den Halt. Ich grub meine Fersen in den Kies und schob mein ganzes Gewicht hinter den Reifen. Er hat sich wieder bewegt. Plötzlich war er einfacher zu heben. Mit einem letzten kräftigen Stoß richtete ich den Reifen auf. Ich sprang in die Luft und jubelte.

»Jetzt bringen Sie es hinter sich und machen es noch einmal.«

Ich drehte mich mit offenem Mund zu Campbell um.

Er gluckste. »Oder sind Sie bereit, sich geschlagen zu geben?«

Ich hätte es beinahe getan. Das Aufrichten des Reifens hatte mich fast umgebracht. Ich schubste und trat, bis er umkippte und eine Staubwolke aufwirbelte, als er im Kies aufschlug.

Ich schaffte zwei weitere Reifenumdrehungen, bevor sich mein Magen verkrampfte und meine Muskeln zitterten. Ich sackte über den Reifen, als vor meinen Augen schwarze Punkte auftauchten.

»Nicht schlecht. Ich habe ein paar Leute in meinem Team, die nur fünf Rotationen schaffen«, sagte Campbell. Er ging zu mir und klopfte mir auf die Schulter. »Es ist erstaunlich, wozu Sturheit einen Menschen bewegen kann.«

Ich ließ mich auf die Seite fallen, legte mich auf den Rücken und starrte zu ihm hoch. »Ist es das?«

»Wir fangen gerade erst an. Wir haben das Netzkriechen, den Reifenlauf und dann den Seilschlag vor uns.«

Ich stöhnte und rollte mich auf Hände und Knie.

Neben mir erschien eine Flasche Wasser.

Ich nahm sie Campbell aus der Hand und schluckte den größten Teil davon hinunter.

Mit einem amüsierten Lächeln im Gesicht half er mir aufzustehen. »Haben Sie schon Spaß?«

Ich hob mein Kinn. Meine Lunge brannte und meine Beine wackelten. »Eigentlich schon. Bringen Sie mir die nächste Herausforderung.«

Das Netzkriechen machte viel Spaß, besonders, als Meatball zu mir kam.

Ich krabbelte auf Händen und Knien unter dem niedrigen Netz hindurch. Meatball raste ein paar Sekunden lang neben mir her, bevor er unter dem Netz durchschlug und auf meinen Rücken sprang.

»Gute Arbeit, Meatball«, sagte Campbell. »Das zusätzliche Gewicht wird es schwieriger für Holly machen.«

Meatball leckte mir den Schweiß von meinem Nacken, mehr als glücklich, mit Stil reisen zu können, während ich unter dem Netz kroch und staubig wurde.

Als ich auf der anderen Seite war, sprang er ab und rannte bellend um mich herum, als wollte er mir sagen, dass er noch einmal mitfahren wollte.

»Als Nächstes machen wir den Reifenlauf«, sagte Campbell.

»Ich brauch' 'ne Minute.« Ich holte ein paar Mal tief Luft. »Warum machen Sie nicht mit?«

»Das kann ich, wenn Sie möchten. Ich habe es heute schon einmal gemacht.«

»Und Sie stehen immer noch?«

»Das ist einfach. Sie sollten den extremen Ultramarathon ausprobieren, an dem ich jedes Jahr in Norwegen teilnehme.«

Ich verzog das Gesicht. »Was muss man dabei tun?«

»Man springt vom Heck einer Autofähre, schwimmt durch den Fjord, radelt einhundertachtzig Kilometer und läuft dann einen kompletten Marathon. Beim Radfahren geht es hauptsächlich bergauf.«

Bei dem Gedanken an all diese extremen Sportarten wurde mir mulmig. »Klingt nach Spaß.«

»Es ist episch. Reifenlauf, jetzt.«

Ich ging zu den Reifen, und nach einem stolpernden Start wurde mir klar, dass ich meine Knie hochhalten musste, um nicht im nächsten Reifen eingeklemmt zu werden. Ich schaffte es in einem Stück bis zum Ende.

»Alles erledigt?«, fragte ich.

»Sie haben den ersten Lauf geschafft. Jetzt wiederholen Sie es noch zweimal.«

Ich joggte zurück zum Start und machte alles noch einmal.

»Jetzt stehen nur noch die Seile an und schon sind Sie fertig«, sagte Campbell.

»Was machen wir mit den Seilen?«

»Heben Sie sie so schnell wie möglich auf und ab«, sagte er. »Sie sind an diesen Baum gebunden.«

Ich ging zu den beiden dicken Seilrollen. »Was soll das bewirken?«

»Es ist großartig, um die Arme zu stärken. Es sorgt für ein gutes Cardio-Training und hilft beim Muskelaufbau.«

Sobald ich anfing, die Seile auf und ab zu bewegen, rannte Meatball herbei und schnappte sich eines davon.

»Hör auf damit! Das ist kein riesiges Kauspielzeug.«

Campbell sah zu, wie ich mit Meatball kämpfte, der sich mit seinen Zähnen festklammerte, als ich versuchte, das Seil umzudrehen.

»Du hilfst nicht. Lass das Seil los.«

»Du bleibst, wo du bist, Meatball«, sagte Campbell. »Das wird Holly helfen, stärker zu werden.«

Meatball knurrte, als er hin und her schwang, während ich das Seil umdrehte, und sein Schwanz wedelte, als würde er Steroide nehmen.

»Machen Sie weiter«, sagte Campbell.

Ich schaffte es noch weitere dreißig Sekunden, bevor ich verschwitzt auf dem Boden zusammenbrach. Ich war fertig. Mein Körper fühlte sich an, als hätte er sich in Gelee verwandelt. Alles wackelte, meine Lunge brannte und ich fühlte mich benommen.

»Trinken Sie noch etwas Wasser.« Campbell reichte mir eine weitere Flasche.

Ich trank sie aus, bevor ich langsam aufstand. »Wie war ich?«

»Ziemlich anständig. Und nach all dem Training habe ich Hunger.«

»Wie können Sie hungrig sein? Sie haben nichts getan!«

»Sie zu beobachten, hat mir Appetit gemacht. Was haben Sie in der Küche?«

»Ich habe gerade den Großteil des Kuchens an Lila verfüttert.«

»Ich kann mir nur vorstellen, worüber Sie gesprochen haben, während Sie Kuchen gegessen haben.«

Ich strich mir mit der Hand über die Stirn. »Ich bin sicher, ich kann etwas für Sie finden. Wir treffen uns wieder auf der Bank.« Ich stolperte in die Küche, schnappte mir meinen neuesten Versuch, die Gewürz-

und Vanillemischungen zuzubereiten, und machte mich wieder auf den Weg.

Campbell wartete neben der Bank, auf der ich mit Lila gesessen hatte.

Ich ließ mich darauf fallen, bevor meine Beine nachgaben, und stellte das Essen ab.

»Was ist das?« Er hob eine der Mischungen auf und drehte sie in seiner Hand um.

»Tudor-Desserts. Es ist ein Rezept, das ich perfektioniert habe.«

Während er sich hinsetzte, nahm er einen Bissen. »Es hat eine seltsame Textur.«

»Ich habe hier eine andere Mehlsorte probiert. Es handelt sich um eine Marke, die traditionell gemahlen wird. Was denken Sie?«

Campbell aß mehrere Stücke. »Nicht schlecht. Allerdings nicht mein Lieblingsrezept von Ihnen. Also, was hat Lila Ihnen über Blaine erzählt?«

»Warum denken Sie, dass wir über Blaine gesprochen haben?«

»Behandeln Sie mich nicht wie einen Idioten, Holly. Ich wusste, dass Sie es nicht lassen würden, in diesem Mord herumzuschnüffeln.«

»Sind Sie sicher, dass es Mord war?«

»Das war es. Und da Sie die Verletzungen am Körper bemerkt haben, wissen Sie das auch.«

Ich ließ mein Stück Vanille-Mischung sinken. »Woher wissen Sie das? Ich habe nur Alice von meinem Verdacht erzählt.«

»Vergessen Sie nicht, die Schlossmauern haben Ohren.« Er grinste mich an.

»Oder Superspionagewanzen«, sagte ich.

»So ähnlich. Was halten Sie von Lila als Verdächtige im Mord an Blaine?«

»Sie hat ein tolles Motiv. Lila ist die betrogene Freundin. Sie erzählte mir, dass sie allein war, als Blaine gefunden wurde. Als sie aufwachte, stellte sie fest, dass das Bett leer war, und sie hörte, wie die Leute über das Geschehene schrien.«

»Das hat sie auch meinem Team gesagt«, sagte Campbell. »Glauben Sie ihr?«

»Lila ist definitiv keine typische trauernde Freundin. Sie wirkte ein wenig intrigant.«

»Da stimme ich Ihnen zu. Sie war hinter dem Geld und dem Status her, den Blaine ihr bot«, sagte Campbell. »Sie wird nach ihrem nächsten Ziel suchen, an dem sie sich festhalten kann. Lord Rupert muss sich in Acht nehmen.«

Ich erstickte fast an meinem Stück. »Sie ist nicht die Art von Frau, die er mag.«

Campbell grinste. »Und woher wissen Sie das?«

Ich schnappte mir ein weiteres Stück der Mischung und aß es.

Er grinste wieder. »Lila ist eine soziale Aufsteigerin, aber nicht unbedingt eine Mörderin. Sie wusste, dass sie etwas Gutes hatte, und war bereit, darauf zu warten, dass Blaine von ihren Forderungen zermürbt wurde. Irgendwann hätte sie einen Ring an den Finger bekommen.«

»Was für eine Art, es zu tun. Sich den Mann seiner Träume zu holen, indem man wie ein schlechter Geruch herumhängt. Ich werde auf diese Option verzichten, wenn es darum geht, einen Mann zu finden.«

»Haben Sie noch jemanden im Visier?«

»Sicher. Wenn es sich um ein Verbrechen aus Leidenschaft handelt, wäre Sabine die nächste offensichtliche Wahl. Die Dame muss auf der Liste stehen. Vielleicht hatte sie es satt, in den Startlöchern zu warten, in der Hoffnung, dass Blaine Lila aufgeben würde. Er hat ihr vielleicht gesagt, dass das nie passieren würde, und sie drehte durch. In ihrer eifersüchtigen Wut stieß sie ihn die Treppe hinunter.«

Er nickte. »Sabine Novak. Ich habe mit ihr gesprochen. Sie ist definitiv verbittert, aber ähnlich wie Lila wusste sie, dass sie etwas Gutes hatte. Anscheinend war Blaine großzügig mit seinen Geschenken. Es schien ihr nichts auszumachen, die zweite Wahl zu sein.«

»Okay. Dann sind da noch Percy und Lady Diana.«

»Sie verdächtigen die beiden?«

»Lady Diana gab zu, dass sie Blaine nicht mochte. Sie hatte Angst, dass er Percy in die Irre führen würde. Allerdings habe ich mich gefragt, ob Lady Diana vielleicht mit Blaine durchgebrannt ist.«

»Ha! Damit habe ich nicht gerechnet. Hat sie Ihnen das gestanden?«

»Nein, aber Percy und Lady Diana waren verdächtig und angespannt, als wir zusammen frühstückten, als hätten sie etwas zu verbergen.«

»Sie haben mit Lady Diana gefrühstückt?«

»Ich schätze, es muss ein paar Dinge geben, die Ihre Superspionagewanzen übersehen«, sagte ich.

Er grunzte. »Vielleicht muss ich noch einmal mit ihnen sprechen, nur um das abzudecken.«

»Ich habe sie nicht ganz oben auf meiner Verdächtigenliste. Und Lila erwähnte etwas Seltsames, als wir uns unterhielten. Sie sah, wie James Postle am Tag seines Todes mit Blaine stritt. Sie wusste nicht, worum es ging, aber James sah nicht glücklich aus.«

»Er steht auf der Interviewliste, aber ich habe ihn noch nicht erreicht.«

»Ich habe am Nachmittag der Party mit ihm gesprochen. Er scheint ein anständiger Kerl zu sein. Freundlich, entspannt. Nett.«

»Und er hat keine Mörder-Vibe ausgestrahlt?«

»Ich spüre nicht immer Mörder-Vibes«, sagte ich. »Aber es würde nicht schaden, sich mit ihm zu unterhalten.«

»Irgendjemand anderes?«

»Das sind alle, die mir einfallen«, sagte ich.

Er rieb seine Hände aneinander und stand auf. »Danke für das Essen. Aber das hört jetzt auf.«

»Wovon reden Sie? Dass ich Ihnen Leckereien aus der Küche herausschmuggle?«

»Ihre Ermittlungen zum Mord an Blaine sind abgeschlossen.«

»Warum? Ich helfe Ihnen gerne weiter. Wir haben beide dieselben Verdächtigen identifiziert. Ich könnte Ihnen von Nutzen sein. Den Leuten macht es nichts aus, mit mir zu reden.«

»Weil Sie sie mit Ihren Kuchen bestechen.«

»Es ist keine Bestechung, wenn jemand meine Kuchen essen will«, sagte ich. »Und wenn süße Leckereien einen Menschen weicher machen und ihn dazu bringen, Dinge preiszugeben, die er sonst nicht preisgeben würde, ist das eine gute Sache. Sie sollten mich nicht davon ausschließen.«

»Ich schließe Sie nicht aus. Sie waren überhaupt nicht dabei. Sie sind gut darin, Dinge zu bemerken, die andere Leute übersehen, aber Sie sind nicht *so* gut. Sie haben eine Verdächtige übersehen.«

»Wen habe ich übersehen?«

Campbells Augen glitzerten. »Dies Information ist nur für diejenigen bestimmt, die sie kennen müssen.«

Ich starrte ihn böse an. »Kommen Sie schon, Mister Null-Null-Superspion, warum behalten Sie das für sich? Sagen Sie mir, wen ich übersehen habe.«

»Blaine hatte eine Erzfeindin. Sie erklärte offen, dass sie ihn töten würde. Sie hat ihre Drohungen sogar online gestellt.«

»Wer wäre dumm genug, das zu tun?«

»Henrietta Audley.«

Kapitel 10

Campbell drehte sich bereits um und ging weg, als ich aufstand.

»Warten Sie! Wovon reden Sie? Es kann keine der Töchter der Herzogin sein.«

Er drehte sich um und legte eine Hand auf meinen Mund. »Das geht so nicht weiter. Sie müssen die Ermittlungen zu diesem Mord jetzt einstellen. Wenn Prinzessin Henrietta beteiligt war, müssen wir vorsichtig sein und mit äußerster Diskretion vorgehen.«

Ich nahm seine Hand von meinem Mund und trat zurück. »Sie kann es nicht gewesen sein. Warum sollte sie wollen, dass Blaine tot ist?«

»Das müssen Sie nicht wissen.«

»Das muss ich. Es ist wichtig. Ich meine ...«

»Es ist nicht wichtig für Sie. Halten Sie sich raus.«

»Moment mal! War das der einzige Grund, warum Sie mit mir gesprochen haben? Sie wollten wissen, ob ich herausgefunden habe, dass Henrietta Audley die Mörderin sein könnte?«

Seine Augen wurden zu winzigen Schlitzen. »Sprechen Sie mit niemandem darüber.«

Wut durchströmte meine Adern und meine Knie zitterten erneut, aber diesmal nicht vor Erschöpfung. »Sie haben mit mir über diese Ermittlungen gesprochen, weil Sie dachten, ich könnte hilfreich sein. Sie haben mich ausgenutzt!«

»Falsch. Ich habe Informationen extrahiert, um sicherzustellen, dass der Familienname nicht besudelt wird. Ich habe einfach meinen Job gemacht.«

Das war empörend. »Ich würde ihren Namen niemals beschmutzen. Ich arbeite für sie. Das ist doch lächerlich.«

»Menschen machen lächerliche Dinge, wenn es um große Geldsummen geht. Die Presse würde viel dafür bezahlen, einen Skandal wie diesen in die Hände zu bekommen. Auch wenn sich herausstellt, dass es nicht wahr ist. Sobald Prinzessin Henriettas Name mit diesem Mord in Verbindung gebracht wird, wird es einen Fleck hinterlassen.«

Mein Mund öffnete und schloss sich mehrmals, während ich versuchte, meine Gedanken zu ordnen. »Glauben Sie, dass ich das tun würde? Dass ich der Presse einen Skandal verkaufen würde?«

Campbell zuckte mit den Schultern. »Geld bringt die Leute zum Reden, ähnlich wie Ihr Kuchen. Sie arbeiten in der Küche des Schlosses. Das wird Sie nie reich machen.«

Ich konnte kaum atmen. Wie konnte er glauben, dass ich so etwas tun würde? Ich liebte meinen Job und sicher, er war nicht gut bezahlt, aber ich machte ihn nicht, um endlos viel Geld zu verdienen. Ich machte ihn, weil es mir Befriedigung bereitete, zu sehen, wie die Augen der Menschen vor Vergnügen aufleuchteten, wenn sie etwas probierten, das ich gemacht hatte.

»Sie ... Sie ...« Ich war zu wütend, um einen richtigen Satz zu bilden.

»Das ist die einzige Warnung, Holly. Es ist von entscheidender Bedeutung, dass mit dieser Situation sensibel umgegangen wird. Der Ruf der Familie steht auf dem Spiel.«

»Das weiß ich jetzt! Und ich wäre sensibel damit umgegangen, wenn ich gewusst hätte, dass ein Familienmitglied darin verwickelt sein könnte.« Ich stemmte meine Hände in die Hüften. »Sie vertrauen mir nicht.«

»Ich vertraue niemandem. Nehmen Sie es nicht persönlich.«

Wieder flammte Wut in mir auf. Ich stieß Campbell vor die Brust. Er bewegte sich nicht.

Ich versuchte, ihn gegen das Schienbein zu treten, aber er wich mir aus, was meine Wut nur noch schlimmer machte.

»Ich dachte, wir wären Freunde.« Ich blickte ihn böse an.

»Ich habe keine Freunde. Und wenn Sie mir wehtun wollen, müssen Sie zuerst etwas mehr trainieren.«

Sosehr ich ihn auch so hart wie möglich auf die Brust schlagen wollte, ich würde höchstwahrscheinlich jeden Knochen in meiner Hand brechen.

»Danke für den Kuchen.« Er drehte sich um und ging weg.

»Wuff.« Meatball stieß mit seiner Nase meine Wade an.

»Nein, mir geht es absolut nicht gut. Campbell ist ein Riesenidiot. Er hat mich benutzt, um an Informationen zu kommen, und er vertraut mir nicht.« Es tat weh, dass er mich nicht als Freund betrachtete. Wir hatten Momente, in denen wir aneinander gerieten, aber ich dachte, er hätte mir eine Tür geöffnet. Als würde er in mir nicht mehr nur ein Ärgernis sehen, sondern jemanden, dem er vertrauen konnte. Es war alles eine Farce gewesen.

»Wir werden es ihm zeigen, Meatball. Ich werde diesen Mord aufklären. Campbell Milligan wird mich nicht ausnutzen und ungeschoren davonkommen.«

Ich rieb mir am nächsten Morgen immer noch den Schlaf aus den Augen, als ich mit Alice und Meatball zur Dienstbotentreppe eilte. Zwischen uns eingeklemmt war ein lebensgroßer Crashtest-Dummy.

»Ich kann nicht glauben, dass du den so schnell bekommen hast«, sagte ich.

Alice warf mir ein Grinsen zu. »Eine Prinzessin mit einer Platinkarte zu sein, hat seine Vorteile. Es war eine geniale Idee von dir, diese Tests durchführen zu wollen.«

Nach meinem Streit mit Campbell gestern war ich umso entschlossener, diesen Fall zu lösen. Ein Gespräch mit Alice, eine Verwendung ihrer Platinkarte, und schon waren wir im Geschäft.

Ich dachte, wenn wir ein paar Mal eine Puppe der Größe von Blaine die Treppe hinunterwarfen, würde uns das dabei helfen, herauszufinden, wie stark sein Angreifer war und mit welcher Kraft er ihn getötet hatte.

»Das könnte genau das sein, was wir brauchen, um in diesem Fall einen Durchbruch zu erzielen«, sagte ich.

»Und wir werden sehen, ob die hinterlistige Sabine oder die frustrierte Lila etwas damit zu tun haben«, sagte Alice.

Ich hatte sie über die Tatverdächtigen dieses Mordes auf dem Laufenden gehalten, während wir die Puppe bestellt hatten. Obwohl ich noch nicht erwähnt hatte, dass Henrietta beteiligt sein könnte. Ich war mir immer noch nicht sicher, was ich davon hielt.

Wir kamen oben an der Treppe an. Ich spähte hinunter zur Düsterkeit am Boden. Es gab kein Fenster, das für natürliches Licht sorgte, und es fühlte sich unheimlich an.

»Suchst du Blaines Geist?« Alice kicherte. »Granny hat ihn noch nicht gesehen, aber er könnte auftauchen. Wenn er es tut, werde ich ihn zu dir schicken, ja?«

»Halte die Schlossgeister von mir fern«, sagte ich. »Beginnen wir mit einem einfachen Stoß. Nicht zu stark. Etwas, das du tun würdest, wenn du mit jemandem herumalberst.«

Alice balancierte die Puppe, während ich davor stand und gegen die Brust drückte. Sie fiel die Treppe hinunter, schlug ein Drittel des Weges nach unten auf die Stufen auf und rutschte bis zum Boden.

Meatball jaulte, bevor er die Stufen hinunterrannte. Er packte den Fuß der Puppe und versuchte sie knurrend wieder hochzuziehen.

»So wurde Blaine definitiv nicht entdeckt«, sagte Alice. »Er saß sozusagen aufrecht mit dem Rücken zur Wand.«

»Das bedeutet, dass er stärker geschubst wurde. Jemand hatte Kraft in den Stoß stecken müssen.«

»Oder Motivation«, sagte Alice. »Obwohl Blaine in dieser Nacht betrunken war. Vielleicht musste der Mörder nicht so stark schubsen, wenn Blaine ohnehin schon unsicher auf den Beinen war.«

Ich eilte die Treppe hinunter und zog die Puppe wieder hoch – unterstützt von Meatball, der entschlossen war, den Fuß der Puppe nicht loszulassen.

Als wir wieder oben an der Treppe waren, hob ich Meatball hoch, um ihn davon abzuhalten, auf der Puppe herumzukauen, und wir wiederholten das Ganze. Dieses Mal schubsten wir sie viel stärker.

Sie flog die Treppe hinunter, traf die Mitte der Steinstufen und rutschte nach unten.

Meatball wandte sich so sehr, dass ich ihn loslassen musste. Er rannte davon, den Schwanz nach oben gerichtet, als er auf die Puppe sprang und knurrte.

»Das war es immer noch nicht.« Alice stand mit in die Hüften gestemmten Händen da und starrte auf die Puppe hinunter. »Jemand muss Blaine hart geschubst haben, damit er die Treppe hinunterfliegt.«

»Es müsste jemand Starkes gewesen sein oder jemand, der wahnsinnig wütend war«, sagte ich. »Wenn das das Ergebnis eines versehentlichen Stoßes wäre, hätte Blaine den Sturz verhindern können oder er wäre nicht unten gelandet. Er wäre auf den Treppenstufen aufgeprallt und dann liegen geblieben.«

»Lass es uns noch einmal versuchen«, sagte Alice. »Dieses Mal werden wir beide die Puppe so stark schubsen, wie wir können. Und dann werden wir sehen, ob sie damit bis zum Fuß der Treppe gelangt, ohne sie auf dem Weg nach unten zu treffen.«

Ich eilte hinunter, zog die Finger der Puppe aus Meatballs Maul und zog sie wieder die Treppe hinauf.

Meatball hüpfte herum und schnappte nach der Puppe, als wäre sie sein schlimmster Feind.

Während wir Meatball unter einen Arm geklemmt und sicher aus dem Weg geräumt hatten, balancierten wir die Puppe am oberen Ende der Treppe – und wir beide gaben ihr einen kräftigen Schubs.

Die Puppe flog durch die Luft und fiel am Fuß der Treppe auf den Boden.

Es gab einen Schrei und etwas fiel klappernd zu Boden. »Was zum Himmel ist das?«

Ich verzog das Gesicht in die Richtung von Alice, bevor ich die Treppe hinunterrannte. Das klang wie

Betsy Malone. Ich bog um die Ecke und sah sie mit vor der Brust verschränkten Händen dastehen, Putzutensilien um sich herum verstreut.

»Oh, Betsy! Es tut mir leid. Wir hätten nicht gedacht, dass so früh am Morgen jemand die Treppe benutzen würde.«

»Was macht ihr mit diesem Ding?« Betsy blickte auf die Puppe auf dem Boden.

»Ähm ... wir machen nur ein paar ... Experimente.«

»Mein Herz versagte fast, als das Ding fast auf meinem Kopf gelandet ist.« Betsy atmete aus.

»Lassen mich dir mit deinen Sachen helfen.« Ich kniete nieder und griff nach ihren Putzutensilien.

»Nein, du wirst sie nicht an der richtigen Stelle platzieren. Ich habe eine bestimmte Anordnung für meine Sprays, Polituren und Öle. Ich weiß genau, wo alles ist. Mach kein Durcheinander.« Betsy schnappte sich die Dosen mit der Politur und begann, sie in ihren Reinigungsbehälter zu legen.

Ich gab sie ihr alle und wusste nicht, wie ich erklären sollte, was wir taten.

»Also, wirst du mir sagen, worum es hier geht?« Betsy richtete sich auf und funkelte mich an.

Alice eilte mit Meatball an ihrer Seite die Treppe hinunter. »Guten Morgen, Betsy.«

»Prinzessin Alice! Sind Sie auch daran beteiligt?« Sie hob eine Augenbraue. »Holly, ich hoffe, du führst die junge Alice nicht in die Irre.«

»Natürlich tut sie das nicht«, sagte Alice. »Wir machen ein lustiges Experiment. Das ist unsere Leiche.«

Ich schüttelte den Kopf, als ich Alice ansah, aber es war zu spät. Der Crashtest-Dummy war aus dem Sack.

»Leiche! Hat das etwas mit dem Tod dieses jungen Mannes zu tun?« Betsys Augen weiteten sich und sie schürzte die Lippen. »Das ganze Dorf ist voller Gerüchte. Sie wissen, dass im Schloss etwas im Gange ist.«

»Ähm, vielleicht sollten wir nicht darüber reden«, sagte ich.

»Das solltet ihr unbedingt. Ich arbeite hier. Ich habe ein Recht, zu wissen, was los ist.« Betsy streckte ihr Kinn hervor. »Kommt, erzählt mir alles. Soll das die Leiche von Blaine Masters sein?«

»Das stimmt«, sagte Alice. »Wir versuchen herauszufinden, wie hart er die Treppe hinunter geschubst wurde, damit wir wissen, wen wir als Mörder ausschließen können.«

»Es ist nur eine Theorie«, sagte ich und zwang Alice stillschweigend dazu, mit dem Reden aufzuhören.

»Die Treppe hinunter geschubst? Das bestätigt es, definitiv ein Mord.« Betsy schüttelte den Kopf, ihre Augen leuchteten. Dieser neue Klatsch würde in kürzester Zeit im Dorf verbreitet sein. »Habt ihr herausgefunden, wer ihn getötet hat?«

»Noch nicht, aber Holly arbeitet daran«, sagte Alice. »Sie ist großartig dabei, Rätsel zu lösen.«

Manchmal wünschte ich, ich hätte einen Ausschalter, wenn es um Alice ging.

»Wir haben uns nur gefragt, was mit Blaine passiert ist«, sagte ich. »Wie hast du von seinem Sturz erfahren?«

»Ich war im Pub und da kam eine wunderschöne junge Dame mit langen roten Haaren herein. Sie war über irgendetwas verärgert und trank Champagner, als wäre es Wasser. Sie wurde von einem pummeligen rothaarigen Mann getröstet. Ich habe ihn schon einmal im Schloss gesehen«, sagte Betsy.

Das klang nach Sabine und James. »Hast du gehört, warum sie so verärgert war?«

»Ich habe kurze Ausschnitte gehört, aber ich lausche nicht gerne den privaten Gesprächen von jemandem.« Betsy richtete sich auf. »Jedenfalls haben sie von einem Unfall im Schloss gesprochen. Da musste ich natürlich zuhören. Ich hatte Angst, dass es etwas mit einem Familienmitglied zu tun haben könnte.«

»Was haben sie gesagt?«, fragte ich.

»Es war kein Unfall. Die Frau wechselte ständig zwischen der Aussage, sie sei traurig, dass Blaine tot ist, und dass er es verdient hat.« Betsy blickte die Puppe scharf an. »Ihr glaubt doch nicht, dass die junge Dame im Pub etwas damit zu tun hat?«

»Ich bin sicher, die Polizei wird herausfinden, was los ist«, sagte ich.

»Ich glaube eher, dass du es herausfinden wirst.« Betsy rieb ihre Hände aneinander. »Ich kann es kaum erwarten, Pamela zu erzählen, was los ist. Wir haben heute Morgen auf dem Weg ins Schloss darüber gesprochen.«

»Du solltest es niemandem erzählen«, sagte ich. »Das ist eine laufende Untersuchung. Wir wollen nicht, dass Verdächtige Wind davon bekommen und fliehen.«

»Oh! Gut, sie werden nichts von mir hören«, sagte Betsy. »Ich bin die Seele der Diskretion. Es gibt nur ein paar Leute, die es wissen müssen.«

Betsys Klatsch und Tratsch war bei der Verbreitung von Nachrichten effektiver als das Internet. Sie hatte eine Gruppe von Freundinnen, die sich einmal pro Woche im Pub trafen, um die neuesten Gerüchte in Audley St. Mary zu besprechen. Ich musste eingreifen, bevor es außer Kontrolle geriet.

»Ich backe heute Feenkuchen«, sagte ich. »Dreifache Schokolade mit Vanille-Schlagsahne. Ich weiß, dass das dein Favoriten ist.«

Sie tätschelte ihren Bauch. »Das sollte ich wirklich nicht. Ich versuche vor meinem Urlaub eine Diät zu machen. Dennoch sind Feenkuchen klein. Ich gehe davon aus, dass sie kaum Kalorien enthalten.«

»Das stimmt«, sagte ich. »Ich kann dir eine Ladung machen, wenn du möchtest.«

Betsy starrte wieder auf die Puppe hinunter. »Wie wäre es, wenn wir es eine Ladung zwanzig Feenkuchen und eine Flasche Gin nennen? Rein für medizinische Zwecke, versteht ihr? Wenn ich diese habe, werde ich so sehr damit beschäftigt sein, mich zu amüsieren, dass ich vergesse, was ich heute Morgen gesehen habe. Wie klingt das?«

»Klingt nach einem Deal.« Ich grinste Alice an. »Komme in die Küche, wenn du deine Schicht beendet hast. Die Feenkuchen werden auf dich warten. Und ich lasse dir den Gin später nach Hause liefern.«

Betsys Mund verzog sich zur Seite. Höchstwahrscheinlich bereitete es ihr körperliche Schmerzen, diesen neuen Klatsch für sich behalten zu müssen. »Die Feenkuchen sind mein Schweigen wert. Aber wenn ihr das nächste Mal lebensgroße Puppen die Treppe hinunterwerft, achtet darauf, wer sie gerade hochgeht. Das Ding wäre fast auf mir gelandet.«

»Noch einmal: Es tut uns wirklich leid, Betsy«, sagte ich.

Alice umarmte sie. »Wir möchten dir nie wehtun, Betsy. Du bist die beste Reinigungskraft im ganzen Schloss.«

»Genug davon.« Betsy trat zurück, ihre Wangen waren gerötet. »Ich mache nur meinen Job. Und jetzt räumt diese Puppe aus dem Weg, damit ich mit meiner Arbeit weitermachen kann. Es müssen noch viele Zimmer gereinigt werden.« Sie schnappte sich ihre Reinigungsutensilien und eilte die Treppe hinauf, während sie vor sich hin murmelte.

»Das war knapp«, sagte Alice. »Guter Schachzug mit der Bestechung. Daran hätte ich nicht gedacht. Ich dachte, wir müssten Betsy in den Kerker bringen, um ihr Schweigen zu gewährleisten.«

»Meine Art ist weniger tödlich und ich bin sicher, Betsy wird es zu schätzen wissen. Ich vertraue darauf, dass sie vorerst ruhig bleibt«, sagte ich.

»Und das war keine Zeitverschwendung«, sagte Alice. »Wir wissen jetzt, wer auch immer Blaine geschubst hat, hat es absichtlich getan. Er hätte auf ihn losrennen müssen, um genug Kraft zu bekommen, um ihn die Treppe hinunterzustoßen, damit er so landete, wie er es tat.«

Ich nahm die Puppe und warf Alice einen Blick zu. »Würdest du sagen, dass deine Cousine Henrietta stark ist?«

»Henrietta! Nicht wirklich. Sie ist keine begeisterte Sportlerin wie du. Warum fragst du?«

»Du hast es nicht gehört?« Ich konnte es nicht länger aufschieben. Alice musste wissen, dass der Verdacht auf ein Mitglied ihrer Familie gerichtet war.

»Holly, was verschweigst du mir?« Sie packte meinen Arm. »Was hat Blaines Mord mit Henrietta zu tun?«

»Campbell hat sie auf seiner Verdächtigenliste. Sie führt eine Hasskampagne, die sich auf Blaine konzentriert.«

»Du meine Güte. Natürlich! Ich hatte es vergessen. Es ist ihr Blog, der Männer mit mehr Geld als Verstand vorstellt. Er ist tatsächlich lustig.« Alices Augen weiteten sich. »Aber Moment, Campbell kann nicht ernsthaft glauben, dass Henrietta daran beteiligt war?«

»Das tut er. Er hat sich angesehen, was sie online gepostet hat. Anscheinend hat sie damit gedroht, Blaine zu töten.«

»Das ist einfach ihre Art. Henrietta glaubt, dass Worte mächtiger sind als alles andere. Und sie ist schlimmer als Rupert, wenn es ums Lesen geht. Anstatt zu dieser Party einen Koffer voller Kleidung mitzubringen, brachte sie einen Koffer voller Bücher mit. Sie ist unmöglich. Sie verbringt ihr Leben damit, von fiktiven Welten zu träumen.«

»Wusstest du von den Beiträgen, die sie online über Blaine veröffentlicht hat?«, fragte ich.

»Sicher. Sie macht kein Geheimnis daraus.«

»Warum hasst sie Blaine so sehr?«

»Das musst du dir von Henrietta erzählen lassen.« Alice legte einen Arm um die Puppe und nahm einen Teil des Gewichts auf. »Wir müssen mit ihr sprechen. Und du musst sicherstellen, dass Campbell nicht länger glaubt, sie sei eine Verdächtige in diesem Mordfall.«

Kapitel 11

Nachdem wir die Puppe in Alices Schlafzimmer versteckt hatten, eilten wir zu Henriettas Zimmer. Ich hatte auf meine Uhr geschaut. Es war noch früh. Henrietta schlief wahrscheinlich noch.

Alice bog vor mir um die Ecke. Sie blieb so schnell stehen, dass ich gegen sie prallte.

»Was ist los?«, fragte ich.

Sie wich zurück und drehte sich zu mir um. »Vor Henriettas Schlafzimmer steht ein Wachmann.«

»Das muss Campbells Werk sein«, sagte ich. »Er muss besorgt sein, dass Henrietta abhauen könnte.«

»Wir müssen zu ihr und mit ihr reden«, sagte Alice. »Wenn du sie näher kennenlernst, wirst du merken, dass sie unmöglich eine Mörderin sein kann. Obwohl ich vermute, dass, wenn jemand versuchen sollte, ihr Lieblingsbuch zu stehlen, sie ihn damit auf den Kopf schlagen würde. Aber so wurde Blaine nicht getötet, also müssen wir uns darüber keine Sorgen machen.«

»Ich werde nach gefährlichen buchförmigen Waffen Ausschau halten, wenn ich da hineinkomme.« Ich spähte um die Ecke. »Was schlägst du vor, wie wir da reinkommen, wenn uns ein Wachmann den Weg versperrt?«

»Überlass das mir.« Sie schüttelte ihr blondes Haar und zog einen Schmollmund. »Ich bin mir sicher, dass der charmante Wachmann vor der Tür meine Bitten um Hilfe nicht ignorieren kann. Welcher Mann kann einer Jungfrau in Not widerstehen?«

»Wobei brauchst du deiner Meinung nach Hilfe?«

Sie kaute ein paar Sekunden lang auf ihrer Unterlippe. »Ich könnte ihm sagen, dass ich mich verlaufen habe.«

»Du wohnst in diesem Schloss.«

»Es ist ein großer Ort. Es gibt viele Räume, die alle gleich aussehen.« Sie spähte um die Ecke. »Ich weiß! Ich hörte ein seltsames Geräusch in meinem Schlafzimmer. Ich mache mir Sorgen, dass ein Eindringling im Schloss ist.«

»Das wird ein Sicherheitsteam zur Untersuchung veranlassen. Wir wollen es nicht mit Wachen und schon gar nicht mit einer kleinen Armee zu tun haben.«

»Wie wäre es, wenn ich einen Fremden auf dem Gelände gesehen hätte? Ich könnte sagen, dass ich mir Sorgen um meine Sicherheit machte. Ich werde darauf bestehen, dass der Wachmann Nachforschungen anstellt.«

»Das könnte funktionieren. Ich brauche nur zehn Minuten mit Henrietta«, sagte ich.

»Lass es uns versuchen.« Alice holte ihr Handy hervor. »Ich werde Henrietta eine Nachricht schicken, damit sie weiß, dass du keine Axtmörderin bist, die sich einschleicht, um ihr den Kopf abzuschlagen.«

»Gute Idee. Ich möchte keine Verletzungen durch Bücher bekommen, wenn ich sie am frühen Morgen mit einem Weckruf überrasche.«

Alice grinste, als sie ihr Handy wegsteckte. »Wünsch mir Glück.« Sie drehte sich um und eilte den Korridor entlang auf den Wachmann zu.

Ich schaute mit Meatball um die Ecke. Alice ging auf den Wachmann zu und zeigte auf die Fenster. Ich konnte den hektischen Ton in ihrer Stimme gut hören.

Innerhalb weniger Sekunden hatte sie den Wachmann weggezerrt, den Korridor entlang und außer Sichtweite.

Als sie weg waren, wurde ich aktiv. Ich rannte mit Meatball den Korridor entlang und öffnete heimlich Henriettas Schlafzimmertür.

Die Vorhänge waren zugezogen, sodass es im Zimmer düster war, aber ich konnte erkennen, dass jemand auf dem Bett lag. Ich eilte zu einem Fenster und zog die Vorhänge auf.

»Ich möchte nicht gestört werden«, erklang eine schläfrige Stimme aus dem Bett.

»Es tut mir wirklich leid, dass ich Ihren Schlaf störe, Prinzessin Henrietta«, sagte ich. »Alice hat mich geschickt.«

»Alice? Was hat sie vor?«

»Sie weiß, dass Sie in Schwierigkeiten sind. Sie möchte helfen.«

Henrietta saß kerzengerade da. Ihr hellbraunes Haar war aus dem Gesicht gestrichen und sie trug einen rosa Pyjama mit Einhörnern. »Wer sind Sie? Woher kennen Sie Alice?«

»Ich bin Holly Holmes. Alice und ich sind Freunde«, sagte ich. »Sie glaubt, dass ich Ihnen vielleicht helfen kann. Schauen Sie auf Ihr Handy. Sie hat eine Nachricht geschickt, damit Sie wissen, dass ich die Wahrheit sage.«

Ihr Blick wanderte zu Meatball, als sie ihr Handy vom Nachttisch nahm. »Ist das einer von Mutters Corgis?«

»Nein, er gehört mir.«

Meatball wedelte mit dem Schwanz, während er im Raum herumschnüffelte.

»Wer sind Sie noch mal? Mir geht es morgens nie wirklich gut. Vor allem nicht, wenn ich von einer Fremden geweckt werde.«

»Ich bin eine Freundin. Ich bin nicht hier, um Ärger zu machen«, sagte ich.

Henrietta nahm ein Glas mit Wasser vom Nachttisch und trank einen Schluck, während sie die Nachricht auf ihrem Telefon las. »Holly ist die Beste. Sie wird verhindern, dass du wegen Mordes angeklagt wirst. Alles Liebe, Alice.«

Ich verzog das Gesicht. Es war nicht die beste Nachricht, die Alice hätte senden können, aber sie brachte die wichtigsten Punkte rüber.

Henriettas Blick musterte mich. »Sind Sie mit Alice zur Schule gegangen?«

»Nein, ich arbeite in der Küche. Wir haben nicht viel Zeit. Wussten Sie, dass vor Ihrer Tür ein Wachmann postiert ist?«

Sie stellte ihr Glas wieder ab und runzelte die Stirn. »Das wusste ich. Dieser idiotische Sicherheitsmann hat mir gesagt, dass er nicht will, dass ich das Schloss verlasse. Ich sagte ihm, dass ich genau das tun werde, was ich will. Dass er mir nicht vorschreiben kann, was ich tun oder lassen soll. Da teilte er mir unhöflich mit, dass ein Wachmann meine Bewegungen überwachen würde. Er gab mir das Gefühl, eine Gefangene zu sein. Ich habe mich bei Mutter beschwert und sie sagte, sie würde mit ihm reden, aber sie hat mich auch zurechtgewiesen.«

»Was hat sie Ihnen gesagt?«

Henrietta schwieg einige Sekunden lang. »Sag bitte du. Alice vertraut dir?«

»Das tut sie. Und ich vertraue ihr.«

»Also gut. Meine sogenannte Hetzkampagne war das Thema, mit dem Mutter nicht zufrieden war«, sagte Henrietta.

»Die Kampagne gegen Blaine?«

Sie hob eine Hand, bevor sie sie wieder auf das Bett legte. »Dieser Mann war ein Monster. Er lebte aus purer Freude daran, andere Menschen zu verletzen. Er hatte die Moral einer Straßenkatze und jeder, der sich ihm entgegenstellte, war mit Sicherheit ruiniert.«

»Ist es das, was du getan hast? Du hast ihn befragt, also hat er es dir heimgezahlt?«

Henriettas Blick glitt zur Seite. »Ich verstehe, dass ich die Schlichte unter den Schwestern bin. Die anderen haben alle blonde Locken und strahlend blaue Augen. Manchmal necken sie mich und sagen, ich sei die Kleinste im Wurf.«

»Die Kleinste im Wurf?!«, sagte ich. »Henrietta, du bist wunderschön.«

»Mach dir darüber keine Sorgen. Ich kenne meinen eigenen Wert. Er hat nichts damit zu tun, wie symmetrisch meine Gesichtszüge sind«, sagte sie. »Aber manchmal fühle ich mich ein wenig überwältigt, wenn ich mit meinen schönen, perfekten Schwestern zusammen bin. Aber ich beschwere mich nicht. Ich habe ein gutes Leben und bin glücklich damit.« Ihre Hand ruhte kurz auf dem Bücherstapel auf ihrem Nachttisch.

»Du liest gern«, sagte ich.

»Das tue ich. Ich lerne auch. Ich habe vor vier Jahren in Cambridge promoviert. Ich habe mittelalterliche Poesie und Klassik studiert. Warst du auf der Universität?«

»Ja, ich habe Geschichte studiert.«

»Und jetzt bist du davon umgeben. Eine gute Berufswahl. Ich schätze Lernen und Bildung über alles.

Ich spreche nicht unbedingt von Büchern, aber es ist wichtig, sich die Zeit zu nehmen, über den eigenen Platz in der Welt nachzudenken. Ebenso wichtig ist es, sicherzustellen, dass man weiß, wie wichtig es ist, etwas zurückzugeben und anderen zu helfen.«

Ich nickte. »Ich kann mir vorstellen, dass du nicht damit einverstanden warst, als du Blaine und sein materialistisches Leben kennengelernt hast.«

Sie warf ihr langes Haar über eine Schulter. »Blaine war ein Beispiel dafür, was in der Gesellschaft alles falsch ist. Er musste immer das neueste Automodell oder das teuerste Paar Schuhe haben. Er kümmerte sich nicht um die Kosten, die diese Dinge für die Umwelt verursachten. Denk an all das Geld, das du einer Wohltätigkeitsorganisation spenden könntest, anstatt es für ein extravagantes Auto zu verschwenden. Wenn ich Blaine das vorgeschlagen hätte, hätte er mich natürlich ausgelacht.«

»Aber genau das hast du getan?«

Sie seufzte. »Nicht ganz. Ich wurde gezwungen, auf eine Party zu gehen. Wir alle müssen an ihnen teilnehmen, den sozialen Kreislauf durchlaufen, den üblichen Unsinn der Oberschicht. Ich ging widerwillig hin und hatte das Pech, Blaine zu treffen. Er wurde von Mädchen umschwärmt und war betrunken. Er versuchte, Shakespeare zu zitieren, um eindrucksvoll zu wirken. Er hat es völlig falsch gemacht, also habe ich ihn korrigiert.«

»Ich kann mir vorstellen, wie gut er das verkraftet hat«, sagte ich.

»Er nannte mich unhöflich und eine Zicke. Blaine sagte, der einzige Grund, warum ich auf der Party war, sei mein Familienname. Er sagte, ich sei für Männer unsichtbar und würde nur jemanden finden, weil ich reich sei. Ich stand für mich selbst ein, aber dann machten sich die Frauen um ihn herum auch über mich her. Bald lachte der halbe Raum mit ihm und seinen gehässigen Kommentaren. Ich hatte genug. Ich war ein Feigling und bin weggelaufen.« Prinzessin Henrietta zog ihre Knie bis zum Kinn. »Ich hätte auf seinen Fuß treten und ihm einen Drink ins Gesicht schütten sollen, aber manchmal, wenn man immerzu von schönen Menschen umgeben ist, geht es einem zu Herzen. Männer legen keinen Wert auf Intelligenz und anregende Gespräche. Sie wollen lange blonde Haare und Frauen, die ihnen schmeicheln. Das werde ich nie tun. Sicherlich nicht für einen Mann wie Blaine.«

»Danach hast du beschlossen, es Blaine heimzuzahlen?«

»Die Welt musste wissen, was für ein schwachsinniger Mensch er war. Ich habe einen Online-Blog gestartet. Jedes Mal, wenn er Geld verschwendete, sich betrank oder sich zur Schau stellte, bloggte ich darüber. Und wenn ich Bilder in die Hände bekam, postete ich auch die. Wusstest du, dass er im letzten Jahr über zwei Millionen Pfund für den Kauf von Wein verschwendet hat? Wein! Das Geld hätte an Waisenhäuser im Ausland geschickt, in Naturschutzprojekte investiert oder in die Rettung der öffentlichen Bibliotheken fließen können. Und das war nur die Spitze des Eisbergs.«

Ich warf einen Blick auf die geschlossene Tür. So interessant das auch war, ich hatte nicht viel Zeit. »Campbell glaubt, du wolltest Blaine töten. Hast du so etwas in deinem Blog geschrieben?«

»Ich ... Nun, es ist kein Geheimnis. Jeder kann es lesen. Warum schaust du nicht mal rein?« Sie nahm ihr Handy vom Nachttisch, öffnete eine Webseite und reichte es mir.

Ich scrollte durch die Informationen und meine Augen weiteten sich beim Lesen. »Du hast vorgeschlagen, Blaine in einem Bottich mit dem Wein zu ertränken, den er gekauft hat.«

»Ich habe auch vorgeschlagen, ihn mit einem seiner lächerlich teuren Autos zu überfahren.« Henrietta zuckte mit den Schultern. »Vielleicht nicht meine stolzesten Momente. Aber er hat mich auf der Party so wütend gemacht.«

Ich gab ihr das Handy zurück. »Das war schrecklich, was er dir angetan hat. Es war falsch.«

»Das war Blaine. Solange er Spaß hatte, war es ihm egal, wer verletzt oder gedemütigt wurde.«

»Hat Campbell dich befragt, was mit Blaine passiert ist?«

Sie verstaute ihr Handy wieder auf dem Nachttisch. »Das hat er. Er konzentriert sich weiterhin auf meinen Blog und die Kommentare, die ich gemacht habe. Wie ich ihm immer wieder sage, würde nur ein Idiot öffentlich posten, er wolle jemanden töten, und es dann tun. Es ist so eine offensichtliche Beweisspur. Ich hasste Blaine und habe diese Tatsache nicht verheimlicht, aber ich habe ihm auf der Jubiläumsfeier nichts angetan.«

»Stört es dich, mir zu sagen, wo du warst, als Blaine getötet wurde?«

»Ich kann es dir sagen, aber es hilft mir nicht aus diesem Schlamassel. Ich war nicht in meinem Zimmer. Ich finde Partys überstimulierend und habe Schwierigkeiten beim Schlafen, nachdem ich auf einer war. Anstatt mich die ganze Nacht hin und her zu wälzen, ging ich auf dem Gelände spazieren. Ich war allein. Niemand kann für mich bürgen.« Sie zuckte mit den Schultern. »Es ist ein schreckliches Alibi. Ich habe mehrmals darüber nachgedacht, wie ich meinen

Aufenthaltsort belegen könnte, aber ich war allein. So verbringe ich die meiste Zeit. Im Großen und Ganzen genieße ich die Gesellschaft anderer Menschen nicht. Außerdem wäre sonst niemand so spät wach gewesen, um mit mir zu kommen. Ich kenne das Schlossgelände gut, da ich als Kind hier aufgewachsen bin. Ich kam zu dem Schluss, dass ein Spaziergang mich genug ermüden würde, sodass ich schlafen könnte.«

»Und wo warst du, als Blaine entdeckt wurde?«

»Ich wollte gerade durch die Vordertür des Schlosses kommen«, sagte sie. »Das Licht ging an, was mich überraschte. Dann hörte ich Schreie und ging weiter, um zu sehen, was los war. Ich ging wieder, als ich hörte, dass Blaine einen Unfall hatte. Ich wollte nichts mit ihm zu tun haben. Ich ging in mein Zimmer und las. Meine Schwester Diana kam herein, um mir zu erzählen, was los war. Ich schwöre, ich habe das nicht getan.«

Prinzessin Henrietta hatte ein ganz klares Motiv und ein schreckliches Alibi. Ich konnte verstehen, warum Campbell sie wegen dieses Mordes genau beobachten ließ, aber sie hatte auch recht. Wenn man vorhatte, jemanden zu töten, würde man nicht online darüber posten.

»Wenn du mit dem Finger auf irgendjemanden zeigen müsstest wegen dem, was mit Blaine passiert ist, wer wäre das?«, fragte ich.

»Das ist einfach. Seine persönliche Assistentin, Sabine Novak. Sie hängt seit Monaten mit Blaine ab. Sie geht zu all seinen Geschäftsveranstaltungen und Partys. Sie machte deutlich, dass sie Blaine ganz für sich haben wollte.«

»Hast du mit ihr über ihre Beziehung gesprochen?«

»Nur einmal. Manchmal ging ich zu Partys, auf die Blaine ging, um Zitate für meinen Blog zu bekommen. Ich verkleidete mich, damit mich niemand erkannte. Eines Abends war ich an der Bar, als Sabine herübertaumelte. Sie war wütend auf Blaine und machte beiläufig eine Bemerkung darüber, wie viel Glück er hatte, sie zu haben. Dann zückte sie eine Kreditkarte, die er ihr gegeben hatte – das hat sie mir auch erzählt –, und bestellte eine Flasche Champagner. Ich konnte genau verstehen, warum sie ihn wollte. Geld glättet viele Beziehungsrisse.«

»Ich habe nicht mit Sabine gesprochen«, sagte ich, »aber ich habe gesehen, wie sie mit seiner echten Freundin Lila gestritten hat.«

»Die sind beide genau gleich schlimm«, sagte Henrietta. »Sie waren beide wegen des Geldes und des sozialen Status dabei. Sie benutzten ihn genauso, wie er sie benutzte. Aber Sabine war auf einer anderen Ebene der Besessenheit. In ihrem verdrehten Verstand glaube ich, dass sie ihn tatsächlich geliebt hat. Sie hat sogar online eine Blaine-Fanseite eingerichtet.«

»Sie hat was getan?«

»Ich weiß, das ist alles andere als normal. Hier, schau mal.« Henrietta wischte über ihr Handy, bevor sie es mir reichte.

Ich sah eine Webseite, die Blaine Masters gewidmet war. Sie war voller Bilder von ihm, normalerweise im Anzug oder Smoking, mit einem Drink in der Hand und einem selbstgefälligen Lächeln im Gesicht.

»Woher weißt du, dass diese Seite von Sabine betrieben wird?«, fragte ich.

»Jeder Idiot kann Fotos hochladen«, sagte Henrietta. »Für mich war es leicht, herauszufinden, woher die Webseite stammt. Das ist ihr Werk. In Sabines seltsamer Welt dachte sie, sie könnte ein glückliches Leben mit Blaine verbringen.«

Ich zuckte zusammen, als jemand an die Schlafzimmertür klopfte.

Henrietta legte den Kopf schief. »Moment mal. Wie bist du hier reingekommen, wenn draußen ein Wachmann ist?«

»Das ist eine interessante Geschichte«, sagte ich. »Stört es dich, wenn ich mich irgendwo verstecke? Ich sollte wahrscheinlich nicht mit dir reden.«

Es klopfte erneut. »Hier ist Ihr Reinigungsdienst, Prinzessin Henrietta.«

Ein Atemzug schoss aus mir heraus. Das war Betsys Stimme. »Sie ist in Ordnung. Du kannst sie reinlassen.«

»Sicher. Kommen Sie herein«, sagte Henrietta mit einem neugierigen Gesichtsausdruck.

Betsy eilte rückwärts gehend herein, zog dabei einen Reinigungswagen und schloss die Tür hinter sich. Sie drehte sich um und starrte mich an. »Was zum Teufel machst du hier drin? Das Letzte, was ich von dir gesehen habe, war, dass du das geworfen hast ...« Sie warf Henrietta einen Blick zu. »Das Ding da unten.«

»Meine Anwesenheit hier hängt mit dem Ding auf der Treppe zusammen«, sagte ich.

»Worüber reden wir?«, fragte Henrietta.

Wie sollte ich das erklären? Prinzessin Henrietta würde denken, dass mit mir etwas nicht stimmte, wenn sie von den Crashtest-Dummy-Experimenten erfahren würde.

»Wusstest du, dass vor der Tür ein Wachmann steht?«, fragte Betsy. »Ich musste darum kämpfen, hier reinzukommen, um die Handtücher zu wechseln und dafür zu sorgen, dass das Badezimmer für die Prinzessin makellos ist.«

»Der Wächter ist zurück?« Ich warf einen Blick zur Tür. Alice sollte ihn fernhalten. Irgendetwas musste schiefgelaufen sein.

»Ich wette, er wird nicht viel davon halten, dass du hier herumschleichst«, sagte Betsy. »Und warum bist du hier?«

»Ähm, nun ja, das ist eine gute Frage. Wie stark bist du, Betsy?« Ich schaute auf den Reinigungswagen, den sie ins Zimmer gezogen hatte.

»Wahrscheinlich fitter als du, mein Mädchen. Das ganze Putzen gibt mir Muskeln. Warum fragst du?«

»Könntest du Meatball und mich in deinen Reinigungswagen quetschen und ihn trotzdem schieben?«

»Nun, das habe ich ja noch nie gehört!« Sie starrte mich an, als hätte ich den Verstand verloren.

»Betsy, ich brauche deine Hilfe«, sagte ich. »Wenn ich hier entdeckt werde und Campbell davon erfährt, stecke ich in Schwierigkeiten. Er hat mir bereits gesagt, ich solle mich aus dieser Untersuchung heraushalten.«

Betsy kicherte und schüttelte den Kopf. »Und natürlich wirst du nicht auf den Sicherheitschef von Audley Castle hören. Warum solltest du so etwas Vernünftiges tun?«

Es war an der Zeit, meine Karten auf den Tisch zu legen. Ich musste hier raus. »Prinzessin Henrietta half mir bei einigen Fragen, die ich zum Mord an Blaine hatte. Sie kannte ihn, als er noch lebte.«

Betsys Mund öffnete und schloss sich mehrmals. »Na ja, das hört sich wichtig an.«

»Und Prinzessin Alice bestand darauf, dass ich helfe. Ich kann mich kaum dem Befehl einer Prinzessin widersetzen«, sagte ich.

»Hmm, ich denke nicht.« Betsy drehte sich um und durchsuchte ihren Reinigungswagen.

»Ich bin deiner Gnade ausgeliefert. Bitte, du bist meine einzige Hoffnung.« Ich drückte meine Hände in einer Gebetshaltung zusammen.

»Hör auf zu betteln. Ich werde helfen. Wenn ich die meisten meiner Handtücher und die schmutzige Bettwäsche auslade, passt du hinein. Allerdings muss man sich ein wenig hineinzwängen. Und du musst den Hund ruhig halten. Wenn er auch nur ein Quieken von sich gibt, werden wir entdeckt.«

»Meatball wird sich von seiner besten Seite zeigen«, sagte ich. »Er will auch nicht erwischt werden.«

Meatball legte den Kopf schief und jaulte.

»Gib mir fünf Minuten im Badezimmer, dann sorgen wir dafür, dass du es gemütlich hast.« Betsy eilte in das angeschlossene Badezimmer.

Ich warf einen Blick auf Prinzessin Henrietta und sah ein Grinsen auf ihrem Gesicht. »Ich hatte ein paar Auseinandersetzungen mit dem Sicherheitschef. Er hält mich für neugierig.«

Ihr Grinsen verwandelte sich in ein Lächeln. »Das bist du auf jeden Fall. Aber das gefällt mir an dir. Und wenn du dabei hilfst, meinen Namen reinzuwaschen, bin ich dafür dankbar. Ich bin auch Alice dankbar, dass sie dich miteinbezogen hat.«

»Sie weiß, dass du unschuldig bist«, sagte ich. »Sie will nur helfen.«

»Oh ich weiß. Alice ist süß. Sie ist eine der Guten. Die Leute unterschätzen sie.«

»Das tue ich nie«, sagte ich.

»Das ist auch gut so. Ich freue mich, dass du mit Alice befreundet bist. Sie hatte in dieser Familie nicht die einfachste Zeit. Hast du jemals ihre Eltern getroffen?«

»Nein, sie haben das Schloss nicht mehr besucht, seit ich angefangen habe, hier zu arbeiten.«

»Sagen wir einfach, sie halten sich buchstabengetreu an die soziale Etikette. Nachdem Alice ihre beiden gescheiterten Verlobungen hinter sich hatte, ließen sie sie hier so gut wie im Stich. Glücklicherweise haben meine Eltern Alice mit offenen Armen empfangen. Dennoch ist es nicht schön, wenn deine Eltern dich aufgeben, nur weil du dir keinen sogenannten ›geeigneten Mann‹ ausgesucht hast, mit dem du dich sehen lässt. Es ist besser, Single zu sein, als sich niederzulassen.«

Alice sprach selten über ihre gescheiterten Verlobungen oder ihre Eltern, außer um sich darüber zu beschweren. »Sie wird immer eine Freundin in mir haben.«

»Komm schon, Holly. Lass uns dich und Meatball hier rausschmuggeln, bevor ich es mir anders überlege.« Betsy kam aus dem Badezimmer zurück und lud alles schnell ab.

Ich spähte in den leeren Reinigungswagen. Es würde eng werden, aber ich ging davon aus, dass wir hineinpassen würden.

Ich sprang über den Rand des Wagens und stieg hinein. Ich duckte mich und faltete mich fast zusammen, um hineinzupassen.

»Beweg deinen Kopf noch einen Zentimeter nach unten«, sagte Betsy. »Ich kann dich mit ein paar Handtüchern zudecken. Und wenn ich meine Reinigungsmittel darauf balanciere, sieht es nicht seltsam aus.«

Ich hörte Meatball jammern. »Gib mir Meatball. Er hat Angst, zurückgelassen zu werden.«

Betsy grummelte, als sie Meatball hineinließ, und nach etwas vorsichtigem Hin- und Herschieben schaffte ich es, ihn unter meine Knie zu klemmen.

»Sei jetzt ein guter Junge. Kein Laut.«

Er leckte meine Hand und wedelte mit dem Schwanz. Das war ein Abenteuer für ihn.

»Wir sind bereit, abgedeckt zu werden«, sagte ich.

Betsy legte mehrere große weiße, flauschige Handtücher auf meinen Kopf. »Wenn ich dabei erwischt werde, übernehme ich nicht die Schuld.«

»Wir werden sagen, ich hätte dich dazu gezwungen«, sagte ich. »Ich habe dich mit Feenkuchen und Gin bestochen.«

»Ich werde meine Bestellung davon verdoppeln«, sagte Betsy. »Und ich hätte gerne eine Flasche von diesem pinken aromatisierten Gin in Economy-Größe, den sie im Pub verkaufen.«

»Du wirst alles bekommen, das verspreche ich. Solange ich hier rauskomme.«

»Viel Glück, Holly«, sagte Henrietta.

Ich hob meine Hand und einen Daumen, bevor ich sie zurück in den Wagen zog.

Betsy schob den Wagen ein paar Zentimeter. »Gute Güte! Ich merke, dass du deine eigenen Cupcakes genießt.«

»Es ist wichtig, den Geschmack zu testen«, murmelte ich.

»Wie auch immer. Hauruck! Ich schaffe das.«

Ich hörte, wie Betsy die Tür öffnete. Ich hielt Meatball fest, während der Wagen langsam in den Flur geschoben wurde.

»Alles erledigt«, sagte Betsy. »Handtücher gewechselt. Badezimmer makellos.«

»Dann gehen Sie weiter«, sagte der Wachmann.

Eines der Räder des Wagens quietschte, als sie ihn durch den Korridor schob.

Ich hielt den Atem an, bis ich spürte, wie der Wagen um die Ecke bog.

Die Handtücher wurden von meinem Kopf entfernt und Betsy blickte auf mich herab. »Alles klar.«

Ich reichte ihr Meatball, bevor ich hinaussprang. »Danke, Betsy.«

»Sei vorsichtig, Holly. Bring dich nicht selbst in Schwierigkeiten. Du willst deinen Job nicht verlieren. Wer versorgt mich mit Feenkuchen, wenn du nicht da bist?«

»Ich werde vorsichtig sein, aber ich möchte nicht, dass jemand Unschuldiges wegen Blaines Mordes angeklagt wird«, sagte ich.

Ihre Augen weiteten sich und ihre Hand flog zu ihrem Mund. »Natürlich! Deshalb war der Wachmann da. Du denkst doch nicht ... Du denkst, Prinzessin Henrietta ...«

»Nein! Denk nicht einmal daran. Ich decke einfach alle Grundlagen ab.«

»Ich wünschte, ich hätte diesen Deal wegen der Feenkuchen und des Gins nicht mit dir gemacht. Pamela würde vor Schreck von ihrem Sitz fallen, wenn sie erfahren würde, dass Prinzessin Henrietta Audley in diese schreckliche Angelegenheit verwickelt sein könnte.«

»Betsy, ich flehe dich an, lass kein Wort davon an die Öffentlichkeit dringen. Ich schenke dir für den Rest des Jahres Feenkuchen, wenn du still hältst. Es ist so wichtig, dass sich das nicht im ganzen Dorf verbreitet.«

Sie holte tief Luft. »Ich arbeite seit über zwanzig Jahren für diese Familie. Ich bin eine Klatschtante, wenn es um kleine Dinge geht, aber ich würde niemals den Ruf von jemandem beschmutzen. Prinzessin Henrietta ist nett zu mir. Zumindest, wenn ihre Nase nicht in einem Buch steckt. Natürlich bleibt das unter uns.«

Ich umarmte sie kurz. »Danke noch mal.« Ich schaute den Korridor entlang. »Hast du Prinzessin Alice gesehen?«

»Ich habe sie nicht gesehen. Jetzt muss ich weitermachen. Deinetwegen bin ich mit meinen Pflichten im Rückstand.«

Ich dankte ihr ein letztes Mal, bevor ich durch das Schloss ging und versuchte, Alice zu finden, aber von ihr war nichts zu sehen.

Ich nahm Meatball hoch und kuschelte mit ihm. Sosehr ich Prinzessin Henrietta bei dieser Untersuchung außer Acht lassen wollte, konnte ich es noch nicht.

Ich musste ihren Namen reinwaschen, und dazu musste ich den wahren Mörder finden.

Und ich wusste, wohin ich als Nächstes gehen sollte. Sabine Novaks Name war zu oft erwähnt worden, und angesichts der seltsamen Webseitenbeiträge über Blaine musste ich davon ausgehen, dass sie eine obsessive, eifersüchtige Liebhaberin war.

Aber wie eifersüchtig war sie wirklich gewesen?

Kapitel 12

»Holly, gehen Sie in den Laden und suchen Sie diese Sachen zusammen.« Chef Heston reichte mir eine lange Liste mit Backzutaten.

»Mach' ich, Chef.« Ich war damit fertig, die Karamell- und Pekannuss-Blechkuchen in den Kühlschrank zu stapeln, bevor ich mir die Hände wusch und nach draußen ging. Es war ein arbeitsreicher Tag im Café gewesen. Vier Kutschen voller Touristen waren vor ein paar Stunden angekommen und hatten sich durch die gesamte Vitrine mit Sandwiches, Kuchen und Eis im Café gefressen.

Seit heute Morgen hatte ich kaum Zeit gehabt, über Blaines Ermordung und die Verdächtigen nachzudenken.

Ich hatte gerade den Laden neben der Küche geöffnet, als eine Autotür zuschlug.

Ich ging ein paar Schritte zurück und spähte um die Seite des Schlosses herum. Vor dem Haupteingang parkte ein strahlend weißer Lamborghini.

Einen Moment später trat Sabine aus dem Schloss und holte eine große Sonnenbrille aus ihrer Handtasche.

Es sah so aus, als würde sie gehen, und ich hatte noch nicht mit ihr darüber gesprochen, was zwischen ihr und

Blaine vorgefallen war. Sie konnte nicht gehen, bevor ich das getan hatte.

Zwei Corgis der Herzogin tobten hinter Sabine aus dem Eingang.

»Husch! Geht weg von mir! Schnell.« Sie winkte den Hunden mit den Händen zu und wich ihnen so schnell aus, dass sie auf ihren High Heels das Gleichgewicht verlor und zu Boden stolperte.

Die Corgis jaulten um sie herum, bevor sie zurück ins Schloss rannten.

»Erbärmliche Dinger!« Sie warf ihre Handtasche nach den sich zurückziehenden Corgis.

Ich eilte herbei und half ihr auf. »Alles in Ordnung?«

»Natürlich nicht. Die Hunde der Herzogin sind außer Kontrolle. Einer hat mich beim Frühstück fast gebissen. Ekelhafte Kreaturen. Ich verstehe nicht, warum jemand ein Tier haben möchte, um das man sich kümmern muss.«

»Ich vermute, dass Sie eher ein Katzenmensch sind?«

»Holen Sie meine Handtasche.« Sabine wischte meine Hand von ihrem Arm. »Ich bin kein Tiermensch. Was ist der Sinn davon, etwas zu halten, das Fell verliert, verlangt, dass man es füttert, und man dann auch noch dessen Dreck aufräumen muss? Es ist fast genauso schlimm wie ein Baby.«

Ich schnappte mir die Handtasche und gab sie ihr zurück. Jetzt hatte ich die Gelegenheit, Sabine zu befragen. Das ließ ich mir trotz ihrer Unhöflichkeit nicht entgehen. »Ich kenne Sie von der Jubiläumsfeier. Sie kannten Blaine Masters, nicht wahr?«

»Wenn Sie es unbedingt wissen müssen, ich war seine persönliche Assistentin.« Sie strich mit den Händen den Stoff ihres roten Bleistiftrocks glatt.

»Ihr Verlust tut mir leid. Wenn Sie jeden Tag zusammengearbeitet haben, müssen Sie sich nahegestanden haben.«

»Was geht Sie das an?«

»Oh! Eigentlich nichts.«

Sie blickte mich über den Rand ihrer Sonnenbrille hinweg an. »Und wer genau sind Sie?«

»Holly. Eine Freundin der Familie.«

Sabine nahm ihre Sonnenbrille ab. »Sie kennen die Audleys?«

»Ich bin mit Prinzessin Alice gut befreundet«, sagte ich.

»Sie Glückspilz.« Sabine sah sich um. »Wo ist mein Fahrer?«

»Sie gehen schon?«

»Leider nicht. Dieser aufgeblasene Gorilla im Anzug hat mir erlaubt, den Nachmittag draußen zu verbringen, solange ich unter Aufsicht bin. Als ob ich Aufsicht brauchen würde, um mir die Haare schneiden zu lassen. Die Art und Weise, wie er mit mir gesprochen hat, da habe ich mich fast wie eine Kriminelle gefühlt. Die ganze Situation ist ein Witz.«

»Es ist beängstigend, was Blaine passiert ist. Alle reden darüber.«

»Das tun sie ohne Zweifel.«

»Wurden Sie verhört?«

Sie warf mir einen bösen Blick zu. »Warum das Interesse an Blaine? Erzählen Sie mir nicht, dass Sie eine weitere seiner Frauen sind. Sie sind für ihn ein wenig zu stämmig.«

Ich war nicht stämmig. Ich hatte ein gesundes Gewicht und jede Menge Muskeln. »Was wäre, wenn ich mit Blaine zusammen war? Das wäre doch kein Problem für Sie, oder?«

Sie trat näher heran und ihre Nasenflügel blähten sich auf. »Soll ich glauben, dass Sie mit Blaine Masters ausgegangen sind? Sind Sie sicher, dass wir über denselben Mann sprechen?«

»Das tun wir auf jeden Fall. Groß, gutaussehend, reich. Er kam mit seiner echten Freundin Lila in einem roten Sportwagen hierher.«

Sie grinste. »Lila war kaum seine Freundin. Obwohl sie gerne jedem erzählte, dass sie es war. Die Frau hat sich in etwas hineingesteigert. Und ich vermute, dass Sie das auch getan haben. Blaine hätte kein Interesse an Ihnen gehabt.«

»Aber er hatte Interesse an Ihnen?«

Sie schaute weg, als ihr Fuß auf den Boden klopfte. »Wo ist der Fahrer? Ich schwöre, wenn er mich noch länger warten lässt, ist er bald arbeitslos.«

»Blaine war ein Frauenheld«, sagte ich. »Das hat Sie nicht gestört?«

Sie seufzte. »Ich musste mir keine Sorgen machen. Wir hatten eine Einigung.«

»Sie waren mehr als seine persönliche Assistentin?«

»Und wenn ich es gewesen wäre? Seien Sie nicht eifersüchtig auf mich. Ich habe genug mit seinen Affären zu tun gehabt, um zu wissen, dass Sie kein Problem sein würden.«

»Ich bin definitiv nicht eifersüchtig.«

Sabine zuckte mit den Schultern. »Nicht, dass es mich interessieren würde, wenn Sie es wären. Ich war Blaines persönliche Assistentin in jeder Hinsicht. Und ich habe noch nie von Ihnen gehört, also waren Sie ihm nicht wichtig. Was war es, eine betrunkene Affäre in einer Nacht? Sie haben ihn betrunken gemacht und verführt, in der Hoffnung, dass Sie mit ihm gesehen werden und Sie sich einen Namen machen.«

Ich schauderte bei der abstoßenden Vorstellung. »Ja, so etwas in der Art.« Sabines Eifersucht brachte sie zum Reden, also stupste ich sie weiter an.

»Sie wären es ihm nicht wert gewesen, Sie in Erinnerung zu behalten«, sagte Sabine.

»Ich weiß, ich war nichts für Blaine, aber er muss Sie sehr gemocht haben, da er Ihnen einen Job gegeben hat. Meinte er es ernst mit Ihnen?«

»Natürlich meinte er es ernst mit mir. Blaine liebte mich. Er wollte Lila verlassen, nachdem sie aus ihrem Karibikurlaub zurückgekehrt waren. Alles war bezahlt, deshalb wollte er keinen Ärger machen, indem er vor ihrer Rückkehr Schluss machte. Das hätte die Dinge unangenehm gemacht.«

Wie barmherzig von ihm. »Es machte Ihnen nichts aus, dass er mit Lila in den Urlaub fahren wollte?«

»Blaine hat für mich eine private Suite in dem Hotel arrangiert, in dem sie übernachten würden. Wir hätten genügend Zeit miteinander verbracht. Lila hätte nichts mitbekommen. Man kann sie nicht gerade als die Schlauste bezeichnen.«

Wow! Blaine war ein echtes Stück Arbeit. Er hatte geplant, seine Freundin und seine Geliebte mit in den Urlaub zu nehmen. Und er hatte beide die ganze Zeit über angelogen und sie hingehalten.

»War es für Sie schwierig, Blaine mit einer anderen Frau zu sehen?«

»Ich war bereit, meine Zeit abzuwarten. Blaine war es wert. Nach dem Urlaub sollten wir exklusiv werden.«

»Lila hat nichts von Ihrer Beziehung geahnt?«, fragte ich.

»Ich bin sicher, sie hatte ihre Zweifel. Blaine war nicht für seine Diskretion bekannt, wenn es um Frauen ging.«

»Haben Sie gehört, dass die Polizei Blaines Tod als Mord untersucht?«

Es gab eine Pause, ihr Gesicht wandte sich von mir ab. »Das habe ich.«

»Ist es möglich, dass Lila Ihre Beziehung entdeckt und beschlossen hat, sich zu rächen?«

Sabine drehte sich zu mir um. »Sie hat Blaine getötet?«

»Sie wäre wütend gewesen, wenn sie die Wahrheit herausgefunden hätte«, sagte ich.

Eine rosafarbene Röte schoss in Sabines Gesicht und schimmerte durch die dicke Schicht Make-up, die sie trug. »Wenn das wahr ist, bringe ich sie um. Er war meine Geldquelle ... äh, ich meine, er war der perfekte Mann für mich. Wir hatten alles geplant. Ich hatte es für uns herausgearbeitet. Er wollte Lila erst nach dem Urlaub verlassen, also habe ich die Suite gebucht, um sicherzustellen, dass ich in seiner Nähe sein würde, falls er mich braucht. Und jetzt sagen Sie mir, dass ... dass diese hinterlistige Hexe ihn mir weggenommen hat.«

»Es muss Ihnen das Herz gebrochen haben«, sagte ich.

»Lila wird der Kopf gebrochen, wenn das wahr ist.« Sabine legte ihre Finger um meinen Arm. »Hat sie Ihnen erzählt, dass sie ihn getötet hat?«

Ich versuchte mich loszureißen, aber sie klammerte sich fest wie eine Klette. »Nein! Aber sie könnte Blaine beim Besprechen Ihrer Pläne belauscht und dien Zusammenhang erkannt haben.«

Sie runzelte die Stirn, bevor sie wegschaute und ihre Sonnenbrille wieder aufsetzte. »Wann wird sie von der Polizei verhaftet?«

»Ich bin mir nicht sicher, ob sie das tun werden. Sie reden immer noch mit Leuten von der Party über das, was passiert ist«, sagte ich. »Das muss der Grund sein, warum das Sicherheitsteam des Schlosses möchte, dass Sie hier bleiben.«

Sie zuckte mit den Schultern. »Es ist keine Strapaze, hier in Audley Castle zu bleiben, während die Leute mir jeden Wunsch von den Lippen ablesen. Ich werde mit der Polizei sprechen und ihnen alles erzählen, was ich über Lila weiß, wenn das dazu führt, dass sie verhaftet wird. Ich habe Blaine immer wieder gesagt, er solle es einfach tun, uns offiziell machen und sie loswerden. Lila war altbekannt. Sie bekam Falten, trotz Botox.«

»Hat man Sie gefragt, wo Sie sich zum Zeitpunkt von Blaines Tod befanden?«

»Natürlich. Ich habe geduscht. Ich war ungefähr fünf Minuten im Bad, als es an meiner Tür klopfte. Es war ein Wachmann, der überprüfte, ob ich in Sicherheit war. Ich eilte hinaus, um nachzusehen, was los war, und entdeckte Blaine am Fuß der Treppe. Es war schrecklich.«

Ich dachte an diese Nacht zurück. Ich hatte Sabine am Tatort gesehen. Sie hatte einen Morgenmantel getragen und neben James gestanden, aber ihr Haar war trocken gewesen. Sie war nicht unter der Dusche gewesen. Sie hat wegen ihres Alibis gelogen.

»Fällt Ihnen außer Lila irgendjemand ein, der Blaine vielleicht etwas antun wollte?« Meine Gedanken spielten mit Sabines Alibi, während ich sie weiter befragte. War sonst noch jemandem aufgefallen, dass ihre Haare in dieser Nacht nicht nass gewesen waren? Hatte sie sich gerade als Mörderin verraten?

»Hatten Sie das Pech, Henrietta Audley kennenzulernen? Besser bekannt als die Zicke?«, fragte Sabine.

»Ich kenne sie.«

»Man sollte sie genauer unter die Lupe nehmen. Sie ist instabil. Henrietta griff Blaine bei jeder Gelegenheit an. Sie verleumdete ihn ständig online. Natürlich nimmt niemand sie ernst. Sie hat keine Freunde und so gut wie kein Sozialleben. Die Polizei sollte ein Auge auf sie haben. Persönlich denke ich, dass das alles nur eine Fassade ist.«

»Eine Fassade wofür?«

»Die Zicke ist verzweifelt in Blaine verliebt und heftig eifersüchtig auf jeden, der etwas mit ihm zu tun hatte. Sie wollte ihn für sich allein haben. Und weil er sie an einem Abend ein bisschen neckte, wurde sie böse. Wenn Lila Blaine nicht getötet hat, muss Henrietta beteiligt gewesen sein.«

Schritte näherten sich und die Tür hinter uns wurde aufgerissen. Ein Mitglied von Campbells Sicherheitsteam kam heraus.

»Ich warte schon seit fünf Minuten«, sagte Sabine. »Wegen Ihnen komme ich zu spät zu meinem Friseurtermin.«

»Es tut mir leid, Miss« Er öffnete die Autotür. »Ich werde dafür sorgen, dass Sie nicht zu spät kommen.«

»Ich werde Sie melden, wenn wir zu spät sind.« Sabine stieg ins Auto ein.

Ich stand da und sah zu, wie sie weggefahren wurde. Etwas fühlte sich nicht richtig an. Sabine hat darüber gelogen, was sie getan hatte, als Blaines Leiche entdeckt wurde. Und in der Panik, nachdem er gefunden worden war, war es unwahrscheinlich gewesen, dass jemand anderes bemerkt hätte, dass ihr Haar nicht nass war, als wäre sie unter der Dusche gewesen.

Vielleicht hatte sie beschlossen, dass sie genug hatte. Blaine hatte sie angelogen, sie zweifellos mit zahlreichen Frauen betrogen, und der Ärger, mit ihm zusammen zu sein, könnte mehr Ärger verursacht haben, als es wert war. Was, wenn sie sich für diese Nacht mit ihm verabredet hatte, wissend, dass er zu viel getrunken hatte? Sie hätte oben auf der Dienstbotentreppe warten und ihn hinunterstoßen können.

Sabine hatte ein gutes Motiv und ein schlechtes Alibi, außerdem hatte sie mich gerade angelogen. Ich musste das mit jemandem besprechen.

Ich drehte mich um und prallte gegen eine massive Muskelwand. Ich taumelte zurück und starrte nach oben.

Campbell stand direkt hinter mir.

Kapitel 13

»Schleichen Sie sich nicht so an mich heran!« Ich entfernte mich ein paar Schritte von Campbell. Wie viel von meinem Gespräch mit Sabine hatte er gehört?

»Was machen Sie?«, fragte er.

»Ich gehe zurück in die Küche. Ich muss ein paar Sachen aus dem Lagerraum holen.« Ich drehte mich um, um wegzugehen, aber Campbell packte mich am Arm.

»Sie haben in dieser Mordermittlung mit einer Verdächtigen gesprochen.«

Ich zog meinen Arm aus seinem Griff. Ich hatte ihm immer noch nicht verziehen, dass er mich manipuliert hatte. »Und wenn schon?«

»Ich bezweifle, dass Sie Mode-Tipps ausgetauscht haben.«

»Vielleicht haben wir das. Ich habe einen ausgezeichneten Modegeschmack. Ich trage meine Arbeitsuniform außerordentlich gut.«

Eine Seite seines Mundes hob sich leicht. »Was halten Sie von Sabine?«

»Sie ist eine verwöhnte Geldschnorrerin, die um einiges attraktiver aussehen würde, wenn sie ein paar Kilo zunehmen würde. Der knochige Look ist nicht gesund.«

Ein Lächeln huschte über sein Gesicht. »Zumindest sind wir uns in einer Sache einig. Apropos Gewichtszunahme: Ich habe gehört, dass es in der Küche in Schokolade getauchte Hörnchen mit Vanille-Schlagsahne gibt.«

»Und? Die sind für zahlende Kunden da, nicht für das Personal.«

»Ich bin so viel mehr als nur Personal«, sagte Campbell. »Schnappen Sie sich ein paar und wir können reden.«

»Wir können reden? Ich dachte, Sie wollten nicht, dass ich involviert bin.«

»Ich habe einen Moment der Schwäche. Nutzen Sie ihn aus. Er wird nicht lange anhalten.«

Sosehr ich auch versucht war, ihm zu sagen, dass er sich das Sahnehörnchen dorthin stecken konnte, wo die Sonne nicht schien, war ich von diesem Fall fasziniert. Es gab so viele Leute, die Blaine tot sehen wollte.

Er tippte an die Seite meines Kopfes. »Weniger denken und mehr handeln.«

»Sie müssen mir im Laden helfen«, sagte ich. »Ich war hier draußen, um Vorräte für Chef Heston zu besorgen, als ich Sabine gesehen habe. Er wird sich fragen, wo ich bleibe.«

»Ich kann Säcke voller Mehl schleppen, wenn ich muss. Gehen Sie voraus.«

Wir verbrachten die nächsten zehn Minuten damit, einen Servierwagen im Küchenlager zu beladen, bevor ich ihn wieder zurückrollte und alles auf der Theke ablud. »Chef, ich mache jetzt meine Pause.«

Er winkte mir zu, während seine Aufmerksamkeit auf die glasierten Aprikosentörtchen vor ihm gerichtet war.

Ich holte zwei Schokolade-Sahnehörnchen aus dem Kühlschrank und rannte nach draußen. Campbell saß bereits auf der Bank, also gesellte ich mich zu ihm.

»Was haben Sie herausgefunden ...?«

»Einen Moment. Ich brauche einen Energieschub, bevor ich von Ihnen verhört werde.« Campbell nahm einen großen Bissen vom Sahnehörnchen. »Das ist gut.«

»Natürlich ist es das«, sagte ich. »Was ist mit Sabine?«

»Denken Sie, sie kommt für den Mord infrage?«

»Ich denke, viele Leute kommen für den Mord infrage«, sagte ich. »Das ist das Problem. Haben Sie Prinzessin Henrietta nicht immer noch im Visier?«

»Sie ist noch nicht aus dem Schneider«, sagte Campbell. »Mein Team hat ihre Blogeinträge untersucht. Sie macht keinen Hehl daraus, Blaine zu hassen.«

»Und sie hat ein schlechtes Alibi«, sagte ich.

»Woher wissen Sie das?«

»Meine Insider-Quellen«, sagte ich. »Prinzessin Henrietta scheint mir eine intelligente Frau zu sein. Nicht die Art von besessenem Fan, der etwas über das Töten von Blaine posten und dann handeln würde.«

»Sabine hat auch einen faszinierenden Internetverlauf, der mich viel mehr interessiert.«

»Ich habe die Webseite voller Bilder von Blaine gesehen.«

»Es geht um viel mehr als das«, sagte Campbell. »Haben Sie schon von der ›Revenge Ex‹-Webseite gehört?«

»Nicht dass ich wüsste. Worum geht es da?

»Es hat eine verdrehte Genialität«, sagte Campbell. »Man kann dort allerlei eklige Dinge bestellen, um sie an seinen Ex zu schicken. Zuletzt hat Sabine arrangiert, dass eine wöchentliche Lieferung Pferdemist vor Blaines Haustür in seiner Londoner Wohnung abgeladen wird.«

Ich wäre fast an meinem Sahnehörnchen erstickt. »Sie sind zusammen. Warum sollte sie das tun? Es sei denn, er hat die Beziehung beendet. Vielleicht meinte er es ernst mit Lila und Sabine wollte das nicht akzeptieren?«

»Das ist nur der Anfang. Sie hat ihm auch Glitzerbomben und einen Kuchen mit Geisterchilis geschickt.«

Ich schüttelte den Kopf. »Schon eine kleine Menge dieses Chilis kann die Zunge stark verbrennen.«

»Außerdem gab es Knoblauchbonbons und Unterwäsche mit Juckpulver. Die Liste geht weiter.«

»Wie lange schickt Sabine Blaine diese Dinge schon?«

»Seit drei Monaten«, sagte Campbell.

»Das ist seltsam. Ich meine, sie arbeitet seit sechs Monaten für ihn. Wir müssen davon ausgehen, dass die Beziehung entweder schon vor ihrer Anstellung bestanden hat oder kurz danach begann. Warum würde sie ihm das antun?«

»Ich habe nie verstanden, wie der Verstand einer Frau funktioniert«, sagte Campbell.

»Ihre ganze Superspion-Ausbildung hat Ihnen nicht dabei geholfen, das andere Geschlecht zu verstehen?« Ich grinste ihn an. »Ich bin enttäuscht.«

»Seien Sie nicht traurig. In allen anderen Bereichen bin ich hervorragend.«

Ich kaute auf einem Stück süßem Gebäck. Campbell hatte nie einen Mangel an Ego. »Deswegen reden Sie mit mir? Sie möchten die Sicht einer Frau auf diesen Mord bekommen?«

»So ähnlich.«

»Sie brauchen mehr Frauen in Ihrem Team.«

»Ich habe drei.«

»Besorgen Sie sich mehr. Wir sind fantastisch.«

»Das glaube ich.«

Ich lehnte mich zurück und schloss meine Augen. »Ich versuche wie Sabine zu denken. Vielleicht hat sie das getan, um jemand anderen zu beschuldigen. Sie könnte diese Dinge bestellt haben in der Hoffnung, dass Blaine denken würde, sie kämen von jemand anderem. Wie von seiner wütenden Freundin, die er offensichtlich mit halb London betrogen hatte. Sabine könnte bezüglich Lila Zweifel in Blaines Kopf gesät haben. Sie hat mir erzählt, dass sie offiziell zusammen sein würden, nachdem er mit Lila aus dem Urlaub zurückkkam.«

»Die Funktionsweise des weiblichen Verstands ist wirklich erschreckend, aber es könnte passen. Blaine sah Sabine als etwas Vergnügliches, aber sie wollte mehr. Sie hat versucht, Lila verrückt aussehen zu lassen, damit sie in ihre High Heels treten konnte, sobald Blaine sie losgeworden war.«

»Als wir miteinander sprachen, hatte Sabine eine intensive Ausstrahlung«, sagte ich. »Ich habe es mit der Beileidsmasche versucht, als ich sie neben dem Auto warten sah, aber sie hat mich abgewiesen. Dann habe ich angedeutet, dass ich vielleicht etwas mit Blaine hatte.«

»Ich wette, das hat ihre Aufmerksamkeit erregt.«

»Und wie. Sabine wurde gemein. Sie sagte auch, dass sie Lila umbringen würde, wenn sie herausfinden würde, dass sie Blaine die Treppe hinuntergestoßen hatte. Sabine war nicht aus Liebe in dieser Beziehung.«

»Das war offensichtlich anhand der Art und Weise, wie Sabine mit Blaines Geld umgegangen ist«, sagte Campbell. »Wir haben ihre Bonitätsgeschichte überprüft. Er hat ihr eine persönliche Kreditkarte gegeben. Sie hat jeden Monat das maximale Limit ausgeschöpft. Fünfzig Riesen für Restaurants, Kleidung und Wochenendausflüge.«

Ich pfiff. »Vielleicht hatte Blaine genug von ihren Exzessen und ihr den Geldhahn zugedreht?«

»Nein, ihre Karte war noch aktiv, als wir die Unterlagen überprüft haben. Er hätte ihr allerdings gesagt haben können, dass sie die Ausgaben bremsen soll.«

»Das könnte zum Streit geführt haben und sie hat ihn die Treppe hinuntergestoßen«, sagte ich. »Aber ich weiß nicht. Sabine sagte, Blaine sei ihr Geldgeber. Würde sie einen so großzügigen Geldgeber umbringen?«

»Was ist mit den verrückten Geschenken, die sie ihm geschickt hat? Das ist nicht das Verhalten eines rationalen Verstands. Vielleicht hat sie ihm diese Dinge geschickt, weil sie anfing, ihn zu verabscheuen?«

»Möglich. Sabine wollte sein Geld und seinen Lebensstil, aber sie wollte sich auch für sein betrügerisches Verhalten rächen. Wir alle haben Dinge getan, auf die wir nicht stolz sind, wenn eine Beziehung in Schieflage geraten ist. Ich wette, Sie haben betrunken bei Ihren Ex-Freundinnen angerufen«, sagte ich.

Campbell grunzte und stopfte sich den Rest des Sahnehörnchens in den Mund.

»Ich nehme das als ein Ja. Was haben Sie gemacht? Sind Sie um drei Uhr morgens mit lauter Musik aufgetaucht und haben Sie Ihre unsterbliche Liebe erklärt? Kommen Sie schon, Sie können es mir sagen.«

»Nein, das kann ich nicht. Aber um weiterzumachen: Ich nehme an, dass Sie nach Sabines Aufenthaltsort gefragt haben, als Blaines Leiche entdeckt wurde?«

Ich beugte mich vor. »Das habe ich. Sie hat mich angelogen.«

»Wie können Sie das wissen?«

»Sabine hat mir erzählt, dass sie unter der Dusche war.«

»Sie hat meinem Team dasselbe gesagt. Glauben Sie ihr nicht?«

»Ihre Haare war nicht nass, als ich sie gesehen habe. Sie trug einen Morgenmantel, aber wenn man duscht, endet das normalerweise mit nassen Haaren. Selbst wenn man sie sich zusammenbindet und eine Kappe aufsetzt, werden diese nervigen Strähnen am Nacken immer feucht. Sie war nicht unter der Dusche, als Blaine getötet wurde.«

Sein Blick wurde schärfer. »Und wann wollten Sie mir diese wichtige Information mitteilen?«

»Meine Güte, ich habe gerade erst Sabines Alibi herausgefunden. Ich hätte gerade auf dem Weg zu Ihnen sein können, um es Ihnen zu sagen.«

»Das bezweifle ich. Das ist nützlich. Es trägt zu den Beweisen bei, die wir gegen sie haben. Wir haben Beweise dafür, dass sie Blaine diese seltsamen Geschenke geschickt hat. Niemand hat sie zur Tatzeit gesehen. Sie hat ein starkes Motiv, da sie die heimliche Geliebte war oder möglicherweise die verschmähte Geliebte, wenn Blaine die Affäre beendet hat. Hinzu kommt die Tatsache, dass sie über ihr Alibi gelogen hat. Wir holen sie her zur Befragung.«

Ich deutete auf die Straße, die aus dem Schloss führte. »Sie haben sie gerade davonfahren lassen.«

»Mit einem meiner Top-Leute als Fahrer«, sagte Campbell. »Wenn sie versucht abzuhauen, wird er sie stellen. Wir wollten ihr die Illusion von Freiheit geben. Und es hat funktioniert. Sie hat einen Fehler gemacht und sich mit Ihnen angelegt. Jetzt wird sie dafür bezahlen.«

»Glauben Sie wirklich, dass es Sabine war?«

»Das müssen wir herausfinden«, sagte Campbell. »Mein Geld habe ich auf sie gesetzt. Darauf werden wir uns konzentrieren.« Er stand auf und schnappte sich mein halb aufgegessenes Sahnehörnchen.

»Hey! Ich wollte das noch zu Ende essen.«

»Ich habe Ihnen die Mühe erspart.« Er verputzte es in zwei Bissen. »Und ein Ratschlag: Das nächste Mal, wenn Sie Lust haben, einen Crashtest-Dummy die Treppe hinunterzuwerfen, lassen Sie es mich wissen. Ich hätte Ihnen die Mühe des Neukaufs ersparen können. Wir haben einen Vorrat davon im Lager.« Campbell drehte sich um und ging weg.

Ich starrte ihm nach und schüttelte den Kopf. Gab es etwas, von dem Campbell nicht Bescheid wusste?

Kapitel 14

Am nächsten Tag war ich gleich nach Sonnenaufgang wach, ein Bündel aufgeregter Nerven wirbelte in meinem Bauch. Ich hatte den Vormittag frei und wollte das Beste daraus machen. Meine Tasche war vollgepackt mit Handtüchern, meiner Badekleidung und Snacks. Ich hatte Meatball einen kurzen Auslauf und ein großes Frühstück gegeben, bevor ich ihn mit einem Rohhaut-Kauknochen in seinem Zwinger untergebracht hatte. Das würde ihn stundenlang beschäftigen und er würde mich nicht vermissen, während ich mich in mein Abenteuer stürzte.

Ich nahm den ersten Bus nach Cambridge, um zu meinem allerersten Meerjungfrauenkurs zu gehen.

Ich hatte online alles darüber gelesen und es hörte sich nach einer Menge Spaß an. Man durfte eine Meerjungfrau sein, komplett mit passendem Schwanz. Im Grunde musste man sich eine neue Schwimmtechnik beibringen, um sich über Wasser zu halten. Ich konnte es kaum erwarten, meinen Meerjungfrauenschwanz anzuziehen und einen Morgen beim Schwimmen zu genießen.

Ein lauter Knall veranlasste mich, mich umzuschauen. Rupert und James schritten mit Pfeil und Bogen über den Rasen vor dem Haus. Sie übten wohl

Bogenschießen. Ich hatte Rupert mehrere Male dabei beobachtet, wie er seine Fähigkeiten im Bogenschießen auf dem privaten Übungsgelände im Wald verfeinerte.

Ich wäre versucht gewesen, mitzumachen, wenn ich nicht meinen Meerjungfrauenkurs hätte. Und ich war fest entschlossen, ihn nicht zu verpassen. Ich schaute auf die Uhr. Ich hatte nur zehn Minuten, um zur Bushaltestelle zu gelangen, also musste ich los.

Ich hatte noch kein Dutzend Schritte geschafft, als etwas über meinen Kopf flog. Ich blieb stehen und sah mich um. Ein paar Meter von mir entfernt zitterte ein Pfeil im Gras.

»Was zum ...« Ich ließ mich zu Boden fallen, als ein weiterer Pfeil an meiner Nase vorbeiflog. Ich wurde angegriffen!

Hinter einem Busch ertönte Gelächter. Ein paar Sekunden später erschien Alice, einen großen Bogen in ihren Händen und einen Köcher voller Pfeile auf dem Rücken. »Ich hätte dich fast erwischt.«

»Bist du verrückt?« Ich rappelte mich auf und starrte auf die Pfeile. »Du hast versucht, mich zu treffen?«

Sie schwenkte den Bogen in der Luft. »Natürlich nicht. Ich bin ein Ass im Schießen. Ich verfehle nie ein Ziel. Es hat einfach Spaß gemacht, deine Aufmerksamkeit zu erregen.«

Mein Mund klappte auf. »Spaß! Der Pfeil war viel zu nah!«

»Hör auf, eine Stressmacherin zu sein. Ich habe alle Bogenschießturniere unter 18 Jahren in der Schule gewonnen. Es ist eines der wenigen Dinge, in denen ich wirklich gut bin. Es ist nur eine Schande, dass niemand mehr Pfeil und Bogen benutzt. Ich hätte Teil von Robin Hoods fröhlichen Gefährten sein sollen. Da würde ich genau reinpassen. Wohin gehst du?« Sie schaute auf meine Tasche.

Ich legte eine Hand auf mein rasendes Herz. »Zur nächsten Notaufnahme. Du hast mir fast einen Herzinfarkt beschert.«

»Du bist albern. Komm schon, wohin schleichst du dich?«

»Ich schleiche mich nirgendwo hin«, sagte ich. »Ich habe heute Morgen frei, also fahre ich nach Cambridge.«

»Aber anscheinend gehst du nicht einkaufen.«

Ich zögerte. »Nein, ich gehe zur Meerjungfrauenschule.«

Alice atmete scharf ein und ihre Augen weiteten sich. »Wie aufregend.«

»Ich freue mich darauf«, sagte ich. »Aber ich muss gehen. Ich nehme den Bus. Wenn ich den verpasse, muss ich eine halbe Stunde auf den nächsten warten.«

»Rupert, James! Kommt sofort hierher«, schrie Alice. »Wir gehen mit Holly zur Meerjungfrauenschule.«

»Oh! Warte, nein. Das muss man im Voraus buchen.« Ich liebte Alice, aber manchmal wollte ich einfach Dinge allein machen.

»Ich bin mir sicher, dass es ihnen nichts ausmacht, uns mitmachen zu lassen, wenn wir etwas mehr bezahlen. Erzähl mir alles über diese Meerjungfrauenschule.«

»Ähm, nun ja, es ist ein beliebter Kurs. Ich bin sicher, es wird keinen Platz für euch geben. Und es ist eher etwas, was Frauen tun. Rupert und James wird es vielleicht nicht gefallen.«

»Holly! Sei nicht sexistisch. Auch Männer können Meerjungfrauen sein. Oder sind es Meermänner?«

»Wahrscheinlich Meermänner. Ich bin mir nicht sicher, ob sie die Meerjungfrauenschwänze groß genug machen. Möglicherweise müssen sie neue bestellen.«

»Oh! Toll! Wir bekommen auch Schwänze.« Alice legte eine Hand auf ihre Stirn. »Ich bin gestorben und in den Himmel gekommen. Wir müssen mitkommen. Ich bestehe darauf. Und stell dir vor, es wird ein Riesenspaß sein, Rupert und James mit Schwänzen zu sehen.«

»Was ist hier los?« Rupert schlenderte mit James herüber. »Hallo, Holly. Du bist früh auf.«

Ich wich ein paar Schritte zurück. »Ich habe Alice gerade gesagt, dass ich gehen muss. Ich habe heute Morgen einen Kurs.«

»Und wir gehen alle mit«, sagte Alice. »Es ist eine Meerjungfrauenschule. Klingt das nicht lustig? Rupert, ruf ein Auto. Holly sagte, sie würde mit dem Bus fahren. Das können wir nicht zulassen.«

Rupert rieb sich den Nacken. »Ich meine, Holly kann natürlich immer gerne ein Auto benutzen. Bist du sicher, dass wir mitkommen sollen?«

Ich warf ihm einen dankbaren Blick zu. »Ich wollte das eigentlich alleine machen.«

»Zusammen wird es so viel mehr Spaß machen«, sagte Alice. »James, du kommst doch mit, nicht wahr?«

James grinste mich an. »Natürlich. Ich freue mich immer darauf, etwas Neues auszuprobieren. Ich bin mir jedoch nicht sicher, ob ich den richtigen Körperbau habe, um eine Meerjungfrau zu sein.« Er spannte einen kräftigen Bizeps.

»Es wird urkomisch sein«, sagte Alice. »Hol das Auto, Rupert. Wir dürfen nicht zu spät kommen.«

Rupert holte sein Handy heraus und rief das Haus an.

»Und sorge dafür, dass unsere Badesachen im Kofferraum verstaut werden. James, du kannst dir ein paar Badeshorts von Rupert ausleihen. Trägst du nicht diese schrecklich kleinen Hosen, Rupert? Wird James hineinpassen?«, fragte Alice.

Rupert warf mir einen Blick zu und eine Röte breitete sich auf seinen Wangen aus. »Sie sind bequemer als die lockeren Shorts, die die Leute normalerweise tragen. Ich bin mir sicher, dass ich etwas habe, das James ausleihen kann.«

Alice schüttelte den Kopf. »Egal. Wir werden ohnehin die meiste Zeit unsere riesigen Schwänze tragen. Ich bin so froh, dass ich auf dich geschossen habe, Holly. Das wird ein toller Vormittag.«

Ich dachte, es würde Spaß machen, wenn Alice und die anderen dabei wären. Ich sollte ihnen nicht das Erlebnis verwehren, eine Meerjungfrau zu sein. Ich hatte mich seit Wochen darauf gefreut. »Sicher, warum nicht?«

»Und danach können wir in meinem Lieblingsrestaurant in Cambridge zu Mittag essen.«

Alice plauderte weiter, und während sie redete, warf mir James immer wieder diskrete Blicke zu und lächelte. Versuchte er, meine Aufmerksamkeit zu erregen?

Rupert schien es auch bemerkt zu haben, trat vor mich und versperrte James die Sicht. Er zog mich ein paar Schritte weg und beugte sich zu mir. »Ich hoffe, es macht dir nichts aus, dass Alice uns alle einlädt. Sie ist immer so begeistert von allem. Sie liebt es, Zeit mit dir zu verbringen. Sie sagt mir immer, dass du ihre beste Freundin bist.«

Wärme erfüllte meine Brust. Es war egoistisch von mir, das allein zu machen und nicht zu wollen, dass sie mitkommen. »Natürlich nicht. Je mehr, desto besser.«

»Ich bin ehrlich gesagt kein großer Schwimmer. Ich vermute, dass ich untergehen werde, wenn ich einen Schwanz habe.«

»Ich bin ein ausgezeichneter Schwimmer.« James ging um Rupert herum und klopfte ihm auf die Schulter.

»Ich kann dir ein paar Tipps geben, damit du dich nicht lächerlich machst.«

»Ich bin mir sicher, dass ich das schon schaffe.« Rupert blickte James stirnrunzelnd an.

»Da ist das Auto«, sagte Alice. »Legt alle eure Bogenschießausrüstung in den Kofferraum und steigt ein. Auf geht's zur Meerjungfrauenschule.«

James und Rupert drängten sich darum, als Erster die Hintertür des Wagens zu öffnen.

Alice kicherte hinter ihrer Hand und stieß mich an. »Du hast Bewunderer, Holly.« Sie ließ sich auf einem Sitz nieder und ich folgte ihr und legte meine Reisetasche auf dem Boden des Wagens ab.

Meinte sie es ernst damit, dass Rupert und James scharf auf mich waren? Ich war freundlich zu James gewesen, als wir uns kennengelernt hatten, aber ich kannte ihn kaum.

Ich beschrieb dem Fahrer den Weg zur Schwimmschule in Cambridge und wir machten es uns auf unseren Sitzen bequem, während das Auto für die zwanzigminütige Fahrt über die Auffahrt auf die Hauptstraße glitt.

»Ich habe in der Schule mehrere Schwimmwettbewerbe gewonnen«, sagte James. »Wir mussten alle möglichen Überlebenstechniken erlernen.«

»Ich erinnere mich, dass ich im Schlafanzug auf den Grund des Schwimmbeckens tauchen musste, um einen Ziegelstein aufzuheben«, sagte Alice. »Ich konnte nie herausfinden, warum wir das tun mussten. Man schwimmt nicht in Pyjamas.«

»Erzähl uns mehr über die Meerjungfrauenschule, Holly«, sagte James. »Ich habe keine Ahnung, wie eine Meerjungfrau schwimmen soll. Ist es schwer?«

»Wenn du einen Meerjungfrauenschwanz benutzt, hilft es dir, eine neue Schwimmtechnik zu perfektionieren«, sagte ich. »Du bist gezwungen, deine Beine zusammenzuhalten, sodass du dich wie eine Meerjungfrau auf und ab bewegen musst und dich mit deinen Armen und deinem Schwanz vorantreibst.«

»Ich frage mich, ob wir uns die Farbe unserer Schwänze aussuchen dürfen«, sagte Alice. »Ich möchte einen rosafarbenen, obwohl vielleicht blau besser wäre. Jede Farbe ist in Ordnung. Ich kann es kaum erwarten, ins Wasser zu gehen.«

»Schwimmst du gern, Holly?«, fragte James.

»Das tue ich«, sagte ich.

»Holly mag alle möglichen Fitnesstrends«, sagte Alice. »Wir haben vor kurzem Ziegenyoga gemacht.«

»Und Holly liebt Ziegen«, sagte Rupert.

Ich blickte von Rupert zu James. »Das ist richtig. Ich mag Ziegen.«

»Wir müssen wieder zum Ziegen-Schutzhof gehen«, sagte Rupert. »Ich werde für dich noch ein paar Ziegen adoptieren.«

»Wir hatten dort wirklich einen schönen Tag«, sagte ich. »Aber ich bin bereits stolze Patin von drei entzückenden Ziegen. Ich brauche keine weiteren.«

»Ich werde dich in einen Zoo mitnehmen und einen Orang-Utan für dich adoptieren«, sagte James. »Wir könnten sogar eine private Führung machen. Das machen sie für VIP-Gäste. Sobald der Zoo geschlossen ist, machen sie mit dir einen Abendausflug und du kannst die Tiere ohne störende Besucher sehen. Die Tierpfleger erzählen dir alles über sie. Ich war sogar in einem Gehege und habe Lemuren aus der Hand gefüttert. Sie sind lustig, aber nicht gerade die klügsten Tiere.«

»Das können wir auch machen, Holly«, sagte Rupert. »Ich kenne jemanden, der ein Löwen-Schutzzentrum leitet. Ich werde dich dorthin mitnehmen.«

»Holly kann die Löwen nicht aus der Hand füttern. Sie würde es möglicherweise nicht überleben, um die Geschichte zu erzählen«, sagte James. »Bleib bei mir und meinen Lemuren.«

Alice stupste mich erneut an und grinste.

Ich brauchte dringend einen Themenwechsel. »Hast du mit Henrietta gesprochen, seit ich sie gesehen habe?«, fragte ich Alice.

»Oh, das habe ich. Sie sagte, du seist in einem Wäschewagen entkommen. Stimmt das?«

»Ja. Der Wachmann kam zurück, bevor ich gehen wollte«, sagte ich.

»Das ist meine Schuld. Ich habe versucht, ihn davon zu überzeugen, weiter nach dem mysteriösen Eindringling zu suchen, aber er wollte nichts davon hören. Ich war besorgt, dass du erwischt worden sein könntest.«

»Dank Betsy konnte ich entkommen.«

»Worüber redet ihr?«, fragte James.

»Holly hilft dabei, den Mord an Blaine aufzuklären«, sagte Alice.

»Henrietta kann nicht in diese Angelegenheit mit Blaine verwickelt sein«, sagte Rupert. »Sie ist exzentrisch, hat aber ein gutes Herz.«

»Du magst sie nur, weil sie Bücher genauso liebt wie du«, sagte Alice. »Eigentlich wäre Henrietta perfekt für dich, James. Sie ist klug, hübsch, wenn sie sich die Mühe macht, was sie selten tut, und sie ist so reich, wie es nur geht. Sie hat ihr eigenes Anwesen in Schottland.«

James räusperte sich, bevor er auf seine Brust klopfte. »Ich habe Prinzessin Henrietta schon mehrmals getroffen. Ich bin mir nicht sicher, ob sie die richtige Frau für mich ist. Ich kann mir vorstellen, dass sie charmant ist, aber vielleicht habe ich ein Auge auf jemand anderen geworfen.«

»Holly ist bereits vergeben, falls du Interesse an ihr hast«, sagte Alice.

James starrte mich an. »Wirklich? Ich meine, bist du?«

Ich kniff mich in den Nasenrücken. Alice half wirklich nicht weiter. »Meine Arbeit hält mich auf Trab. Ich habe keine Zeit für eine Beziehung.«

»Jeder hat Zeit für eine Beziehung«, kicherte Alice. »Ich habe eine brillante Idee. James sollte Henrietta heiraten, dann kann Rupert Holly heiraten. Ihr könntet eine gemeinsame Trauung veranstalten. Ich werde für euch beide die Brautjungfer sein.«

Ich wünschte, der Boden würde sich auftun und mich verschlucken.

»Immer mit der Ruhe«, sagte Rupert. »Wer spricht denn von Heiraten?«

»Ganz richtig«, sagte James. »Ich meine, Holly, du bist eine charmante Frau. Ich bin sicher, jeder Mann, den du heiratest, wird sich privilegiert fühlen, Teil deines Lebens zu sein. Aber ... aber ...«

Ich hob eine Hand. »Ich werde niemanden heiraten. Alice macht nur Spaß.« Ich trat nicht gerade sanft auf ihren Fuß, in der Hoffnung, dass sie endlich ihren Mund halten würde.

»Niemals?«, fragte Rupert. »Willst du nicht irgendwann heiraten?«

Ich unterdrückte ein Stöhnen und warf Alice einen bösen Blick zu. Das war alles ihre Schuld. »Ehrlich gesagt, denke ich nicht viel darüber nach. Aber zurück zu Henrietta: Bist du sicher, dass sie unschuldig ist?«

»Das ist sie auf jeden Fall«, sagte Alice. »Sie ist an diesem Abend spazieren gegangen, was typisch für sie ist. Sie war schon immer eine Einzelgängerin.«

»Weißt du, was zwischen ihr und Blaine passiert ist, dass sie ihn so sehr gehasst hat? Sie hat mir ein wenig davon erzählt und mir ihren Blog gezeigt.«

»Oh, das. Nachdem es passiert war, tat mir Henrietta so leid. Sie wurde gezwungen, auf diese schicke Party zu gehen. Alle wichtigen Leute waren da. Sie hat versucht, sich davor zu drücken, wie sie es bei allen Veranstaltungen tut, aber sie wurde dazu gezwungen. Also gab sie sich Mühe, ließ sich die Haare schön frisieren und kaufte ein neues Kleid. Henrietta sah an diesem Abend bezaubernd aus. Alles ging schief, als sie etwas zu Blaine gesagt hat. Er hat sie vor allen gedemütigt.«

»Das hat sie mir auch erzählt.«

»Blaine hat alle seine Freunde über Henrietta lachen lassen. Sie war am Boden zerstört. Sie verschwand von der Party und praktisch für mehrere Monate auch aus dem gesellschaftlichen Leben. Henrietta gibt vor, unabhängig zu sein und dass ihr das nichts ausmacht, aber ihr Ego ist zerbrechlich. Blaine und seine Bosheit haben es völlig zerstört. Ich habe sogar gehört, dass sie eine Therapie gemacht hat, um damit klarzukommen.«

»Sie klingt nicht nach dem stabilsten Mädchen«, sagte James. »Ich bin mir nicht sicher, ob ich glücklich wäre, so jemanden zu heiraten.«

»Oh, sie ist absolut verrückt, aber auf eine gute Art«, sagte Alice. »Henrietta ist keine Mörderin. Sie hat Blaine nicht getötet.«

»Ich bin froh, dass du von Henriettas Unschuld überzeugt bist«, sagte ich. »Ich mag sie.«

»Ich würde meinen Kopf unter die Guillotine legen, um zu beweisen, dass sie nichts damit zu tun hat«, sagte Alice. »Wenn ich mich irre, darfst du mir den Kopf abschlagen.«

»Hoffen wir, dass es nicht so weit kommt«, sagte James.

»Das wird es nicht«, sagte Alice.

»Ich stimme zu«, sagte ich. »Da Sabine nun im Rampenlicht steht, glaubt Campbell, dass der Fall abgeschlossen ist. Er braucht nur noch ihr Geständnis.«

»Das freut mich zu hören«, sagte James. »Es wäre schrecklich zu denken, dass ein Mörder herumschleicht und euch schöne Damen gefährdet.«

»Wir schöne Damen können auf uns selbst aufpassen«, sagte Alice. »Aber es ist schön, einen Ritter in glänzender Rüstung als Backup zu haben.«

James grinste, bevor er sich an Rupert wandte. »Hast du in dieser Saison schon das Cricket verfolgt?«

Alice beugte sich näher zu mir. »Bist du sicher, dass es Sabine war?«

Ich neigte meinen Kopf hin und her. »Achtzigprozentig sicher. Obwohl es viele gute Motive dafür gibt, Blaine tot sehen zu wollen. Eine eifersüchtige, außer Kontrolle geratene heimliche Geliebte muss ganz oben auf der Verdächtigenliste stehen.«

»Und alle anderen Verdächtigen müssen inzwischen befragt worden sein«, sagte Alice.

Ich warf James einen Blick zu. Er war in ein Gespräch mit Rupert vertieft. »James' Name wurde von einem anderen Verdächtigen erwähnt. Man hat ihn vor der Party mit Blaine streiten gesehen.«

Alices Augen weiteten sich. Bevor ich sie aufhalten konnte, tippte sie James aufs Knie. »Wir haben eine Frage an dich.«

Ich verzog das Gesicht und wusste nicht, wohin ich schauen sollte. Ich hätte meinen Mund halten sollen.

»Was ist die Frage?«, fragte James.

»Hast du Blaine Masters getötet?«

James zog sich in seinem Sitz zurück und klammerte sich fest. »Natürlich habe ich ihn nicht getötet.«

»Jemand hat gesehen, wie du mit ihm gestritten hast«, sagte Alice. »Worum ging es bei dem Streit?«

James stammelte mehrere Worte, bevor er tief Luft holte. »Ich ... nun, es war nichts. Ich habe gesehen, wie er mein Auto zerkratzt hat. Er hat zu dicht geparkt und knallte seine Tür gegen meine. Er hielt nicht einmal inne, um zu sehen, ob er Schaden verursacht hat. Ich warf einen Blick darauf und entdeckte einen Kratzer und eine Delle. Ich bin Blaine nachgelaufen und habe ihn zur Rede gestellt.«

»Wie hat er das aufgenommen?«, fragte ich.

James warf mir einen Blick zu. »Er hielt es für amüsant. Er sagte, mein Auto müsse zum Schrottplatz gebracht werden. Es ist eine Triumph Herald 1200. Es gibt weniger als tausend Stück davon auf der Straße. Er grinste nur und forderte mich auf, ihm die Rechnung zu schicken. Er wünschte mir viel Glück dabei, ihn dazu zu bringen, sie zu bezahlen. Ich war rasend vor Wut, aber ich würde niemals einen Kerl wegen eines zerkratzten Autos umbringen.«

»Campbell hat das alles überprüft?«, fragte ich.

James strich sich mit einer Hand übers Gesicht. »Natürlich. Und mein Alibi ist Caroline Audley. Ich habe mit ihr geredet, als Blaine entdeckt wurde.«

»Oh ja! Das ist richtig. Jetzt erinnere ich mich«, sagte Alice. »Du warst einer der letzten Nachzügler auf der Party.« Sie warf mir einen Blick zu. »Caroline ist furchtbar. Wenn sie die Gelegenheit hat, feiert sie bis zum Morgengrauen.«

»Ich bin ziemlich ähnlich«, sagte James. »Wir schnappten uns eine Flasche Sekt und feierten im Spielzimmer weiter. Caroline wird es bestätigen.«

»Das hat sie bereits«, sagte Alice. »Ich meine, ich habe sie nicht gefragt, wo du warst, als Blaine getötet wurde, aber sie hat mir gesagt, dass ihr bis in die frühen Morgenstunden zusammen unterwegs wart.«

Schade, dass sie sich nicht daran erinnert hatte, bevor sie dieses peinliche Gespräch begonnen hatte.

»Das stimmt. Ich hatte nichts damit zu tun, was mit Blaine passiert ist«, sagte James. »Ich hoffe, ihr glaubt mir.«

»Das tun wir«, sagte Alice. »Es ist so eine Erleichterung. Du kannst einen weiteren Namen von deiner Verdächtigenliste streichen, Holly.«

Ich unterdrückte ein Stöhnen und zwang mich zu einem Lächeln. Vielleicht würde ich die Meerjungfrauenschule nicht überleben. Auf diese Weise wäre es eine gesegnete Erleichterung.

Kapitel 15

»Achten Sie auf diese wichtigen Regeln, bevor wir mit dem heutigen Kurs beginnen«, sagte Dita Brey, unsere Lehrerin für den Vormittag. »Sie müssen in der Lage sein, mindestens fünfundzwanzig Meter ohne Hilfe und ohne Unterbrechung zu schwimmen.«

»Häkchen. Das kann ich«, sagte Alice.

»Außerdem müssen Sie in der Lage sein, Wasser zu treten und eine volle Umdrehung zu machen.«

»Erneut Häkchen.« Alice grinste mich an.

»Schweben Sie in einer Sternposition auf dem Rücken und drehen Sie sich ohne Hilfe auf den Bauch«, sagte Dita.

»Einfach kinderleicht«, sagte Alice.

»Und Sie dürfen keine Scheu davor haben, Ihren Kopf unter Wasser zu halten«, sagte Dita. »Alle Meerjungfrauen müssen in der Lage sein, mühelos zu gleiten, während sie vollständig untergetaucht sind.«

»Ich bin kein Fan dieser Idee«, sagte Rupert. »Das Chlor brennt in meinen Augen.«

»Es stört mich nicht«, sagte James. »Ich könnte mit offenen Augen die gesamte Länge dieses Beckens schwimmen.«

»Ich werde es tun, wenn ich muss«, sagte Rupert.

»Außerdem müssen Sie bequem den Brustschwimmstil und Ihren neuen Schwanz gleichzeitig verwenden können. Und denken Sie daran: Eine glückliche Meerjungfrau ist eine sichere Meerjungfrau. Bei Fragen einfach fragen.« Dita lächelte, als sie sich in der Gruppe der zwanzig Meerjungfrauenlehrlinge umsah. »Jetzt übt jeder das Rückwärts- und Vorwärtsbewegen der Schwänze und gewöhnt sich an die Bewegung.«

Als wir am Schwimmbad ankamen, hatte Alice sich selbst, Rupert und James mit etwas sanfter Bestechung und viel Wimpernschlag in die Klasse geredet. Uns wurden mehrfarbige Meerjungfrauenschwänze gegeben und wir schlossen uns kurz vor Beginn dem Rest der Gruppe an. Wir hatten exklusiv für die nächsten zwei Stunden Zugang zum Hauptpool, sodass wir nach Herzenslust schwimmen konnten.

»Das ist schwieriger, als es aussieht«, keuchte James. Sein Gesicht war leuchtend rot, als er seinen Schwanz herumwirbelte.

»Es wird einfacher, wenn wir im Wasser sind«, sagte ich.

Alice drehte ihren Schwanz wie eine Expertin. »Ich wurde als Meerjungfrau geboren. Ich kann es kaum erwarten, loszulegen.«

»Wenn sich alle in ihren Schwänzen wohlfühlen, möchte ich, dass Sie sich in Paare aufteilen und in den Pool steigen. Denken Sie daran, dass Sie jetzt Ihre Meerjungfrauenflossen haben und nicht mehr stehen können. Wenn Sie darauf stehen, beschädigen Sie Ihren Schwanz. Benutzen Sie Ihre Arme, um sich im Wasser aufrecht zu halten, und wenn Sie sich sicher fühlen, heben Sie Ihren Schwanz an und versuchen Sie die gleiche Bewegung, die Sie jetzt machen«, sagte Dita.

»Ich werde mit dir reingehen«, sagten James und Rupert gleichzeitig.

»Einer von euch muss mit mir mitkommen«, sagte Alice. »Komm schon, James. Du kannst mein Partner sein.«

»Na ja, wenn du dir sicher bist.« Er warf mir einen Blick zu.

»Natürlich bin ich mir sicher. Pass nur auf, dass du mich nicht ertrinken lässt«, sagte Alice.

»Alle, rücken Sie zum Rand des Pools und machen Sie sich bereit, zum ersten Mal als Meerjungfrau ins Wasser zu gehen«, sagte Dita. »Versuchen Sie, Ihre Schwänze beim Einsteigen nicht zu zerkratzen. Betrachten Sie sie als lebendige Erweiterung Ihres eigenen Körpers. Schwänze haben auch Gefühle.«

»Du siehst gut aus als Meerjungfrau«, sagte Rupert zu mir. »Ich bin mir nicht sicher, ob ich für einen Schwanz geschaffen bin.« Er zog den zu engen blau-rosafarbenen Schwanz zurecht, der über seine Badehose gezogen war.

»Du machst das großartig«, sagte ich.

Der Kurs war bisher brillant. Dita unterrichtete seit fünf Jahren Menschen darin, Meerjungfrauen zu sein. Sie war geduldig mit uns allen, als wir versuchten, in unsere Schwänze zu kommen. Und jetzt war es Zeit, ins Wasser zu gehen. Es war der Moment, auf den ich gewartet hatte.

Ich schnappte nach Luft, als ich in den Pool eintauchte und mein Schwanz versuchte, mich auf den Kopf zu stellen. Es war nur Ruperts beruhigende Hand, die mich vor dem Untergang bewahrte.

»Danke«, sagte ich, während ich darum kämpfte, mein Gleichgewicht zu finden.

»Vielleicht sind Menschen einfach nicht dazu bestimmt, einen Schwanz zu haben«, sagte Rupert.

»Sei kein Spielverderber.« Alice drehte sich mühelos im Wasser um. »Einen Schwanz zu haben, macht so viel Spaß.«

Ich beobachtete mit einem nicht geringen Maß an Neid, wie sie ihren Schwanz mühelos beherrschte. Ich war fest entschlossen, eine gute Meerjungfrau zu sein.

»Üben Sie mit der Hilfe Ihres Partners, auf der Wasseroberfläche zu schweben und dabei den Schwanz oben zu halten«, sagte Dita. »Sie müssen sich mit der zusätzlichen Belastung an einen neuen Gleichgewichtssinn gewöhnen.«

»Wo soll ich meine Hände hintun?« Ruperts Wangen waren leuchtend rot. »Ich möchte nicht ... unangebracht sein.«

»Ich würde dich niemals so nennen«, sagte ich, entzückt von der Tatsache, dass er gefragt hatte, bevor er mich packte. »Versuch es unter meinem Bauch und meinen Armen.« Ich streckte meine Arme vor mir aus und versuchte, das richtige Gleichgewicht zu finden. Ich hob meinen Schwanz an, überkorrigierte und landete kopfüber im Wasser.

Rupert packte mich und drehte mich herum.

Als ich auftauchte, spuckte ich Wasser aus und blinzelte mir Tränen aus den Augen.

»Versuchen Sie es zunächst mit sanften Bewegungen«, sagte Dita vom Beckenrand aus.

Ich versuchte es noch einmal und Rupert fing mich auf, als ich meinen Schwanz anhob. Ich balancierte auf seinen Armen, während ich ein Gefühl für meinen Schwanz bekam, und verbrachte einige Minuten damit, mein Gleichgewicht anzupassen, während ich mich umdrehte, drehte und wendete.

»Du machst das großartig«, sagte Rupert.

Ich grinste ihn an. Das hat Spaß gemacht.

»Das ist großartig, alle zusammen. Tauschen Sie jetzt die Plätze und geben Sie Ihrem Partner die Chance zum Üben«, sagte Dita.

Dank der Auftriebskraft des Wassers war es kein Problem, Rupert mit seinem großen Schwanz über Wasser zu halten.

Er schaukelte für einige Sekunden auf der Oberfläche. »Ich kriege langsam den Dreh raus.« Er bewegte seinen Schwanz hin und her.

»Wir machen noch einen Meermann aus dir«, sagte ich.

»Jetzt, da jeder ein Gefühl für seinen Schwanz hat, möchte ich, dass Sie sich mit der Vorwärtsbewegung beschäftigen«, sagte Dita. »Denken Sie daran, dass Sie Ihre Beine nicht bewegen können, also nutzen Sie Ihre Schwanzflossen voll aus und schwimmen Sie entweder Kraul mit Ihren Armen oder machen Sie Brustschwimmen. Wenn Sie sich in der Bewegung sicher fühlen, können wir einige Unterwasserschwimmübungen machen, während Ihre Arme seitlich liegen.«

»Ich bin eher ein Hunde-Paddel-Typ«, flüsterte Rupert.

Ich lachte, während ich im Wasser schaukelte.

Die nächsten zehn Minuten waren ein Durcheinander von Platschen, Keuchen und Beinaheertrinken. Beim Brustschwimmen schaffte ich es gerade noch, mich fünf Sekunden lang über Wasser zu halten, beim Kraulschwimmen etwas länger.

Ich drückte meinen Schwanz nach unten und schwamm mit den Händen durch das Wasser, um über Wasser zu bleiben, während ich herumblickte, um zu sehen, wie es allen anderen ging. Alice war auf der anderen Seite des Beckens und lachte, während sie tauchte und sich drehte. James schien sich nicht ganz so wohlzufühlen, als er sich mit leuchtend rotem Gesicht am Beckenrand festhielt.

Ich machte eine volle Drehung im Wasser. Von Rupert war nichts zu sehen.

Ich sah mich in der Gruppe um und fragte mich, ob er jemand anderem half und abgelenkt war, aber er war nirgendwo zu sehen.

Meine Augen weiteten sich, als eine Hand dem Pool schoss. Das sah aus wie Ruperts blondes Haar unter Wasser. Ich holte tief Luft und tauchte unter, ergriff die Hand, als sie sich senkte, und zog Rupert an die Oberfläche.

Er richtete sich auf und spuckte Wasser aus.

»Was ist passiert?« Ich hielt seine Oberarme fest und mein Herz raste.

»Danke, Holly! Ich habe mich in meinem Schwanz verheddert.« Er holte tief Luft, während er weiter hustete und spuckte.

Ich hielt meine Hände unter seinen Achseln, um sicherzustellen, dass er über Wasser blieb, während er zu Atem kam. »Du hast mich erschreckt, als ich dich nicht mehr sehen konnte.«

Er strich sich die Haare aus dem Gesicht. »Mir ging es gut. Ich schwamm ganz fröhlich vor mich hin, dann fühlte es sich so an, als ob mein Schwanz sich verdreht hätte. Ich warf einen Blick unter Wasser, um nachzusehen, und verlor das Gleichgewicht. Plötzlich drehte ich mich. Ich bin definitiv nicht dazu bestimmt, einen Schwanz zu haben. Ich bin ein Landmensch.«

»Mit Übung wird jeder besser«, sagte ich. »Ich bin nur froh, dass es dir gut geht.«

Sein Blick traf meinen und er lächelte. »Heute war es nicht so schlimm. Ich konnte Zeit mit dir verbringen.«

Mir wurde klar, wie nah wir uns waren, und ich ließ Rupert los, was dazu führte, dass er wieder unter Wasser tauchte. »Oh! Entschuldigung.« Ich zog ihn wieder heraus.

Er rieb sich die Augen. »Ich mache vielleicht eine Pause. Geh du mit den anderen Spaß haben.« Er paddelte wie ein Hund zum Beckenrand.

Ich seufzte. Ich hatte keine Gefühle für ihn entwickelt. Rupert war nichts für mich und der Lebensstil, den er führte, auch nicht. Ich hatte einfach einem Freund in Not geholfen.

***

»Ich bin so froh, dass ich dich heute Morgen erwischt habe, Holly«, sagte Alice, ihr feuchtes Haar aus dem Gesicht gebunden, als wir auf dem Rückweg zum Schloss hinten in der Limousine saßen. »Ich wäre nie auf die Idee gekommen, an einem Meerjungfrauenkurs teilzunehmen.«

»Du bist die geborene Meerjungfrau«, sagte ich.

»Das bin ich, nicht wahr? Ich konnte es nicht glauben. Sobald ich den Schwanz angezogen hatte, fühlte es sich an, als wäre er für mich gemacht worden. Wir müssen für uns alle Schwänze besorgen. Wir können im See auf dem Schlossgelände schwimmen gehen.«

James und Rupert tauschten einen Blick aus.

»Mein Versuch als Meermann war eine einmalige Sache«, sagte James. »Ich konnte nicht lange genug über Wasser bleiben, um mich zu bewegen.«

»Mir ging es ähnlich«, sagte Rupert. »Und dass ich mich in meinem eigenen Schwanz verhedderte, machte mich ein bisschen nervös, weiter zu schwimmen. Du warst aber wirklich gut, Holly.

»Es hat mir Spaß gemacht«, sagte ich. »Ich würde es gerne noch einmal machen.«

»Dann ist es beschlossen«, sagte Alice. »Ich werde jemanden beauftragen, der unsere Meerjungfrauenschwänze anfertigt. Ich übernehme die Kosten, als Dankeschön, dass wir uns in deinen freien Vormittag einmischen durften.«

Ich lehnte mich müde in meinem Sitz zurück, leicht nach Chlor riechend, aber glücklich. Ich war froh, dass sie mitgekommen waren. Es hatte viel Spaß gemacht.

Als ich wieder im Schloss war, eilte ich zu meiner Wohnung. Ich zog meine Arbeitsuniform an und machte mich auf den Weg zu Meatballs Zwinger.

Er begrüßte mich, als hätte er mich seit Monaten nicht gesehen. Er sprang förmlich aus dem Zwinger und landete in meinen Armen, bevor er mein Gesicht ableckte.

Ich lachte, während ich mit ihm kuschelte, bevor ich ihn wieder auf den Boden setzte. »Hattest du einen guten Vormittag?«

»Wuff, wuff.« Er wedelte mit dem Schwanz.

»Ich durfte eine Meerjungfrau sein«, sagte ich. »Es ist viel schwieriger, als es aussieht. Meine Beine werden tagelang wehtun.«

»Wuff, wuff.« Er hörte sich an, als wüsste er genau, wovon ich sprach.

»Lass uns schnell eine Runde gehen und dir etwas zu essen geben, dann muss ich zur Arbeit.«

Meatball kam freudig mit, und nach einem zehnminütigen Spaziergang, damit er sein Geschäft erledigen konnte, war er wieder in seinem Zwinger und bekam mehr Futter.

Ich war kaum in die Küche getreten, als Chef Heston herüberstürmte und ein Blatt Papier auf den Tisch knallte. »Wir müssen reden.«

»Ich bin nicht zu spät, oder?« Ich warf einen Blick auf die Uhr. Ich war pünktlich.

»Es geht nicht um Ihre Pünktlichkeit, die bestenfalls zweifelhaft ist. Was ist das hier?« Er deutete mit dem Finger auf das Blatt Papier.

Ich spähte darauf. »Ich weiß nicht. Es sieht aus wie eine Referenzanfrage.«

»Mit Ihrem Namen darauf«, sagte Chef Heston. »Sie haben vor zu gehen?«

Ich griff nach dem Papier und las es gründlich durch. Darauf stand tatsächlich mein Name. »Nein! Ich habe mich nicht für eine andere Stelle beworben. Das muss ein Fehler sein. Wer hat Ihnen das geschickt?«

»Lorcan Blaze.«

Ich ließ das Blatt fallen und fühlte mich ein wenig schwindelig. »Das ist nicht möglich. Er hasst mich. Er mochte nicht einmal mein Essen.«

»Sie müssen ihn beeindruckt haben, als Sie ihn neulich besucht haben. Er will Sie in seinem Team haben.«

»Oh, das. Ich dachte nicht, dass er es ernst meint«, sagte ich.

Chef Hestons Augen wurden schmal. »Er hat mit Ihnen darüber gesprochen? Er hat Ihnen ein Angebot gemacht?«

»Kein ernsthaftes Angebot. Lorcan hat nur angegeben. Er behauptete, dass Mitglieder seines Teams die Welt bereisen und alles tun könnten, was sie mit ihrer Karriere wollen, nachdem sie von ihm ausgebildet wurden.«

»Das ist keine Angeberei. Das ist die Wahrheit«, sagte Chef Heston. »Wenn die Leute unter ihm gut sind, wenden sie sich größeren und besseren Dingen zu. Haben Sie ihm gesagt, dass Sie an diesem Job interessiert sind?«

»Nein! Ich mag meinen Job.«

Er zuckte mit den Schultern und griff nach der Referenz. »Es ist mir egal, wie auch immer. Sie sind ersetzbar.«

Mein Mund klappte auf. »Ich bin ersetzbar? Lieben Sie nicht die Desserts, die ich für das Schlosscafé mache?«

»Jeder kann ein gutes Dessert zubereiten. Ich werde das hier ausfüllen und an Lorcan zurückschicken, ja?«

Ich blinzelte und wusste nicht, was ich sagen sollte. Ich hatte Lorcan nicht um einen Job gebeten. Klar, für eine Sekunde fühlte ich mich geschmeichelt, dass er mich in seinem Team haben wollte, aber ich hatte nicht vor, das Schloss zu verlassen.

»Machen Sie mit Ihrer Arbeit weiter, Holly«, sagte Chef Heston.

Ich sah ihm nach, als er wegging, immer noch zu benommen, um etwas zu sagen. Chef Heston schätzte mich nicht als Mitglied seines Teams. Ich war ersetzbar. Meine Eingeweide krampften sich zusammen, als die Wut durch mich strömte. Vielleicht sollte ich Lorcans Jobangebot annehmen. Wenn ich so leicht zu ersetzen war, könnte es nicht schaden, etwas Neues auszuprobieren. Und hier war es kompliziert. Jedes Mal, wenn ich einen Fehler machte, saß mir Campbell im Nacken, und dann gab es noch das Problem mit Rupert. Er war ein netter Kerl und ich mochte ihn, aber zwischen uns würde nie etwas passieren. Und jetzt das. Mein Chef hatte mir gerade gesagt, dass ich nicht wertgeschätzt wurde.

Ich schaute mich in der Küche um und mein Herz schmerzte, als ich die Menschen, die ich als meine Freunde betrachtete, bei der Arbeit sah. Könnte ich das hinter mir lassen? Ich könnte mich jederzeit neu erfinden und ein anderes Café eröffnen. Und dieses Mal würde es ein Erfolg werden. Dafür würde ich sorgen.

Mit schwerem Herzen und schleppenden Schritten holte ich die Zutaten heraus, um einen riesigen Stapel Vanille-Cupcakes zuzubereiten. Diese Situation erforderte ernsthaftes Nachdenken, und Backen half mir immer dabei, meinen Kopf freizubekommen.

Es könnte an der Zeit sein, weiterzuziehen und einen Ort zu finden, an dem ich geschätzt und respektiert wurde. Vielleicht könnte eine Veränderung genauso gut sein wie eine Pause.

***

Es war kurz nach acht Uhr abends, als ich endlich die Küche verließ. Meine Augen waren schwer und mein Magen knurrte. Ich war mehr als bereit für eine frühe Nacht, etwas Kuschelzeit mit Meatball und ein großes Abendessen. Schwimmen machte mich immer hungrig.

Als ich Meatball aus seinem Zwinger holte, überlegte ich, was ich zum Abendessen machen sollte. Ich hatte eine Lasagne im Gefrierfach, oder ich könnte ein einfaches Wok-Gericht zubereiten.

Ich verlangsamte meine Schritte, als ich sah, wie Campbell Sabine zu einem Polizeiauto führte. Er hatte ein selbstgefälliges Lächeln im Gesicht, als er sie auf den Rücksitz des Autos setzte und dann auf das Dach schlug, worauf das Auto wegfuhr. Es sah so aus, als wäre das Rätsel um Blaines Mord gelöst.

Ich drehte mich um und ging in meine Wohnung. Aus irgendeinem Grund fühlte es sich wie ein hohler Sieg an. Vielleicht war ich einfach nur enttäuscht, weil ich Campbell dieses Mal nicht beim Finden der Lösung geschlagen hatte.

Zumindest war es vorbei. Der Mörder war gefasst und im Schloss konnte alles wieder seinen gewohnten Gang gehen.

Meatball bellte und rannte voraus zur Wohnungstür, wobei er an einer kleinen weißen Kühltasche herumschnüffelte, die vor dem Eingang zurückgelassen worden war.

»Was haben wir denn hier?« Ich bückte mich und nahm die Karte, die seitlich herausragte. Ich klappte sie auf und las sie.

Eine Erinnerung an den Spaß, den wir im Ziegen-Schutzzentrum hatten. Mit herzlichen Grüßen, Rupert.

Ich seufzte, als ich den Deckel der Kühltasche öffnete. Darin befanden sich mehrere Stücke Ziegenkäse, einige Hafercracker, Weintrauben und ein Glas Chutney.

Zumindest wusste ich jetzt, was ich als Vorspeise zum Abendessen haben würde. Ich nahm die Kühltasche, öffnete die Tür und ließ Meatball hinein, bevor ich ihm folgte.

Ich stellte die Kühltasche auf den Küchentisch und schloss die Augen.

Morgen musste ich als Erstes hier Änderungen vornehmen. Ich musste mein Leben vereinfachen. Einfach war immer besser.

Kapitel 16

Der nächste Tag verging im Eiltempo mit Kuchenbacken, Brownie-Testen und dem Anschreien durch Chef Heston, der offenbar noch schlechter gelaunt war als sonst.

Ich war froh, als meine Schicht endlich vorbei war. Ich schnappte mir den größten Vanille-Cupcake aus dem Kühlschrank, legte Meatball die Leine an und wir machten uns auf zu einem langen Spaziergang durch das Gelände. Es würde guttun, etwas Zeit für mich zu haben, meine Gedanken zu ordnen und darüber nachzudenken, was ich als Nächstes tun sollte.

Ich hatte eine unruhige Nacht verbracht, während ich über alles nachgedacht hatte, was gestern passiert war. Ich war immer noch schockiert über den gewagten Schritt von Lorcan Blaze, eine Referenz über mich einzuholen. Ich hätte wütend auf ihn sein sollen, aber ich war fasziniert. Alles würde sich ändern, wenn ich das Schloss verlassen würde. Ich würde meine Freundschaft mit Alice und die Beziehung, die ich zu Rupert hatte, hinter mir lassen. Die langen Radtouren, keuchend und schnaufend die Hügel von Audley St. Mary rauf und runter, würde ich nicht so sehr vermissen. Aber ich würde das Dorf, die eingeschworene Gemeinschaft und die Freunde, die ich hier gefunden hatte, vermissen.

Ich löste Meatballs Leine und ließ ihn frei laufen. Ich nahm einen großen Bissen von dem köstlichen Vanille-Cupcake und ließ den süßen Geschmack für kurze Zeit meine Sorgen vertreiben. Ich musste die Dinge nicht überkomplizieren. Und genau das passierte hier. Ich würde meine Optionen prüfen. Schaden konnte es nicht.

Meatball bellte, als ein seltsamer Vogel aus der Ferne rief. Das hörte sich nicht nach einem Vogel an, den ich je gehört hatte, aber in den Wäldern gab es allerlei seltene Vögel.

Der Klang wiederholte sich und wurde vom Wind getragen. Könnte es ein Pfau sein?

»Wuff, wuff!« Meatballs Schwanz schoss in die Höhe und er rannte davon.

»Nein, das tust du nicht.« Ich jagte ihm hinterher. »Keine Belästigung der heimischen Tierwelt! Dieser Vogel wird nicht mit dir befreundet sein wollen.« Ich joggte hinter ihm her und stopfte dabei den Rest des Cupcakes in mich hinein.

Der Vogel schien sich in der Nähe des Schlosses zu befinden, denn das war die Richtung, in die Meatball lief.

Der Klang kam erneut, dieses Mal lauter. Er war weit über meinem Kopf.

Ich spähte zum Ostturm hinauf, in der Erwartung, dort oben einen Vogel sitzen zu sehen, und entdeckte eine Hand, die aus dem Fenster winkte. Das musste Lady Philippa sein.

Nachdem ich mich auf das Geräusch konzentriert hatte, wurde mir klar, dass es sich überhaupt nicht um einen Vogel handelte. Lady Philippa machte diesen Lärm.

Meatball bellte, als er am Fuß des Ostturms auf und ab hüpfte.

Ich packte ihn und befestigte seine Leine. »Genug jetzt. Es sieht so aus, als würde man uns rufen. Sollen wir Lady Philippa besuchen? Vielleicht hat sie eine Vorhersage über unsere Zukunft.«

»Wuff, wuff.« Er hüpfte wieder auf und ab und schien von der Idee, die Treppe zum Ostturm hinaufzusteigen, begeistert zu sein. Er wusste, dass er Leckerlis bekommen würde, wenn wir dort ankamen.

»Ich denke, Lady Philippa wird nicht wollen, dass wir mit leeren Händen kommen.« Ich eilte zurück in die Küche, band Meatball draußen fest und flitzte hinein, um noch mehr Vanille-Cupcakes zu holen.

Ich kehrte zurück, sammelte Meatball ein und wir gingen um die Seite des Schlosses zum Eingang, der uns zu den Steinstufen des Turms führte.

Ich nahm Meatball die Leine ab und er sauste voraus, immer bestrebt, schnell die Treppe hinaufzusteigen, um den kalten Stellen und dem seltsamen Flüstern auszuweichen, die uns oft begleiteten.

Ich erstarrte, als ein Luftzug über meinen Nacken strich. Jemand flüsterte hinter mir.

»Pass auf«, sagte eine leise Stimme.

Ich riss meinen Kopf herum und schaute die Treppe hinunter. Es war niemand dort. Es war nie jemand da, wenn ich diese seltsamen körperlosen Stimmen hörte.

Ich schaffte es noch ein Dutzend Stufen hinauf, bevor etwas an meinem Ohr vorbeistrich. Ich quietschte und nahm die Treppe zwei Stufen auf einmal, bis ich oben angekommen war.

Meatball wartete bereits an der geschlossenen Tür zu Lady Philippas Wohnung auf mich. Er kratzte mit der Pfote daran und jaulte.

»Vielleicht hat sie dich nicht gehört.« Ich eilte hinüber und schloss mich ihm an. Ich klopfte an die Tür. »Lady Philippa, hier sind Holly und Meatball. Wir haben Kuchen für Sie mitgebracht.«

»Kommt rein, die Tür ist offen«, sagte sie.

Ich versuchte den Griff, aber er bewegte sich nicht. Ich drehte ihn mehrmals, aber es fühlte sich an, als sei die Tür verschlossen. »Haben Sie den Schlüssel auf Ihrer Seite umgedreht? Wir kommen nicht rein.«

»Die Tür ist definitiv offen«, sagte Lady Philippa. »Gib ihr einen Stoß mit der Schulter.«

Ich drehte den Griff erneut und lehnte mich mit meinem Gewicht gegen die Tür. Diese Tür bewegte sich nicht.

»Wenn Sie beschäftigt sind, können wir später wiederkommen«, sagte ich.

»Oh! Ich sehe das Problem. Verschwinde von hier, du lästiges Ding. Holly ist eine Freundin.«

Meatball legte den Kopf schief und ich starrte zur Tür. Mit wem hatte sie gesprochen?

Ein paar Sekunden später öffnete sich die Tür. Lady Philippa stand mit einem Lächeln im Gesicht da. »Endlich! Ich dachte, ich würde vor Hunger sterben.« Sie trug ein bodenlanges saphirfarbenes Kleid und eine riesige grüne Federboa, die um ihren Hals gewickelt war und über ihre Brust reichte. Sie trug auch eine riesige toupierte blonde Lockenperücke.

»Das ist ein ziemlicher Look«, sagte ich.

Sie hob ihre Hände und drehte sich im Kreis. »Ich lasse meine innere Marilyn Monroe heraus.«

Ich sah mich in ihrer Wohnung um. »Hat jemand die Tür blockiert?«

»Ja, aber nimm keine Notiz von ihm. Er tut das immer, um meine Aufmerksamkeit zu erregen. Es war der blaue

Mann. Er schwebt mürrisch umher und versucht, die Stimmung aller zu trüben. Kommt herein.« Sie nahm mir den Teller mit den Cupcakes aus der Hand und bedeutete uns, ins Zimmer zu gehen.

Ich schaute mich um, während ich nach dem blauen Mann suchte, und eine ganze Menge Nervosität brodelte in meinem Magen.

»Trödel nicht«, sagte Lady Philippa. »Er ist jetzt weg. Und auch wenn man ihn sieht, macht er keinen Ärger. Nimm Platz.«

Ich hatte gerade auf einem weichen Samtsessel gegenüber von Lady Philippa Platz genommen, als aus dem Schlafzimmer ein grummelndes Bellen zu hören war. Horatio, ihr alter, schlecht gelaunter Corgi, watschelte hinaus. Er warf einen Blick auf Meatball und begann zu bellen.

Meatball stimmte mit ein, aber als Horatio auf ihn zutrottete, sprang mein Hund in der Luft und landete auf meinem Schoß.

»Genug davon«, sagte Lady Philippa. »Es ist unhöflich, unsere Gäste anzubellen.«

Horatio grummelte und umkreiste den Stuhl, auf dem ich saß, seinen Blick auf Meatball gerichtet.

Lady Philippa reichte mir einen Vanille-Cupcake und ihr Blick glitt über mich. »Was ist los mit dir?«

»Warum denken Sie, dass etwas nicht stimmt?«, fragte ich.

Sie zwinkerte mir zu. »Du siehst so grau aus. Ist noch ein weiterer Todesfall passiert, von dem ich nichts weiß?«

»Nur der Mord an Blaine Masters«, sagte ich. »Und das haben Sie vorhergesagt. Sabine Novak wurde von der Polizei abgeführt. Campbell ist sich sicher, dass sie es war.«

»Und es ist dieser Mord, der dich so niedergeschlagen macht?« Sie nahm einen großen Bissen von ihrem Cupcake.

Mein Mund verzog sich, als ich ein Stück des Cupcakes abriss und es Meatball fütterte. »Es ist hauptsächlich das.«

»Na komm schon, Holly, keine Geheimnisse. Etwas anderes bedrückt dich.«

Ich sah auf und sah ihren beständigen Blick auf mir ruhen. Ich musste mich jemandem anvertrauen. »Ich habe ein paar Probleme mit Lord Rupert. Nicht wirklich Probleme. Ich glaube, er mag mich.«

»Und magst du ihn?«

»Ja. Ich schätze seine Freundschaft.«

»Gut. Eine lang anhaltende Beziehung muss auf einem festen Fundament stehen. Und was noch?«

»Es würde Ihnen nichts ausmachen, wenn Rupert und ich uns verabreden würden?«

»Ich denke, ihr seid beide feine Menschen.«

»Obwohl ich in der Küche arbeite und er ein Adliger ist?«

»Das sind nur Worte.«

Ich war froh, dass das geklärt war.

»Spuck es aus, Mädchen. Das ist nicht das Einzige, was dich beschäftigt«, sagte Lady Philippa.

»Ich habe möglicherweise ein Jobangebot bekommen.«

Der Cupcake, den sie sich gerade zum Mund führte, hörte auf, sich zu bewegen. »Du denkst darüber nach, zu gehen?«

»Nein, das tue ich nicht. Ich liebe meine Arbeit hier. Ich liebe alles am Schloss, dem Dorf und den Menschen. Aber Chef Heston ist es egal, ob ich bleibe oder gehe.«

Lady Philippa schüttelte den Kopf, als sie wieder anfing, ihren Cupcake zu essen. »Und was ist mit Campbell?«

»Was ist mit ihm?«

»Ich sehe, wie er mit dir spricht. Er schätzt deine Mitarbeit bei diesen Ermittlungen.«

Ich schnaubte ein Lachen. »Das tut er definitiv nicht. Campbell sagt mir, ich soll meine Nase raushalten und mich zurückhalten. Er erwischt mich immer dabei, wie ich mit Leuten rede, mit denen ich nicht reden sollte. Er wird auch froh sein, wenn ich gehe.«

»Falls du gehst«, sagte Lady Philippa. Sie aß ihren Cupcake auf und leckte sich die Finger. Sie holte zwei Hundekekse heraus und verfütterte sie an die Hunde. »Du musst nirgendwo hingehen. Lass uns deine Probleme angehen. Campbell ist ein typisches Alphamännchen. Er muss recht haben. Darüber gibt es keine Verhandlungen. Auch wenn er im Unrecht ist, wird er behaupten, dass er recht hat, bis alle erschöpft sind und ihm einfach nur zustimmen.«

»Wie soll ich damit umgehen?«, fragte ich. »Manchmal habe ich das Gefühl, als würde ich gegen eine Mauer rennen, wenn ich mit ihm rede. In einem Moment bittet er mich um Rat und im nächsten sagt er mir, dass ich mich fernhalten soll.«

»Wieder ein typischer Alpha, der nicht zugeben will, dass er Hilfe braucht. Die Lösung für dieses Problem besteht darin, ihn glauben zu lassen, dass er immer recht hat. Es spielt keine Rolle, ob du es besser weißt. Du kennst die Wahrheit und das ist das Wichtigste. Und wenn es Mordfälle löst und die Sicherheit des Schlosses gewährleistet, wen interessiert es dann, wie Campbell sich verhält?«

»Sie wollen, dass ich Campbell Honig ums Maul schmiere und ihm sage, wie wunderbar er ist, auch wenn er unrecht hat?«

»Genau das möchte ich. Lass ihn denken, dass er das Tollste überhaupt ist. Ein bisschen Schmeichelei und nette Worte von dir, und er wird nicht wissen, wie ihm geschieht.«

Ich schüttelte den Kopf. »Das kann ich nicht. Ich bin schrecklich darin, jemandem zu schmeicheln. Und ich werde ihm nicht sagen, dass er recht hat, wenn er den falschen Verdächtigen hinterherjagt. Was ist, wenn eine unschuldige Person wegen Campbells Ego ins Gefängnis kommt?«

»Ich glaube nicht, dass das passieren wird«, sagte Lady Philippa. »Ich gehe davon aus, dass Campbell noch lange hier bleiben wird. Und du auch. Deine Beziehung zu Campbell wird immer etwas angespannt sein, aber tief in seinem Inneren schätzt er dich, auch wenn er so tut, als wärst du nervig.«

»Ich schätze, ich kann es aushalten, ihm nicht auf die Nase zu binden, wenn er etwas falsch macht«, sagte ich.

»Vielleicht kannst du es ihm hin und wieder auf die Nase binden.« Lady Philippa kicherte. »Einfach zum Spaß. Nun zu Rupert. Er ist eine sanfte Seele, aber ein Dummkopf, wenn es darum geht, seine Gefühle offen zu zeigen. Ich weiß, dass er dich mag.«

»Was soll ich tun? Wir bewegen uns in unterschiedlichen sozialen Kreisen. Ich arbeite in der Küche eines Schlosses, das ihm eines Tages gehören könnte. Die Unterschiede sind zu extrem.«

»Lass die Schwierigkeiten für einen Moment außer Acht. Liegt dir etwas an ihm?«

»Ich halte sehr viel von ihm«, sagte ich. »Ich schätze seine Freundschaft.«

»Nicht mehr?«

Ich hielt inne, bevor ich antwortete. Da war eine Anziehungskraft. Rupert war nicht der typische gutaussehende Modeltyp. Er konnte tollpatschig sein und ein paar Patzer machen, aber er war nett, süß und brachte mich zum Lachen. War das nicht, was jede Frau wollte?

Lady Philippa beugte sich vor und tippte auf mein Knie. »Folge deinem Herzen. Wahre Liebe wird einen Weg finden, wenn sie vorbestimmt ist. Ich verstehe, dass es schwierig sein kann. Es gibt Erwartungen, wen Rupert heiraten soll.«

»Es wird nicht jemand sein, der in der Schlossküche Kuchen backt«, sagte ich. Und das war das größte Problem, wenn es um eine Beziehung mit Rupert ging. Er war ein Lord. Und obwohl ich großartig war, war ich eine Küchenhilfe.

»Jetzt, da wir diese Probleme gelöst haben«, sagte Lady Philippa, »was ist mit diesem Mord?«

Ich war froh, dass sie dachte, alles sei geklärt. »Der Mord ist aufgeklärt.«

»Bist du dir sicher?«

Ich warf einen Blick auf das Notizbuch neben Lady Philippa. »Sagen Ihre Vorhersagen etwas anderes?«

»Mich interessiert mehr, was du denkst. Hat Sabine es getan?«

Ich legte Meatball neben mich auf den Stuhl und faltete die Hände. »Als sie von der Polizei abgeführt wurde, war ich nicht froh. Normalerweise bin ich mir so sicher, wenn der wahre Mörder gefunden wurde. Alles passt zusammen. Und hier sollte es auch passen. Sabine hat wegen ihrem Alibi gelogen, sie war Blaines heimliche Freundin und sie hatte sich selbst eingeredet, dass sie mehr sein könnte. Blaine muss andere Pläne gehabt haben. Es ergibt Sinn, dass sie es war.«

»Alles deutet auf Sabine hin, aber dein Bauchgefühl sagt dir etwas anderes«, sagte Lady Philippa. »Meins ist das gleiche. Ich habe mich seit Tagen nicht wohlgefühlt.«

»Campbell ist überzeugt, dass Sabine es getan hat. Er hat alle anderen Verdächtigen ausgeschlossen.«

»Und glauben wir, dass Campbell immer recht hat?« Lady Philippa zog eine Augenbraue hoch.

Trotz meiner unklaren Gedanken konnte ich mir ein Lächeln nicht verkneifen. »Ich muss weiter ermitteln, nicht wahr?«

»Die Antwort kennst du bereits.«

Ich nickte. »Wussten Sie, dass Henrietta von Campbell als Verdächtige betrachtet wurde, bevor Sabine verhaftet wurde?«

»Das ist Unsinn«, sagte Lady Philippa. »Wenn im Schloss Unruhe herrscht, kann ich nie schlafen. Ich war in dieser Nacht wach und benutzte mein Fernglas. Ich habe Henrietta draußen gesehen. Sie kann es nicht getan haben.«

Ich atmete aus. »Was für eine Erleichterung.«

»Ein Mitglied meiner Familie würde niemals in etwas so Zwielichtiges verwickelt sein. Streich sie von der Liste. Ich werde ihr Alibi sein. Aber du musst noch einmal genauer hinsehen und das herausfinden. Ich bin erschöpft und ich werde erst wieder ruhig schlafen, wenn dieser Mord aufgeklärt ist.«

»Es würde nicht schaden, noch einmal einen Blick auf die verbleibenden Verdächtigen zu werfen«, sagte ich. »Vielleicht wurde etwas übersehen.«

»Und es würde auch nicht schaden, Campbell das Gegenteil zu beweisen«, sagte Lady Philippa.

»Natürlich auf eine behutsame Art und Weise, damit sein Alphamännchen-Ego keinen Schaden nimmt.«

Ich grinste. Lady Philippa hatte recht. Ich würde noch nicht aufgeben. Für alle meine Probleme gab es Lösungen. Ich musste sie nur finden.

Kapitel 17

Ich schob das kürzlich reparierte Lieferfahrrad zurück in den Lagerschuppen und sicherte es, bevor ich die Tür schloss. Ich hatte heute Morgen bereits vier Lieferungen gemacht und musste noch mit dem Backen der Kuchen für das Schlosscafé beginnen. Ich müsste mich beeilen, wenn ich heute alles von meiner To-do-Liste abhaken wollte.

Nach meinem Gespräch mit Lady Philippa am Vorabend fühlte ich mich ruhiger und ausgeglichener als in den letzten Tagen. Es war immer gut, mit Freunden über Probleme zu sprechen.

»Zeit, dich in deinen ...« Ich sah mich um. Meatball war verschwunden.

»Wo versteckst du dich?« Ich ging zurück zum Schuppen und vergewisserte mich, dass ich ihn nicht versehentlich eingesperrt hatte.

Ich ging auf den Hauptweg und entdeckte sein pelziges kleines Hinterteil, das zum Privatgarten der Familie huschte.

Er hatte wahrscheinlich den Geruch der Corgis der Herzogin aufgeschnappt und machte sich auf den Weg, um nachzuforschen, ob er einen Kampf anzetteln und ihnen zeigen konnte, wer der Boss unter den kleinen Hunden war.

Es würde der Herzogin nichts ausmachen, wenn Meatball in ihren Garten stolperte, aber ich hatte heute Morgen keine Zeit, ihm nachzujagen.

Ich joggte hinter ihm her und erwischte ihn, als er anhielt, um neben einem Busch einen verführerischen Geruch zu beschnuppern.

Gerade als ich ihn aufhob, drangen Stimmen zu mir. Ich erkannte die Stimme der Herzogin sofort und ich war mir ziemlich sicher, dass die andere Percy gehörte.

Ich drehte mich um, um mich davonzuschleichen, da ich nicht stören wollte, hielt dann aber inne, als ich das Ende eines Satzes hörte.

»Sie ist nicht die Frau, für die ich sie gehalten habe«, sagte Percy mit leiser Stimme.

Sprach er von seiner Frau Diana? Ich richtete Meatball so aus, dass er bequemer in meinen Armen lag und blieb im Busch verborgen.

»Menschen verändern sich im Laufe der Zeit«, sagte die Herzogin. »In einer Ehe ist es wichtig, flexibel zu sein. Jeder Partner hat seine kleinen Macken.«

»Das ist ein Teil des Problems. Diana ist nie erwachsen geworden. Ich meine keine Respektlosigkeit deiner Tochter gegenüber. Als wir uns das erste Mal trafen, liebte ich ihre Lebhaftigkeit. Ich habe immer das ruhige Leben gemocht, aber Diana hat mir geholfen, meine lustige Seite zum Vorschein zu bringen.«

»Sie hat immer gerne gefeiert«, sagte die Herzogin.

»Ich schlage immer wieder verschiedene Dinge vor, die wir ausprobieren sollten. Dinge, die wir als Paar machen können. Dinge, die nichts mit Trinken und Tanzen zu tun haben, aber sie hat kein Interesse daran. Und ... ich hatte gehofft, dass wir bald eine Familie gründen würden.«

»Ich würde mich über Enkelkinder freuen.«

»Jedes Mal, wenn ich die Idee vorschlage, lacht sie und sagt mir, sie sei viel zu jung, um Mutter zu werden. Aber ich bin bereit, eine Familie zu gründen. Was wäre, wenn Diana das nie will? Ich möchte Vater werden.«

»Hast du mit ihr gesprochen? Ehen funktionieren besser, wenn es einen offenen Dialog gibt.«

»Ich habe aufgehört zu zählen, wie oft ich es versucht habe. Sie ist mehr daran interessiert, ihre Social-Media-Konten zu aktualisieren, als ein vernünftiges Gespräch mit ihrem Mann zu führen.« Es entstand eine kurze Pause. »Ich möchte dich damit nicht belasten, aber ...«

»Ich habe dich gefragt, ob es ein Problem gibt. Ich habe gemerkt, dass es zwischen euch beiden nicht gut läuft. Es gefällt mir nicht, wenn meine Kinder unglücklich sind. Ich habe mit Diana gesprochen und sie sagte, alles sei perfekt. Deshalb habe ich dich heute Morgen beiseitegenommen. Mütter wissen immer, wenn etwas nicht stimmt.«

»Im letzten Jahr ist es schlimmer geworden. Je mehr ich sie dränge, ein Zuhause für unsere zukünftigen Kinder zu schaffen, desto mehr geht sie aus und feiert. Ich habe sie gefragt, ob sie Angst vor dem Gedanken hat, Mutter zu werden, aber sie hat es abgetan. Diana sagte, sie würde eine Nanny engagieren und damit wäre Schluss. Aber ich möchte nicht, dass unsere Kinder so aufwachsen. Ich möchte, dass wir beide in ihrem Leben sind. Das ist wichtig.«

»Ich stimme dir zu«, sagte die Herzogin. »Als ich meine Kinder bekam, habe ich zwar eine Nanny eingestellt, aber ich war immer für sie da. Es ist wichtig, dass du da bist, wenn deine Kinder aufwachsen.«

»Ich habe den Eindruck, dass Diana, auch nachdem wir eine Familie haben, ihren Party-Lifestyle weiterführen möchte.«

»Vielleicht würde ein wenig Abstand euch beiden guttun. Ihr könntet euren eigenen Hobbys nachgehen. Diana könnte erkennen, was sie hat, wenn du nicht immer da bist.«

»In gewisser Weise habe ich das bereits getan. Ich habe viel Zeit mit Blaine verbracht, bevor er ... Nun, wir wissen alle, was passiert ist.«

Ich hatte vor, mich leise davonzuschleichen, bis ich Blaines Namen hörte.

»Blaine hat das extreme Ende des Single-Lebens verkörpert«, sagte Percy. »Bei ihm drehte sich alles um die guten Zeiten, genau wie bei Diana. Ich habe mich manchmal gefragt, ob die beiden zusammen besser dran gewesen wären.«

»Nein, Diana war nie für jemanden wie Blaine bestimmt. Sie braucht dich in ihrem Leben. Du bist ihr Ruhepol.«

»Was ist, wenn ich nicht mehr ihr Ruhepol sein möchte?«, fragte Percy. »Blaine hat mich meine Sorgen vergessen lassen und wir hatten Spaß zusammen.«

»Von was für einem Spaß reden wir?« Der Ton der Herzogin wurde schärfer.

»Nichts Schlechtes! Obwohl ich den Eindruck hatte, dass Diana sich Sorgen machte, dass Blaine mich in schlechte Bahnen lenkt, aber das war nicht der Fall. Ich interessiere mich nicht für andere Frauen. Ich habe die Frau getroffen, mit der ich mein Leben verbringen möchte, aber sie macht es mir nicht immer leicht.«

Ich kuschelte Meatball an mich. Das war also der Grund, warum Percy vor seinem Tod Zeit mit Blaine verbracht hatte. Er war in einer unglücklichen Ehe und wusste nicht, was er dagegen tun sollte. Das würde erklären, warum er so verdächtig gewirkt hatte, als wir alle zusammen gefrühstückt hatten.

»Trotzdem hat Blaine Masters dir vielleicht nicht die besten Ratschläge gegeben, wenn es um deine Beziehung geht«, sagte die Herzogin.

Percy kicherte. »Er hat schreckliche Beziehungsratschläge gegeben. Ich habe nie auf ihn gehört. Er hat mir geraten, mich nicht festzulegen, aber das war das, was ich wollte. Ich war nie einer, der sich ausgetobt hat. Als ich Diana traf, wusste ich einfach, dass sie die Richtige für mich war. Und wir waren in den ersten Jahren glücklich, aber die Dinge sind langsam bergab gegangen. Ich bin mir nicht sicher, wie viel länger ich das aushalten kann, besonders jetzt, wo Blaine weg ist. Er war mein Rückzugsort. Er stellte keine Fragen oder sagte mir, dass ich etwas falsch mache. Ich habe ein bisschen Hänselei ertragen können, aber ich weiß nicht, was ich jetzt tun soll.«

»Es tut mir leid, dass dein Freund nicht mehr bei uns ist. Und ich vermute, ich bin keine gute zweite Wahl, aber ich bin immer da, wenn du reden möchtest. Auch wenn Diana meine Tochter ist, werde ich dich nicht verurteilen. Ich bin schon lange mit dem Herzog verheiratet und er ist nicht immer der einfachste Mann. Ich verstehe das Bedürfnis nach einem persönlichen Zufluchtsort, wenn es schwierig wird.«

»Danke. Als du mich heute Morgen hierher geholt hast, dachte ich, du wolltest mich anschreien und dass Diana dir gesagt hat, dass die Dinge schieflaufen und alles meine Schuld ist.«

»Ich finde, mit Schreien kommt man nicht weit«, sagte die Herzogin.

»Vielleicht komme ich mit den Dingen einfach nicht gut klar. Da Blaine von Sabine getötet wurde, stehe ich immer noch unter Schock. Jeder wusste, dass er eine wilde Seite hatte, wenn es um Frauen ging, aber ich hätte nie gedacht, dass es so enden würde. Ich ging davon aus, dass er irgendwann eine finden würde, die ihn dazu bringen würde, sich niederzulassen und zu heiraten.«

»Die meisten Männer finden eine passende Frau«, sagte die Herzogin. »Es tut mir furchtbar leid für deinen Verlust.«

»Ich wünschte nur, Sabine würde gestehen, was sie getan hat. Es macht das Ganze nur noch schwieriger, dass sie bestreitet, daran beteiligt gewesen zu sein«, sagte Percy. »Die Polizei führt DNA-Tests durch, um zu sehen, ob sie irgendwelche Beweise für ihre Beteiligung an dem Mord finden können, aber ich bin mir nicht sicher, was die Tests beweisen werden. Sie waren zusammen – ihre DNA wird irgendwo an Blaine sein.«

»Sie haben sie noch nicht offiziell angeklagt?«, fragte die Herzogin. »Als ich mit meinem Sicherheitschef sprach, sagte er, der Fall sei so gut wie abgeschlossen.«

Ich schüttelte den Kopf. Typisch Campbell, der sein »Ich habe immer recht«-Ding durchzog. Vielleicht hatte er es nur der Herzogin gesagt, um sicherzugehen, dass sie sich keine Sorgen machte, aber er ging voreilig vor, besonders wenn Sabine noch nicht gestanden hatte.

»Es ist nur eine Frage der Zeit«, sagte Percy. »Hast du Sabines Online-Beiträge über Hochzeiten und Andeutungen gesehen, dass sie bald mit Blaine verheiratet sein würde? Die Frau war verrückt. Er hätte sie nie geheiratet. Wenn er jemanden geheiratet hätte, wäre es Lila gewesen. Sie kommt aus dem richtigen

Umfeld. Sie passte in seinen sozialen Kreis. Und sie ertrug sein Fremdgehen.«

»Ah, ich beschäftige mich nicht wirklich mit den sozialen Medien«, sagte die Herzogin. »Wir haben ein Team im Schloss, das sich um die mysteriösen Tweets und Updates kümmert. Ich genieße es immer noch, ein echtes Gespräch am Telefon zu führen.«

»Ich nehme es dir nicht übel, dass du dich davon fernhältst. Wenn du es sehen würdest, wärst du schockiert. Sabine war von Blaine besessen. Das war nicht gesund. Vielleicht gab es Warnsignale dafür, dass sie so etwas tun würde, aber keiner von uns hat es bemerkt. Blaine hat immer gescherzt, dass sie unsterblich in ihn verliebt war.«

»Ich bin sicher, Campbell und die Polizei werden das bald klären«, sagte die Herzogin. »Jetzt habe ich ein paar Vorschläge, was du mit Diana tun kannst, um diese Probleme in eurer Beziehung zu glätten.«

Ich nahm das als Zeichen, zu gehen, zog mein Handy aus meiner Gesäßtasche und eilte zurück in meine Wohnung.

Sobald wir drinnen waren, setzte ich Meatball auf dem Boden ab und machte uns beiden ein schnelles Frühstück – Toast für mich, Trockenfutter für ihn – während ich durch Sabines Instagram-Account scrollte.

Percy hatte nicht übertrieben. Ihre Seite war voller Bilder von Hochzeitskleidern, Hochzeitslocations und sogar Bildern von Kuchen. Und es gab eine großzügige Streuung der Initialen BM unter ihnen. Es brauchte kein Genie, um herauszufinden, wen sie heiraten wollte.

Während ich weiter durch Sabines Beiträge scrollte, stieß ich immer wieder auf den Hashtag #keinpoo. Was war das?

Ich öffnete eine Browserseite und tippte ihn ein. Es stellte sich heraus, dass #keinpoo nichts mit einem empfindlichen Verdauungsproblem zu tun hatte, sondern damit, das Haar nicht mit Shampoo zu waschen.

Das konnte für die Kopfhaut doch nicht gut sein. Man musste doch das Fett und den Schmutz abwaschen, besonders wenn man regelmäßig Sport trieb oder mehrmals pro Woche mit dem Fahrrad Hügel hoch und runter fuhr und dabei große Mengen an Kuchen transportierte.

Ich kehrte zu Sabines Seite zurück und scrollte weiter.

Sechs Monate #keinpoo #glänzendehaare

Es ist mein #keinpoo-Jubiläum. Sehen meine Haare nicht unglaublich aus?

Da waren Bilder von ihrem Haar. Obwohl mich der Gedanke, die Haare sechs Monate lang nicht zu waschen, anwiderte, sah ihr Haar unglaublich aus. Es war dick, glänzend und in perfektem Zustand.

Mein Toast fiel mir aus der Hand und ich stand auf. Sabine wusch sich nicht die Haare! Selbst beim Duschen kam kein Wasser darauf. Nachdem ich eine der Webseiten gelesen hatte, wusste ich, wie wichtig es war, sicherzustellen, seine Haare niemals nass werden zu lassen, sonst würde man die Fortschritte, die man bei seiner »Kein-Shampoo«-Mission gemacht hatte, zunichtemachen.

»Das heißt, sie ist unschuldig«, sagte ich laut. Sie hätte die Wahrheit sagen können. Sabine hätte in der Nacht von Blaines Ermordung unter der Dusche sein können.

»Wuff, wuff?« Meatball blickte von seinem leeren Futternapf zu mir auf.

»Ich muss Campbell davon erzählen«, sagte ich. »Sie werden die falsche Person wegen Mordes anklagen.«

Kapitel 18

Ich rannte aus der Tür meiner Wohnung und steckte Meatball in seinen Zwinger, bevor ich mich auf die Suche nach Campbell machte.

Ich hatte keine Ahnung, dass es so etwas wie das Nicht-Shampoonieren des Haares gab, aber auf Sabines Instagram-Seite war es überall zu sehen. Diese neue Information schwächte die Beweislage gegen sie.

Campbell würde sich nicht darüber freuen, wenn ich ihm davon erzählte, aber ich konnte es nicht für mich behalten. Ich würde mich um seine Beschwerden über meine Schnüffelei kümmern, aber ich konnte nicht zulassen, dass ein Verbrecher mit einem Mord davonkam. Und genau das würde passieren, wenn man Sabine wegen dem Mord an Blaine anklagen würde.

Ich bog um die Ecke und sah Saracen, der vom Schloss wegmarschierte. Ich rannte zu ihm. »Warten Sie! Ich suche Campbell.«

Er drehte sich um und hob grüßend die Hand. »Hallo, Holly. Sie finden ihn heute Morgen am Schießstand.«

Oh Mann! Ich wollte nicht in der Nähe von Campbell sein, wenn er eine Waffe in der Hand hatte, vor allem nicht, wenn ich schlechte Nachrichten überbringen musste. »Er schießt auf Dinge?«

»Das ist es, was man normalerweise auf einem Schießstand macht.« Saracen grinste mich an. »Was ist los?«

»Ich habe ihm etwas zu sagen, worüber er nicht glücklich sein wird.«

»Dann passen Sie auf, dass er seine Waffe nicht auf Sie richtet«, sagte Saracen. »Campbell verfehlt nie sein Ziel.«

Ich schluckte. »Gut zu wissen. Oh, und ich habe ein paar neue Kekse, die Sie probieren können. Kein Zucker und sie schmecken großartig.« Ich ging bereits rückwärts von Saracen weg, meine Gedanken darauf gerichtet, wie ich die Nachricht an Campbell überbringen könnte, ohne dass er auf mich schießt.

»Ich freue mich darauf, sie zu probieren«, sagte er.

Ich eilte vom Schloss weg und die Kiesauffahrt entlang. Der Schießstand lag in der Nähe des Bogenschießplatzes, wo ich neulich Rupert und James gesehen hatte.

Schüsse hallten wider, als ich entlang eines schmalen, von Bäumen gesäumten Pfades joggte. Ich verlangsamte mein Tempo, als ich eine Lichtung erreichte.

Große Bäume umgaben den Schießstand und entfernte Zielscheiben waren vor einem hohen Erdwall und Sandsäcken aufgestellt worden.

Campbell stand mit gespreizten Beinen da. Er war von Kopf bis Fuß in Schwarz gekleidet und trug Ohrenschützer, während er auf eine Zielscheibe feuerte, die aus dieser Entfernung ein wenig verschwommen aussah.

Ich wartete, bis er aufhörte zu schießen, und tippte ihm dann auf die Schulter.

Er zuckte zusammen, bevor er sich umdrehte und eine Augenbraue hochzog. Er nahm seinen Gehörschutz ab. »Sind Sie hier, um zu üben?«

Ich schüttelte den Kopf. »Nein, diese Dinger bringen einen um.«

Er lächelte nicht. »Das ist der Plan. Warum sind Sie hier?«

»Ich muss Ihnen von ›Kein Poo‹ erzählen«, sagte ich.

Campbells Blick wanderte über mich. »Probieren Sie Pflaumensaft.«

»Was? Nein, hier geht es nicht um mich.«

»Ein starker Kaffee und Joggen hilft normalerweise auch.« Er hat das Magazin seiner Waffe gewechselt. »Aber wenn Sie krank sind, gehen Sie zum Arzt. Ich habe nur eine medizinische Grundausbildung.«

»Nein! Hören Sie mir zu. Nicht Po. Hashtag Kein Poo.«

»Sie können es mir so oft sagen, wie Sie wollen, es ergibt immer noch keinen Sinn. Pflaumensaft, Kaffee und Joggen. Das wird Ihnen helfen.«

»Es ist ein Hashtag, der online verwendet wird. Es geht darum, dass Menschen ihre Haare nicht waschen. Kein Shampoo. Auf ›Kein Poo‹ gekürzt.«

»Ja, danke für diese aufregende Neuigkeit, aber um meine Haare muss ich mir keine Sorgen machen. Ich lasse sie mir alle zwei Wochen raspelkurz schneiden.«

»Ich spreche nicht von Ihren Haaren. Sabine wäscht sich nicht die Haare.«

Er drehte sich zu mir um. »Nie?«

»Es ist überall auf ihren Social-Media-Konten zu finden. Es gibt diesen Trend, dass, wenn man seine Haare lange genug nicht wäscht, sie anfangen, sich selbst zu reinigen.«

Er grunzte und schüttelte den Kopf. »Das muss ein Witz sein.«

»Kein Witz. Ich konnte es auch nicht glauben, als ich es auf ihrer Seite gelesen habe, aber es ist wahr. Sabine wäscht sich nie die Haare. Was bedeutet ...«

»Wir müssen sie gehen lassen.« Campbell seufzte, als er seine Waffe wegsteckte.

»Sie könnte immer noch schuldig sein«, sagte ich, »aber sie hat nicht über ihr Alibi gelogen. Sie könnte unter der Dusche gewesen sein, als Blaine getötet wurde. Und wenn niemand in dieser Nacht ihr Badezimmer überprüft hat, gibt es keine Möglichkeit, zu wissen, ob sie die Dusche benutzt hat.«

Er rieb sich die Stirn. »Ich bin nicht überrascht, das zu hören. Nun ja, dass die Leute ihre Haare nicht waschen, überrascht mich schon. Das ist einfach widerlich. Aber wir sind mit den physischen Beweisen nicht weitergekommen. Und Sabine behauptet ständig, unschuldig zu sein. Ich habe ihre Geschichte dutzende Male überprüft und sie bleibt immer gleich. Normalerweise rutscht einem Lügner irgendwann die Wahrheit heraus. Bei ihr ist das nie passiert.«

»Wenn es Sie tröstet, ich dachte auch, sie wäre die Mörderin. Sie passt perfekt, aber ohne Beweise ...«

»... ist sie eine freie Frau.« Campbell fuhr sich mit der Hand über das Gesicht. »Ich habe der Polizei bereits zugestimmt, dass sie freigelassen wird, und diese neue Information bestärkt mich in meiner Überzeugung, dass der Mörder immer noch auf freiem Fuß ist.«

Mein Handy klingelte und ich zog es aus meiner Tasche. »Ähm, vielleicht haben wir ein Problem. Wie lange ist Sabine schon draußen?«

»Weniger als eine Stunde. Warum?«

»Ich habe eine Benachrichtigung eingerichtet, sobald sie etwas Neues online postet. Ihre neuesten Beiträge handeln davon, dass sie zu Unrecht beschuldigt wurde und dass sie klagen und wegen Diskriminierung vorgehen will.«

»Lassen Sie mich sehen.« Er schnappte sich mein Handy und sah sich die Beiträge an, bevor er durch die Zähne die Luft einsog. »Wir diskriminieren sie, weil sie zu hübsch ist, laut diesem Unsinn.«

Ich nahm das Handy zurück. Es gab mehrere Hashtags, darunter einen mit der Aufschrift #zuhübschumeingesperrtzuwerden.

»Diese Frau ist unglaublich. Mit einer Klage wird sie nicht weit kommen«, sagte Campbell. »Wir hatten Gründe, weswegen wir sie festgehalten haben.«

»Jetzt nicht mehr«, sagte ich.

Seine Finger spannten sich an, und seine Augen blitzten warnend. »Ich habe ihr gesagt, sie solle nichts sagen. Sie hat zugestimmt, Stillschweigen zu bewahren, bis wir die anderen Verdächtigen erneut befragt haben. Wir müssen das geheim halten, damit wir den eigentlichen Mörder nicht alarmieren.«

»Glauben Sie, dass er abhauen würde? Sie könnten Ihr Team dazu bringen, nach verdächtigem Verhalten Ausschau zu halten.«

»Danke für den Rat.«

»Hey! Ich hätte Ihnen das nicht erzählen müssen. Ich ...«

»Helfe nur. Ich weiß.« Er strich sich mit der Hand über das Kinn. »Wer hat es Ihrer Meinung nach getan?«

Ich presste meine Lippen zusammen, um nicht zu lächeln. »Bitten Sie mich um Hilfe bei der Aufklärung dieses Mordes?«

»Das habe ich nicht gesagt«, sagte er. »Ich werde das schon herausfinden.«

»Vielleicht finden Sie es etwas schneller heraus, wenn ich Ihnen helfe.«

Seine Hand ruhte auf dem Griff seiner Waffe und ich trat einen Schritt zurück. Vielleicht sollte ich den riesigen ehemaligen Superspion nicht ärgern, wenn er eine riesige Waffe umgeschnallt hatte.

»Was denken Sie, Holmes?«, fragte er. »Na los, kleine Detektivin. Lassen Sie mich Ihre Theorien hören.«

Ich sammelte meine Gedanken, bevor ich nickte. »Wir können Sabine ausschließen.«

»Schon erledigt.«

»Und Sie können Henrietta Audley auch von Ihrer Liste streichen. Lady Philippa hat sie draußen spazieren gehen sehen, als Blaines Leiche entdeckt wurde. Ihr Alibi ist stichhaltig.«

»Sie glauben nicht, dass Lady Philippa sie deckt?«

»Nein, das würde sie nicht tun. Auch wenn sie verwandt sind, würde sie keinen Mörder frei laufen lassen.«

»Gibt es noch jemanden, den wir von der Liste streichen können?«

»Ich bin mir immer noch nicht sicher bei Percy oder Lady Diana. Percy verbrachte Zeit mit Blaine, weil seine Ehe in Schwierigkeiten steckt. Würde er die Person töten, die ihm eine Auszeit von seinen Problemen gegeben hat?«

»Woher wissen Sie, dass sie Probleme haben?«

Ich neigte meinen Kopf hin und her. »Vielleicht habe ich im Vorbeigehen etwas mitbekommen.«

»Sie haben gelauscht.«

»Das tun Sie auch.«

»Beweisen Sie es.«

»Wie dem auch sei, es spielt keine Rolle, woher ich es weiß. Ich glaube nicht, dass es Percy war, aber vielleicht war Lady Diana unglücklich mit Blaine. Sie könnte ihn wegen der Zeit, die er mit Percy verbracht hat, konfrontiert haben.«

Er schüttelte den Kopf. »Sie ist ein Leichtgewicht. Mehr um ihr öffentliches Image besorgt als um alles andere. Ein Mord würde ihrem Ruf ernsthaft schaden. Wer sonst noch?«

»Nur Lila bleibt übrig. Sie hat kein gutes Alibi. Sie war allein im Bett.«

»Sie war auch hinter Blaines Geld her«, sagte Campbell. »Würde sie ihre goldene Gans töten?«

»Lila könnte die Beherrschung verloren haben«, sagte ich. »Ich wäre nicht glücklich, wenn mein Freund seine heimliche Freundin zu einer Party mitbringt, zu der wir gehen. Ich wäre vielleicht sogar geneigt, ihn die Treppe hinunterzustoßen.«

»Ich wusste nicht, dass Sie so skrupellos sind«, sagte er. »Ich werde aufpassen müssen.«

»Wenn ich versuche, Sie die Treppe hinunterzustoßen, würden Sie sich nicht einmal bewegen«, sagte ich. »Nicht einmal, wenn ich einen Baseballschläger benutze.«

»Das könnte mich zum Zurückschrecken bringen. Aber Sie müssten nah genug an mich rankommen, um ihn zu schwingen.« Seine Augen wurden schmal. »Haben Sie jemals darüber nachgedacht, mir das anzutun?«

»Ein- oder zweimal«, sagte ich.

»Hm! Es ist möglich, dass Lila Blaine gefolgt ist, nachdem er ihr Schlafzimmer verlassen hat. Sie könnte aufgewacht sein, als er sich davongeschlichen hat.«

»Oder sie hat so getan, als ob sie schläft, weil sie wusste, dass er sich davonschleichen und Sabine treffen würde.«

»Das ist auch möglich.«

»Und sie wusste von ihrer Beziehung. Sabine war online ziemlich indiskret. Lila könnte Blaine gefolgt sein, ihn oben auf der Treppe überrascht und ihn gestoßen haben. Dann ist sie zurück in ihr Zimmer geeilt, bevor der Wächter die Leiche am Fuße der Treppe gefunden hat.«

»Dann ist das der nächste Schritt«, sagte Campbell. »Ich hole Lila erneut zum Verhör und sehe, ob sich etwas ergibt. Es ist ein gutes Motiv.«

»Es freut mich, dass ich helfen konnte.« Ich strahlte ihn an.

Er grunzte. »Ja, das wette ich.«

Ich warf einen Blick auf meine Uhr. »Ich muss zurück zur Arbeit. Auch wenn ich hier vielleicht nicht mehr lange arbeiten werde, gibt es für mich immer noch viel zu tun.«

Campbell legte den Kopf schief. »Was meinen Sie damit?«

Ich hob meine Hand. »Nichts. Ich meinte meinen Job, Verbrechen aufzuklären. Ich habe genug von diesem ganzen Herumschnüffeln.«

»Sicher haben Sie das. Sie werden noch Verbrechen aufklären, wenn Sie eine schrumpelige alte Dame mit einem Buckel sind.«

»Ich habe vor, würdevoll zu altern. Ich werde keinen Buckel haben.«

Er packte meine Schultern und zog sie zurück. »Das werden Sie, wenn Sie Ihre Haltung nicht in Ordnung bringen.«

Ich rollte mit den Schultern. Vielleicht hatte ich mich ein wenig nach vorne gebeugt. »Also, wie kann ich beim Verhör von Lila helfen?«

»Ich werde sie reinholen. Wenn sie mir Probleme bereitet, werde ich die großen Geschütze rufen.«

»Ich bin ein großes Geschütz?«

»In Ihren Träumen. Sie sind eine Wasserpistole. Bleiben Sie bei dem, was Sie gut können.«

»Verbrechen aufklären?«

»Backen. Sie lieben die Küche.« Er hob die Hand, bevor ich protestieren konnte. »Glauben Sie nicht, dass ich Ihren Beitrag zum jetzigen Zeitpunkt nicht schätze, aber den nächsten Schritt mache ich allein.«

Ich zupfte an meiner Unterlippe, als Campbell wegging, ein wenig verärgert darüber, nicht dabei zu sein. Dennoch hatte Campbell recht. Er war der Superagent und ich war die Superbäckerin. Die Schlossküche hatte sich immer wie ein zweites Zuhause angefühlt, aber ich hatte das kleine Problem, dass Lorcan versuchte, mich abzuwerben.

Ich könnte vielleicht Morde aufklären, aber ich war mir nicht sicher, was ich mit meiner Zukunft in Audley Castle anfangen sollte.

* * *

Ich trat einen Schritt zurück und lächelte, als ich die ganzen Häkchen neben meiner To-do-Liste sah. Meine Arbeit in der Küche war für den Tag erledigt. Es war so viel los gewesen, dass ich nicht viel darüber nachgedacht hatte, wer Blaine getötet haben könnte und wie es Campbell ergangen war.

Er musste Lila inzwischen zur Befragung hergebracht haben. Vielleicht hatte er dieses Mal den Mord aufgeklärt und die richtige Person wurde angeklagt.

Ich holte mein Handy heraus, das ich den ganzen Tag überprüft hatte, während Sabine ständig ihre Social-Media-Konten aktualisierte. In jedem Beitrag ging es um die Ungerechtigkeit ihrer Verhaftung und darum, was sie tun würde, um sicherzustellen, dass ihr Name reingewaschen wurde. Oft schrieb sie von Klagen und Entschädigungen. Sabine hatte immer das Geld im Auge.

»Zeit zum Spazierengehen«, rief ich, als ich zu Meatballs Zwinger ging.

Er hüpfte heraus, tanzte um meine Füße herum und wartete, während ich seine Leine anlegte.

Als ich vom Schloss weg zu den Bäumen ging, scrollte ich weiter durch Sabines Beiträge. Schon nach einem Tag des Stöberns in den sozialen Medien fühlte ich mich nicht sonderlich großartig. Jeder sah online so umwerfend aus. Sie hatten perfekte Körper, erstaunliches Make-up und ihre Haare waren zu schön, um wahr zu sein. Vielleicht war es auch so. Ich wusste ein wenig über Filter, die das Aussehen verändern konnten, aber konnte man sich wirklich so sehr verändern, dass man immer perfekt aussah?

Ich zog ein großes Stück Flapjack mit Pekannuss, Ahornsirup und dreifacher Schokolade aus meiner Tasche und aß es. Ich würde lieber süße Leckereien essen und ein paar zusätzliche Pfunde hinnehmen, als nach Perfektion zu streben. Vielleicht sollte ich einen Hashtag dafür erstellen. Etwas wie #echterundliebervollerkuchen.

Ich steckte mein Handy wieder in die Tasche. Soziale Medien waren nichts für mich.

Ich warf einen Blick über die Schulter und blieb stehen, um das Schloss zu bewundern, das im späten Abendlicht dastand.

Vielleicht sollte ich eine Veränderung in Betracht ziehen. Ein paar Anpassungen, um mich zu verbessern.

Ich dachte nicht an Lippenfüller oder neue Frisuren, doch das Stellenangebot von Lorcan Blaze ging mir immer noch durch den Kopf. Würde es meine Berufsaussichten verbessern? Obwohl ich mir nicht sicher war, wie ernst er es gemeint hatte, als wir darüber gesprochen hatten. Jedenfalls ernst genug, um Chef Heston um eine Referenz zu bitten.

Ich holte mein Handy wieder heraus und rief seine Website und seine Social-Media-Konten auf. Ich verbrachte die nächste halbe Stunde damit, mich in süße Köstlichkeiten zu vertiefen. Sein Streben nach Perfektion hatte ihm zahlreiche Auszeichnungen eingebracht und er wurde in Magazinen auf der ganzen Welt vorgestellt, in denen viele Artikel über seine atemberaubenden Hochzeitstorten sprachen.

Lorcan verstand sein Handwerk, wenn es darum ging, wunderschöne Kuchen herzustellen. Mein Magen knurrte vor Begeisterung, als ich die dreischichtigen, mit Zuckerguss überzogenen Torten, pastellrosa Kuchen mit Blumen, funkelnde Glitzertorten, Turmkuchen und Keksstapel bewunderte.

Ich war nicht die Einzige, die seine Kuchen für fantastisch hielt. Er hatte eine enorme Online-Anhängerschaft, über drei Millionen Menschen auf Instagram, darunter auch einige Prominente. Wenn ich mit ihm arbeiten würde, würde ich mich in beeindruckenden sozialen Kreisen bewegen und meine Fähigkeiten wirklich ausbauen können.

Ich ließ mein Handy sinken. Wie wäre es, für Lorcan zu arbeiten? Ich war es gewohnt, von Chef Heston angeschrien zu werden – aber er schrie, weil er Exzellenz erwartete. Und er hatte eine weichere Seite, die er ein- oder zweimal im Jahr zum Vorschein brachte.

Es war Lorcans gewaltiges Ego, mit dem ich ein Problem hatte. Ich war mir nicht sicher, ob ich für einen

Mann arbeiten wollte, der eine Frau am Straßenrand im Stich gelassen hatte, als sie Hilfe brauchte.

Während ich weiterhin seine Konten überprüfte, konnte ich keine Beiträge finden, die älter als fünf Jahre waren. Vielleicht war er vorher nicht in den sozialen Medien aktiv gewesen.

Ich machte eine allgemeine Suche über Lorcans Hintergrund und seinen Aufstieg zum Ruhm, fand aber nicht viele Informationen. Auf seiner Website gab es eine allgemeine Informationsseite über seine Ausbildung und Erfahrung, aber sie war vage. Es war fast so, als ob er bis vor kurzem nicht existiert hätte.

Ich steckte mein Handy weg und beendete den Spaziergang mit Meatball, bevor ich zu meiner Wohnung zurückkehrte.

Nachdem Meatball eine frische Schüssel Wasser bekommen und mit einem neuen Kauspielzeug auf seinem Bett Platz genommen hatte, schnappte ich mir die Kekse, die ich Saracen versprochen hatte, und machte mich auf den Weg zu seiner Wohnung. Vielleicht könnte er mir helfen, mehr über Lorcans Hintergrund in Erfahrung zu bringen. Wenn ich für ihn arbeiten wollte, musste ich alles wissen, was ich herausfinden konnte. Ich musste auf alles vorbereitet sein, was da auf mich zukommen könnte.

Ich klopfte an Saracens Tür und er öffnete sie ein paar Sekunden später. Sein Blick wanderte zu dem Keksteller in meiner Hand und er leckte sich die Lippen. »Ich habe von Keksen geträumt.«

»Dann wurden Ihre Träume wahr. Ich habe eine andere Obstmischung gemacht und diese enthält auch Datteln. Kein raffinierter Zucker. Sie könnten nach einer Mahlzeit wahrscheinlich zwei oder drei davon essen, wenn Sie vorsichtig sind. Aber achten Sie darauf, Ihre

Blutzuckerwerte zu testen. Ich möchte nicht, dass Sie wieder vor mir zusammenbrechen.«

»Klar, Mama Bär.« Er bedeutete mir, in seine Wohnung zu gehen. »Und Ihr Timing ist perfekt. Ich habe gerade zu Abend gegessen und habe definitiv noch Platz für einen Nachtisch. Bleiben Sie doch.«

»Danke. Eigentlich habe ich einen Hintergedanken, warum ich hier bin.«

Saracen kaute bereits an einem Keks, während er in seine Küche ging. »Und der wäre?«

»Können Sie für mich die Geschichte einer Person zurückverfolgen?«

»Klar kann ich das. Wen stalken Sie denn?« Saracen grinste mich an. »Tolle Kekse.«

»Ich stalke niemanden. Es ist nur so, dass mir eine seltene Gelegenheit angeboten wurde, aber ich bin mir nicht sicher über die Person, die sie mir angeboten hat.«

Er deutete auf einen Sitzplatz und ich setzte mich. »Interessant. Wer ist diese Person, die Ihnen ein Angebot macht, dem Sie nicht zusagen können, solange sie sich nicht als vertrauenswürdig erweist?«

»Der Bäcker, der engagiert wurde, um die Jubiläumstorte für die Party zu machen. Lorcan Blaze.«

Saracen schnaubte lachend, als er sich an seinen zweiten Keks machte. »Das muss ein falscher Name sein. Wer würde sein Kind so nennen?«

»Ich glaube, es ist sein richtiger Name. Das Seltsame ist, dass ich keine Informationen über ihn finden kann, die älter als fünf Jahre sind. Es ist, als hätte er vorher nicht existiert.«

Saracen stellte den Teller mit den Keksen auf den Tisch und öffnete seinen Laptop. »Mal sehen, was dieser Kerl verbirgt. Sie können sich gerne ein Getränk holen, wenn Sie möchten. Das wird ein paar Minuten dauern.«

Während Saracen seine Spionagetricks am Computer erledigte, machte ich uns Tee, bevor ich mich wieder auf meinen Platz setzte und einen Keks aß.

»Das ist faszinierend«, sagte Saracen. »Lorcan Blaze wurde nicht immer Lorcan Blaze genannt.«

»Er hat seinen Namen geändert?«

»Früher hieß er Matthew Hallsworth. Und Sie haben recht, Lorcan Blaze tauchte plötzlich vor fünf Jahren auf.«

»Vielleicht hat er seinen Namen geändert, weil er sicherstellen wollte, dass sich die Leute an ihn erinnern.«

»Es ist sicherlich schwer, einen solchen Namen zu vergessen«, sagte Saracen. »Und es hat funktioniert. Er hat online eine riesige Fangemeinde.«

Ich nickte. »Können Sie nach Matthew Hallsworth suchen?«

»Welches Angebot hat Ihnen dieser Kerl gemacht?« Während er sprach, tippte Saracen auf der Tastatur herum.

Ich biss mir auf die Unterlippe. Ich war mir nicht sicher, wie bereit ich war, darüber zu sprechen. »Lorcan betreibt eine Kette erfolgreicher Konditoreien und Restaurants. Er sucht immer nach Talenten, um sein Team zu erweitern.«

Saracens Finger hielten inne und er blickte auf. »Sie denken darüber nach, uns zu verlassen?«

»Noch nicht sicher. Aber er hat mir ein Angebot gemacht. Ich möchte wissen, was auf mich zukommt, wenn ich es annehme.«

Saracens Unterlippe wanderte vor. »Wer verwöhnt mich mit Leckereien, wenn Sie gehen?«

Ich lachte. »Wir haben einen talentierten Koch in der Schlossküche.«

»Der mürrischer ist als Campbell«, sagte Saracen. »Sagen Sie mir nicht, dass ich Backen lernen muss. Als ich das letzte Mal Kekse gebacken habe, habe ich sie in Brand gesetzt.«

»Es besteht nur die Möglichkeit, dass ich gehe«, sagte ich. »Und wenn ich gehe, können wir gemeinsam ein paar Versuche unternehmen und miteinander Kekse backen. Wenn ich gehe, werden Sie ein Experte sein.«

»Sie sollten nicht gehen«, sagte Saracen. »Das wird das Problem nicht lösen.«

Ich seufzte. Das könnte zwar ein Problem lösen, aber es würde mich mit mehreren weiteren konfrontieren.

»Okay, es gibt nicht viel über Matthew Hallsworth aus seiner frühen Jugend, aber er ist derselbe Typ«, sagte Saracen. »Er begann als Küchenhilfe, wurde dann Sous-Chef und dann Junior-Chef. Er hat sich durch mehrere Küchen gearbeitet.«

»Das ist ein typischer Karriereweg für jemanden, der in die Branche einsteigen möchte«, sagte ich. »Haben Sie Bilder von ihm?«

»Nicht viele. Unter seinem alten Namen wurden keine Social-Media-Konten eröffnet. Es gibt aber ein paar Bilder.« Saracen verschob den Laptop, damit ich sie sehen konnte.

»Ich sehe Lorcan auf keinem dieser Bilder.« Ich zeigte auf den Bildschirm. »Aber schauen Sie mal. Das ist Blaine Masters in der Mitte dieses Bildes. Dieses selbstgefällige Gesicht würde ich überall erkennen.«

Saracen beugte sich vor, um einen Blick darauf zu werfen. »In der Tat. Der Tote und Lorcan kannten sich?«

Ich schüttelte den Kopf. »Nein, Lorcan ist nicht auf diesem Bild.«

»Lassen Sie mich reinzoomen. Vielleicht ist er hinten.«

Nachdem das Bild vergrößert worden war, scannte ich die Gesichter und betrachtete sie mehrmals. »Vielleicht kannte Blaine einen anderen Matthew Hallsworth. Es ist kein so ungewöhnlicher Name.« Ich blickte mit zusammengekniffenen Augen auf den Bildschirm und versuchte, Lorcan zu erkennen. Er könnte eine andere Frisur oder Gesichtsbehaarung haben, aber niemand auf diesem Bild sah ihm auch nur annähernd ähnlich.

»Irgendwelches Glück?«

Ich blickte auf einen Arm am Rand des Fotos. »Können Sie diesen Teil verbessern?« Ich zeigte auf den Arm.

»Sicher.« Saracen zauberte seine Magie, bevor er mir den Laptop zurückgab.

Ich atmete scharf ein. »Ich habe dieses Tattoo schon einmal gesehen. Das ist Lorcan Blazes Arm am Bildrand. Er kannte Blaine. Wann wurde dieses Bild aufgenommen?«

»Vor sechs Jahren«, sagte Saracen. »Ist das wichtig?«

Ich saß ein paar Sekunden lang schweigend da. Blaine kannte Lorcan, als er Matthew hieß. War etwas Schlimmes zwischen ihnen passiert? Etwas, das bedeutete, dass Matthew Hallsworth Lorcan Blaze werden musste?

»Holly, Sie machen mir irgendwie Angst. Sie starren ins Leere und murmeln vor sich hin«, sagte Saracen.

Ich sprang von meinem Sitz auf. »Danke, Saracen. Sie waren eine große Hilfe.«

»Kein Problem. Bedeutet das, dass Sie sich entschieden haben, im Schloss zu bleiben?«

»Oh, ich habe definitiv eine Entscheidung getroffen. Ich werde sofort mit Lorcan über sein Angebot sprechen.«

Aber zuerst musste ich ihn fragen, was vor all den Jahren zwischen ihm und Blaine passiert ist.

Kapitel 19

Mein Herz schlug so heftig, dass mir schwindelig wurde, als ich Lorcans Schlafzimmertür erreichte. Ich atmete tief ein und klopfte.

»Wer ist da?«

»Ich bin es, Holly. Ich bin gekommen, um mit Ihnen über das Jobangebot zu sprechen.«

»Kommen Sie herein.«

Als ich das Zimmer betrat, sah ich, dass Lorcan aufrecht im Bett saß. Er sah sauber aus, frisch rasiert und nicht mehr grau. Neben seinem Bett stand ein Tablett mit einem leeren Teller darauf. »Ist Ihr Appetit zurückgekehrt?«

»Ich erhole mich«, sagte er. »Also, Sie sind zur Vernunft gekommen. Ich wusste, dass Sie das Angebot annehmen würden. Sie haben Glück, dass ich noch hier bin. Ich habe vor, heute zu gehen.«

Dann hätte mein Timing nicht besser sein können. »Ich interessiere mich für Ihr Angebot. Mein Chef hat deutlich gemacht, dass er mich nicht bei sich haben möchte. Ich werde nicht dort bleiben, wo ich nicht erwünscht bin.«

»Sein Verlust. Wir werden gemeinsam die Früchte von Ihren Desserts ernten.« Ein selbstgefälliges Lächeln huschte über Lorcans Gesicht. »Ich kann Sie zum Star machen.«

»Klingt gut.« Ich ging näher an das Bett heran. »Ich würde gerne wissen, wie Sie Ihre Karriere begonnen haben.«

»Das ist nicht wichtig«, sagte Lorcan. »Wo ich jetzt bin, ist das Einzige, was zählt. Der Erfolg, den ich erzielt habe, wird auf Sie abfärben.«

»Ich hoffe, das wird es. Wo haben Sie Ihre Ausbildung gemacht?«

»An verschiedenen Orten. Was ist mit Ihnen?«

»Ich habe einen Teilzeitkurs an der örtlichen Hochschule absolviert und gleichzeitig in einigen Cafés praktische Erfahrungen gesammelt«, sagte ich. »Die theoretischen Grundlagen des Backens sind wichtig, aber ich denke, man kann nichts damit vergleichen, Desserts herzustellen und die Leute sie probieren zu lassen.«

»Da stimme ich Ihnen zu. Die Gastronomie-Hochschule kann einem nur so viel beibringen. Erst als ich in die reale Welt kam, habe ich mir einen Namen gemacht.«

»Sie müssen im Laufe der Jahre für einige wichtige Leute gearbeitet haben.«

»Natürlich habe ich das. In meinem Restaurant gibt es eine dreimonatige Warteliste und meine Konditoreien sind immer gut besucht. Ich werde in den nächsten sechs Monaten drei weitere eröffnen. Sie kommen zum richtigen Zeitpunkt. Wie gefällt Ihnen Dubai?«

»Ich bin sicher, Dubai wäre großartig. Ich würde jedoch gerne mehr darüber hören, für welche Berühmtheiten Sie gebacken haben.«

»Sie werden die Chance bekommen, einige davon selbst kennenzulernen, wenn Sie Ihre Karten richtig ausspielen.« Er strich sich mit der Hand durchs Haar. »Sagen wir einfach, die meisten A-Promis in Hollywood haben mich auf der Kurzwahl. Ich werde oft mit einem Privatjet abgeholt und zu den exklusivsten Partys der Welt gebracht, um für das Catering zu sorgen. Sie können dabei sein, wenn Sie so gut sind, wie Sie denken.«

»Sie haben meine Desserts probiert. Sie wissen, dass ich backen kann.«

»Ihre Reise fängt gerade erst an. Aber glauben Sie nicht, dass das ein leichter Weg wird. Sie werden sich hocharbeiten und Ihre Auszeichnungen genauso verdienen müssen wie alle anderen. Während Sie das tun, werden Sie die Welt sehen. Und ich bezahle meine Mitarbeiter gut. Ich verlange von meinen Teams harte Arbeit und erstklassige Ergebnisse, aber es wird sich lohnen.«

»Bitte fahren Sie fort«, sagte ich.

»Natürlich müssen Sie das alles hier hinter sich lassen.« Er wedelte mit der Hand in der Luft. »Ich hoffe, Sie haben keine Kinder oder einen nervigen Freund, der Ihnen im Weg steht.«

»Keine Kinder und kein Freund«, sagte ich. »Ich habe einen Hund.«

»Ein Hund kann nicht mitkommen.«

Ein ungutes Gefühl durchzog mich, als ich ein Lächeln erzwang. Ich würde Meatball nie zurücklassen. »Das wird kein Problem sein.«

»Gut. Ich brauche Ihre uneingeschränkte Hingabe für diesen Job. Sie werden rund um die Uhr, sieben Tage die Woche erreichbar sein. Meine Kunden haben hohe Ansprüche und rufen oft in letzter Minute an. Es ist wichtig, dass wir flexibel sind.«

Ich hasste diese Vorstellung. Diese Kunden sollten besser darin werden, ihre Partys zu planen. »Was auch immer Sie brauchen.«

Lorcans Blick schweifte über mich, bevor er nickte. »Willkommen an Bord. Ich sammle Ihre Referenzen, aber das ist eine Formalität. Was Sie in der Küche zubereitet haben, hat mich am meisten beeindruckt.«

»Chef Heston hat die Referenzanfrage von Ihnen erhalten«, sagte ich. »Er war darüber nicht glücklich.«

»Weil er weiß, was er verliert.«

Ich durfte mich von seinen Schmeicheleien nicht ablenken lassen, obwohl es sich gut anfühlte, gewollt zu sein. »Ich glaube, Sie haben vor einigen Jahren mit Blaine Masters zusammengearbeitet.«

Lorcan holte tief Luft, bevor er den Kopf schüttelte. »Nein, ich kannte ihn nicht. Warum sagen Sie das?«

»Jemand hat es mir gegenüber möglicherweise erwähnt«, sagte ich. »Haben Sie für eine seiner Partys das Catering gemacht?«

»Sie haben das falsch verstanden. Wer verbreitet solche Gerüchte?« Er ballte das Bettlaken in seinen Fäusten. »Sagen Sie es mir jetzt.«

»Ich erinnere mich nicht«, sagte ich. »Es stimmt also nicht?«

Lorcan schwieg mehrere Sekunden lang, sein Brustkorb hob und senkte sich schnell.

Ich war auf etwas gestoßen. Lorcan hatte für Blaine gearbeitet. Das konnte kein Zufall sein.

»Sie sollten nicht auf Klatsch hören«, sagte Lorcan schließlich.

»Das tue ich nie. Aber Sie müssen schockiert gewesen sein, als Sie hörten, dass er tot ist«, sagte ich.

»Ich denke, jeder war schockiert, aber ich habe den Kerl nie getroffen. Ich lag die ganze Zeit krank im Bett. Ich habe keinen der Partygäste kennengelernt.«

»Möglicherweise haben Sie für ihn das Catering gemacht, als Sie noch Matthew Hallsworth genannt wurden?«

Sein Mund öffnete und schloss sich mehrmals, aber er sagte nichts.

»Das war doch Ihr alter Name, nicht wahr?«

Lorcans Gesicht verlor jegliche Farbe. »Mir wird schlecht. Sie sollten gehen. Mir geht es immer noch nicht gut nach der Lebensmittelvergiftung.« Er erhob sich vom Bett und eilte ins Badezimmer.

Ich wartete neben dem Bett. Lorcan log über viele Dinge. Wenn er eine Lebensmittelvergiftung hatte, wäre er längst darüber hinweg. Er sollte nicht mehr erbrechen. Er war nicht krank wegen schlecht gekochtem Essen. Er hatte Angst, dass ich die Wahrheit über ihn herausgefunden hatte.

Einen Moment später kehrte er mit zitternden Händen ins Schlafzimmer zurück, wo er am Bettrand Platz nahm. »Ich habe einen Fehler mit Ihnen gemacht. Ich ziehe mein Jobangebot zurück.«

»Ach! Habe ich etwas Falsches gesagt?«

»Sie sind zu neugierig für Ihr eigenes Wohl«, sagte er. »Meine Kunden verlangen Diskretion. Ich kann mir vorstellen, dass Sie bei einer Party das ganze Haus durchsuchen und private Korrespondenz ausspionieren würden. Ich habe Ihr Kaliber schon kennengelernt. Man kann Ihnen nicht trauen. Sie müssen immer nachforschen und Dinge herausfinden, die nicht wichtig sind.«

»Das scheint Ihnen wichtig zu sein«, sagte ich. »Warum haben Sie Ihren Namen geändert?«

Lorcan starrte mich mit zusammengepressten Lippen an. »Ich fühle mich nicht so gut.« Er ließ sich auf das Bett zurückfallen und bedeckte seine Augen mit der Hand.

»Ich werde Ihnen etwas Wasser holen.« Ich eilte ins Badezimmer und füllte ein Glas, das ich auf der Seite fand. Als ich mich vom Waschbecken abwandte, sah ich eine verschreibungspflichtige Medikamentenflasche auf dem Waschtisch. Ich hob sie auf und las das Etikett. Cordarone.

»Was machen Sie da drin?« Sagte Lorcan.

»Nichts.« Eine Warnung auf der Medikamentenflasche besagte, dass es zu Erbrechen führen könnte.

Ich stellte die Flasche ab. Lorcan könnte diese Medikamente benutzt haben, um seine Krankheit vorzutäuschen. Er hatte sich absichtlich krank gemacht, damit er den Auftrag für die Jubiläumstorte nicht erfüllen konnte.

Ich schluckte meine Panik herunter und mein Mund wurde trocken. Hatte er das Ganze inszeniert? Lorcan musste Zugang zur Party bekommen, um an Blaine heranzukommen. Er wusste, dass Blaine hier sein würde, und das war der einzige Weg, wie er durch die Tür gelangen und ihn erreichen konnte.

Ich ging zurück ins Schlafzimmer und reichte ihm das Glas Wasser.

Lorcan nahm einen Schluck. »Gehen Sie jetzt. Ich habe mich in Ihnen getäuscht. Sie sind eine durchschnittliche Bäckerin. Sie sind nicht gut genug für mein Team.«

»Ich bin mehr als gut genug.« Ich stemmte meine Hände in die Hüften. »Sie haben Ihre Lebensmittelvergiftung vorgetäuscht.«

»Eine Lebensmittelvergiftung kann man nicht vortäuschen«, sagte er.

»In Ihrem Badezimmer liegen Medikamente, die Erbrechen auslösen.«

»Das sind Nebenwirkungen«, sagte er. »Aber dieses Medikament ist für meine Herzerkrankung. Ich habe einen unregelmäßigen Herzschlag.«

»Ich glaube Ihnen nicht«, sagte ich.

»Fragen Sie meinen Arzt«, sagte Lorcan. »Er wird bestätigen, dass ich ein Problem habe, aber es ist mit diesen Medikamenten behandelbar.«

»Sie kannten Blaine Masters«, sagte ich. »Was hat er Ihnen angetan, dass Sie Ihren Namen geändert und sich neu erfunden haben?«

Lorcan stellte sein Glas ab, schloss die Augen und rieb sie mit den Handflächen. »Wie haben Sie das herausgefunden?«

»Ich habe ein Bild von Ihnen auf einer Party mit Blaine gesehen. Sie waren direkt am Rand des Fotos.«

Er senkte die Hände und schüttelte den Kopf. »Ich habe mein Aussehen verändert. Andere Haare, Zahnkorrekturen, sogar eine Nasenkorrektur habe ich machen lassen. Ich sehe überhaupt nicht mehr wie Matthew aus. Sie können mich nicht erkannt haben.«

»Ihre Tattoos haben sich nicht verändert«, sagte ich. »Sie haben immer noch den Arm mit den Tätowierungen.«

Lorcan knurrte, als er sich mit der Hand über den Ärmel rieb. »Ich hätte sie entfernen lassen sollen. Ich versuche, sie nicht zu zeigen, weil sie so markant sind. Sie haben mich also wirklich aufgrund der Tätowierungen auf meinem Arm auf dem Foto erkannt?«

Ich zuckte mit den Schultern. »Wie Sie schon sagten, ich bin neugierig. Ich stöbere herum und sehe Dinge, die andere Leute übersehen. Was hat Blaine Ihnen angetan?«

Lorcan seufzte tief. »Er hat mich ruiniert.«

»Wie?«

Er starrte ins Leere, seine Augen verengten sich, als würde er sich eine beunruhigende Erinnerung ins Gedächtnis rufen. »Ich war neu in der Welt des Promi-Backens. Ich war überfordert, nachdem ich eine Empfehlung von einem wohlhabenden Börsenmakler erhalten hatte. Ich hatte für seine Party gesorgt und es lief wirklich gut. Er verbreitete das Wort über meine Dienstleistungen und plötzlich wurde ich mit Anfragen überschüttet. Ich habe keine einzige abgelehnt. Es war meine Chance, groß rauszukommen, wenn ich nur den Überblick behalten könnte. Das Problem war, es gab nur mich und einen Teilzeitassistenten. Ich hatte keine Zeit, jemanden einzustellen und einzuarbeiten.«

»Sie haben versucht, alle Bestellungen selbst zu erledigen?«

»Ich kam mit vier Stunden Schlaf und einem Liter Kaffee pro Tag sechs Monate lang über die Runden. Und es funktionierte. Aber dann habe ich einen Fehler gemacht. Ich habe Blaines Geburtstagsparty versorgt und die Torte ist misslungen. Als er hineingeschnitten hat, war sie nicht richtig durchgebacken.«

»Und Blaine hat es allen erzählt?«

»Er hat nicht aufgehört, von dem Desaster aufgrund meines Essens zu sprechen. Er hat die Torte vor aller Augen auf den Boden geworfen und gedroht, mich zu verklagen. Das war kurz nachdem das Foto entstanden ist, das Sie gesehen haben. Ich war so gedemütigt. Blaine war ein wichtiger Mann. Er hatte Einfluss und alle hörten auf ihn. Danach hörten die Anrufe auf, das Geld blieb aus und ich habe alles verloren. Vorher hatte ich ein großartiges Leben, ein erstaunliches Zuhause, einen goldenen Ruf und ein Model als Verlobte. Sie blieb nicht lange, als das Geld nicht mehr floss.«

»Also haben Sie Ihren Namen geändert, von vorne angefangen und sich als Lorcan Blaze neu erfunden«, sagte ich.

Seine Schultern sackten zusammen, während er nickte. »Ich musste etwas tun. Alles, wofür ich so hart gearbeitet hatte, verschwand. Während dieser Zeit habe ich mein Herzproblem entwickelt. Der Arzt sagte, es sei eine Kombination aus Stress, Schlafmangel und übermäßigem Alkoholkonsum. Blaine hat mich krank gemacht. Und ich habe auf die harte Tour gelernt, dass diese Medikamente mich zum Erbrechen bringen, wenn ich sie auch nur geringfügig falsch dosiere.«

»Wussten Sie, dass Blaine auf dieser Party sein würde?«

»Das wusste ich nicht. Aber das Schicksal hat ihn mir zugespielt. Kurz nach meiner Ankunft im Schloss wäre ich ihm beinahe begegnet. Ich konnte meinen Schock kaum verbergen. Es war derselbe alte, eingebildete Blaine, der so selbstgefällig war und dachte, ihm gehöre die Welt.« Lorcans Oberlippe kräuselte sich. »Nachdem ich mein Erstaunen, ihn zu sehen, überwunden hatte, wurde mir klar, dass das die Gelegenheit war, auf die ich gewartet hatte. Blaine hatte mich ruiniert, also beschloss ich, ihm dasselbe anzutun. Er führte ein verschwenderisches und extravagantes Leben. Er war ein kalter, oberflächlicher Mann, der sich nahm, was er wollte, und jeden von sich stieß, der seinen Wünschen nicht länger gehorchte. Es hatte ihm Spaß gemacht, mich zu ruinieren.«

»Sie hätten ihn aber nicht töten müssen«, sagte ich. »Ich verstehe, dass Sie ihn gehasst haben. Ich wäre versucht gewesen, sein Essen mit Abführmitteln anzureichern, wenn er mir das angetan hätte. Aber Mord!«

Er schnaubte und lachte. »Ja, das ist Kindergarten-Rache. Ich wollte, dass Blaine alles verliert, und das konnte ich nur erreichen, indem ich ihm das Leben nahm. Er musste sterben.«

»Sie haben Ihre Lebensmittelvergiftung mit Ihren Herzmedikamenten vorgetäuscht?«, fragte ich.

»Das war leicht. Ich reagiere empfindlich auf die Pillen. Ich weiß, wie viel ich nehmen muss, um mich krankzumachen. Ich nahm die Medikamente, ließ sie wirken und plante dann meinen nächsten Schritt.« Er rutschte auf dem Bett herum und starrte immer noch ins Leere. »Ich dachte, Blaine hätte sich nicht verändert. Er war immer einer für die Frauen. Ich sah ihn mit seiner Freundin und dann mit seiner persönlichen Assistentin, wie sie sich vertraut nahekamen, als sie dachten, niemand würde hinsehen. Das war alles, was ich brauchte.«

»Was haben Sie gemacht? Haben Sie vor seinem Schlafzimmer gewartet, bis Blaine sich davongeschlichen hat, um Sabine zu sehen?«

»Fast. Sein Zimmer lag im selben Flur wie meines. Ich habe solch ein Theater um meine Krankheit gemacht, dass ich wusste, man würde mich in einem abgelegenen Raum unterbringen. Ich war ganz am Ende des Flurs, also war es leicht, meine Tür offen zu lassen und die Bewegungen aller zu beobachten. Als Blaine sein Zimmer verließ, schlich ich ihm hinterher.«

»Und Sie haben ihn oben auf der Treppe konfrontiert?«

»Es war perfekt. Das Schicksal hat mir dabei geholfen. Blaine stolperte herum wie der betrunkene Idiot, der er war, kicherte vor sich hin und rieb seine Hände aneinander. Er dachte, er hätte alles im Griff. Als er die Treppe erreichte, rief ich seinen Namen.« Lorcan schnaubte leise. »Er drehte sich um und wäre beinahe ohne mein Zutun rückwärts gekippt.«

»Aber er ist nicht gefallen?«

Lorcan schüttelte den Kopf. »Blaine hat mich nicht erkannt. Selbst als ich meinen alten Namen preisgab, zuckte er mit den Achseln und forderte mich auf, ich solle mir ein Leben suchen. Das war's. Ich hatte genug. Ich hatte ein unglaubliches Leben und obwohl er mir alles genommen hat, bin ich stärker und besser zurückgekommen. Ich bin froh, dass ich es getan habe. Ich bereue nichts.«

»Woher wusste Sie, dass Blaine tot war, nachdem Sie ihn geschubst haben?«

»Man stürzt nicht eine Steintreppe hinunter und überlebt. Ich blieb mehrere Minuten oben stehen und schaute ihn nur an, um sicherzustellen, dass er nicht aufstand. Ich habe in den letzten sechs Jahren jeden Tag an Blaine Masters gedacht. Endlich ist er weg. Er kann sich mit niemand anderem mehr anlegen.«

»Hatten Sie keine Angst, dass jemand gesehen haben könnte, wie Sie ihm folgten?«

»Es war spät. Alle waren entweder im Bett oder zu betrunken, um klar zu sehen. Ich bin erst gegangen, als ich jemanden vom Ende der Treppe heraufkommen hörte. Ich schaffte es gerade rechtzeitig zurück in mein Zimmer, bevor die Leute anfingen zu schreien. Natürlich hat niemand nach mir geschaut. Sie dachten, der nervige Koch mit der Lebensmittelvergiftung würde kein Problem darstellen. Es war die perfekte Tarnung.«

Seine Augen verengten sich, als er sich mir zuwandte. »Zumindest war es das, bis Sie angefangen haben, in meinen Angelegenheiten herumzuschnüffeln.«

»Und die Polizei wird ebenfalls in Ihren Angelegenheiten herumschnüffeln«, sagte ich. »Ich kann das nicht geheim halten.«

»Natürlich können Sie das. Nennen Sie Ihren Preis«, sagte er. »Ich bin ein reicher Mann, ich kann Ihnen alles geben, was Sie wollen. Wenn Sie einen Job bei mir wollen, kann ich Ihnen eine gute Stelle geben. Sie müssen sich nicht hocharbeiten. Ich biete Ihnen ein fantastisches Gehalt und alle Leistungen, die Sie sich wünschen. Ich stelle Ihnen sogar Ihre eigene Wohnung zur Verfügung.«

»Ich kann nicht für einen Mörder arbeiten«, sagte ich. »Ich verstehe, dass das, was Blaine Ihnen angetan hat, schrecklich war. Er hätte es niemals tun sollen. Aber Sie haben Ihr Leben verändert und ihm gezeigt, dass Sie der bessere Mann sind. Sie haben diese unglaubliche Karriere.«

»Es war nicht genug«, sagte er. »Nicht, solange dieser sadistische Idiot noch am Leben war. Eine Gelegenheit wie diese lässt man sich nicht entgehen. Nur ein Idiot würde das tun.«

Ich machte einen Schritt in Richtung Tür. Ich musste es der Polizei sagen. Lorcan hatte gerade einen Mord gestanden. Er durfte nicht frei herumlaufen. Egal, welch verlockendes Angebot er mir machte, es würde niemals genug sein.

»Nein, Sie werden nicht gehen.« Lorcan sprang vom Bett und stellte sich vor die Tür. »Sie kennen mein Geheimnis. Sie sind die Einzige, die noch lebt und davon weiß. Sie werden dieses Zimmer nicht verlassen.«

»Werden Sie mich auch umbringen? Ich habe Ihnen nichts Unrechtes getan.« Mein Blick wanderte zur Tür, aber ich konnte sie nicht erreichen.

»Sie scheinen ein netter Mensch zu sein, Holly. Nett, aber neugierig. Leider überleben nette Leute in diesem Geschäft nicht. Um an die Spitze zu gelangen, muss man über andere hinwegsteigen.«

»Das stimmt nicht«, sagte ich. »Man arbeitet hart und das eigene Talent wird für sich selbst sprechen.«

»Sagt die Küchenhilfe, die den Mindestlohn verdient.« Er verachtete mich. »Ich biete Ihnen alles. Sie könnten Ihre Desserts Königen und Königinnen auf der ganzen Welt servieren. Ich kann Ihnen ein unglaubliches Leben bieten. Sie müssen nur dieses Geheimnis für sich behalten.«

»Und Sie müssen nur gestehen«, sagte ich. »Tun Sie das Richtige.«

»Ich tue das Richtige. Ich sorge für mich selbst. Blaine ist weg und ich könnte nicht glücklicher sein. Sie sind nur ein Störfaktor. Und Sie müssen verschwinden.«

Ich wich zurück, mein Herz raste. Eine winzige Bewegung hinter Lorcan erregte meine Aufmerksamkeit. Die Tür zum Schlafzimmer hatte sich einen Spaltbreit geöffnet.

Ich behielt Lorcan im Auge, während er sich langsam auf mich zubewegte, seine Augen vor Wut und möglicherweise einem Hauch von Wahnsinn glühend. Blaine hatte ihn gebrochen, und trotz der Veränderung seines Namens und seines Aussehens war er innerlich noch nicht geheilt.

»Tun Sie das nicht«, sagte ich mit zitternder Stimme. »Gehen Sie zur Polizei und sagen Sie ihnen, dass Sie Blaine getötet haben. Wenn Sie alles erklären, sind sie möglicherweise nachsichtig mit Ihnen. Blaine hat Ihr Leben zerstört.«

Die Tür hinter ihm öffnete sich einen weiteren Zentimeter. Campbell stand draußen. Ich widerstand dem Drang, um Hilfe zu schreien.

»Die Polizei wird sich nicht für unsere Geschichte interessieren«, sagte Lorcan. »Sie werden in mir einen kaltblütigen Killer sehen. Ich werde dafür nicht ins Gefängnis gehen. Blaine hat mich einmal ruiniert. Er wird es nicht noch einmal machen.«

»Und jetzt haben Sie ihn ruiniert«, sagte ich. »Sie haben ihn getötet.«

Lorcan knurrte, als er sich auf mich stürzte.

Die Tür hinter ihm flog auf. Campbell stürmte hinein. Direkt hinter ihm war Saracen.

Lorcan hatte eine halbe Sekunde Zeit, sich umzudrehen, bevor er aufschrie, als er von Campbell zu Boden geworfen wurde.

»Ich habe ihn«, sagte Campbell zu Saracen. »Kümmern Sie sich um Holly.«

Saracen nickte, eilte zu mir und packte mich an den Schultern.

Ich war froh, dass er das getan hat. Meine Knie fühlten sich so wackelig an, dass ich kaum stehen konnte.

»Geht es Ihnen gut, Holly?«, fragte er.

Ich schnappte nach Luft und nickte. »Da ist euer Mörder. Lorcan hat Blaine getötet.«

Kapitel 20

Meine Hände zitterten, als ich am Küchentisch saß, heiße Schokolade trank und alles Revue passieren ließ, was gerade geschehen war.

Die letzte halbe Stunde war wie im Nebel verschwommen. Campbell und Saracen hatten sich um Lorcan gekümmert, der schimpfte und tobte, als sie ihn zum wartenden Polizeiauto führten und die örtlichen Beamten über die Lage informierten.

Nachdem Campbell mich untersucht und sichergestellt hatte, dass ich nicht in Ohnmacht fallen würde, bestand er darauf, dass ich in der Küche wartete, bis ich befragt werden konnte.

Die Tür zur Küche öffnete sich. Alice, Rupert, Percy und Lady Diana eilten herein. Sie begannen alle gleichzeitig zu reden.

Ich stellte meine Tasse ab und hob eine Hand. »Bitte, einer nach dem anderen. Ich habe einen kleinen Schock.«

Alice legte ihre Arme um mich. »Hat Lorcan wirklich versucht, dich zu töten?«

Ich nickte, als ich ihre Umarmung erwiderte. »Woher weißt du das?«

»Rupert hat das Polizeiauto gesehen. Er fragte Campbell, was los sei.« Alice trat einen Schritt zurück.

»Er wollte, dass ich schweige, nachdem ich herausgefunden hatte, wer Lorcan Blaze wirklich ist und welche Verbindung er zu Blaine hat.«

»Und Lorcan hat Blaine ermordet?« Percy stand vor mir, sein Gesicht war blass, als er den Kopf schüttelte.

Ich nickte erneut. »Setzt euch alle. Ich werde es euch erzählen.« Ich nahm mir einen Moment Zeit, um meine Gedanken zu sammeln, während alle ihre Plätze einnahmen und mich ansahen.

Alice nahm meine Hand und drückte sie.

Ich holte tief Luft. »Ich habe herausgefunden, dass Lorcan vor fünf Jahren seinen Namen geändert hat. Früher hieß er Matthew Hallsworth.«

»Warum hat er das getan?«, fragte Alice.

»Gib Holly eine Chance, die Geschichte zu erzählen«, sagte Rupert.

Sie starrte ihn wütend an. »Mache ich doch! Ich will nur zum spannenden Teil kommen.«

»Es gibt eigentlich keinen spannenden Teil, wenn es um Mord geht«, sagte ich.

»Oh, natürlich. Du weißt, was ich meine.« Alice zerrte an meinem Arm. »Mach weiter, ich werde kein Wort mehr sagen.«

Darüber hatte ich meine Zweifel. »Lorcan hatte eine unglückliche Begegnung mit Blaine. Er hat für seine Geburtstagsfeier das Catering übernommen und es ist schiefgelaufen.«

»Warte mal, war das die Party, bei der Blaine seine Torte überall hingeworfen hat?«, fragte Percy.

»Genau. Warst du dabei?«, fragte ich.

»Ja! Ich kann mich allerdings nicht mehr erinnern, warum er das getan hat«, sagte Percy.

»Höchstwahrscheinlich war er betrunken«, sagte Lady Diana.

»Er war mit der Torte, die Lorcan gemacht hat, nicht zufrieden«, sagte ich. »Und Blaine hat dafür gesorgt, dass er nie wieder arbeiten konnte. Lorcan hat alles verloren. Seine Verlobte, sein Geld, sein Zuhause. Es klang, als wäre er mittellos gewesen.«

»Und er hat all die Jahre darauf gewartet, sich zu rächen?«, fragte Percy.

»Das war nicht geplant. Es war einfach ein unglücklicher Zufall, dass er das Catering für diese Party übernommen hat und Blaine auch hier war«, sagte ich. »Lorcan hat es nie verkraftet, dass Blaine sein Leben ruiniert hat.«

»Also hat er beschlossen, sein Leben zu zerstören«, sagte Rupert. »Aber Lorcan war krank. Wie hat er das geschafft?«

»Er hat sich selbst krank gemacht«, sagte ich. »Ich habe in seinem Badezimmer Herzmedikamente entdeckt. Nimmt man zu viel, wird einem übel. Er hat sie genommen, damit alle glauben, dass er wirklich krank ist, und so hat er sich selbst aus dem Spiel genommen. Niemand würde einen Mann mit Lebensmittelvergiftung verdächtigen, jemanden die Treppe hinuntergestoßen zu haben.«

»Oje. Ich fühle mich verantwortlich«, sagte Percy. »Wir verschafften ihm Zugang zum Schloss, zu Blaine, und ermöglichten ihm schließlich, ihn zu töten.«

Lady Diana seufzte. »Jetzt wird sich niemand mehr aus den richtigen Gründen an unsere Jubiläumsparty erinnern. Das ganze Ereignis war eine Katastrophe.«

Ein Hauch von Ärger glänzte in Percys Augen, als er die Hand seiner Frau tätschelte. »Das Wichtigste ist, dass der Mörder gefunden wurde.«

Lady Diana wandte ihren Blick ab. »Wir werden noch eine Party veranstalten. Und dieses Mal werden wir bei jedem Bäcker, den wir beschäftigen, eine gründliche Hintergrundüberprüfung durchführen.«

»Holly könnte für euch das Catering übernehmen«, sagte Alice. »Ich vertraue ihr hundertprozentig und sie backt großartige Kuchen. Ich kann garantieren, dass sie niemanden töten wird.«

»Danke dafür«, murmelte ich.

Percy lächelte mich an. »Du bist jederzeit willkommen, Holly. Aber ich glaube nicht, dass wir noch eine Jubiläumsparty haben werden.«

»Nächstes Jahr werden wir eine haben«, sagte Lady Diana.

Percy warf ihr einen Blick zu. »Wir reden später darüber.«

Die Tür zur Küche öffnete sich erneut. Campbell und Saracen kamen hereinmarschiert.

Ich sprang auf. »Woher wussten Sie, wo ich war?«

Campbell bedeutete mir, mich zu setzen. »Ich weiß alles, was in diesem Schloss vor sich geht.«

»Sie wussten nicht, wer der Mörder war«, sagte Alice.

Eine leichte Röte huschte über Campbells Wangen. »Wir hätten es herausgefunden. Lila wurde freigelassen und die Polizei befragt Lorcan bereits.«

Ich lehnte mich in meinem Sitz zurück. »Aber ich habe niemandem von meinen Bedenken bezüglich Lorcan erzählt. Hattet ihr ein Abhörgerät im Schlafzimmer? War das, wie ihr wusstet, wo ich war?«

»Wir haben das Schloss nicht verwanzt.« Campbell starrte mich finster an. »Zu Ihrem Glück stelle ich die Besten ein. Sie haben Saracen engagiert, um Hintergrundüberprüfungen bei Lorcan durchzuführen, und er hat sich alles zusammengereimt. Nachdem Sie aus seiner Wohnung gerannt sind, hat er weiterhin Beweise gesichtet, mich alarmiert, und wir sind gekommen, um Sie zu finden, bevor Sie etwas Dummes tun. Ich musste davon ausgehen, dass Sie hineinstürmen und einen Mörder ohne Rückendeckung konfrontieren. Es wäre nicht das erste Mal gewesen, dass Sie das getan haben.«

Trotz Campbells Beleidigungen lächelte ich Saracen herzlich an. »Danke, dass Sie mich gerettet haben, Saracen. Ich schulde Ihnen definitiv etwas dafür.«

Er grinste. »Ich nehme meine Bezahlung in Form von so vielen Dattelkeksen an, wie Sie backen können. Ich bin einfach froh, dass es Ihnen gut geht.«

Ich atmete tief aus und legte den Kopf zurück. »Ich lebe, um einen weiteren Tag zu kämpfen.«

»Bis zum nächsten Mal«, murmelte Campbell.

❧ ❧

»Lass uns eine Pause machen, Meatball.« Ich hatte heute Morgen fünf Tortenlieferungen gemacht und war außer Atem. Meine Beine schmerzten und meine Lunge brannte vor Anstrengung.

Ich radelte die Hauptstraße von Audley St. Mary entlang und blieb vor meinem ehemaligen Café stehen. Ich stellte das Fahrrad auf den Bordstein und ging zum Fenster.

»Wuff, wuff?« Meatball wedelte mit dem Schwanz. Er erinnerte sich an diesen Ort. Wir hatten hier so viele schöne Stunden verbracht.

Ich hob ihn aus dem Korb und setzte ihn auf den Boden, damit er herumschnüffeln konnte. »Nein, wir können nicht hineingehen. Es gehört uns nicht mehr. Aber es sieht so aus, als ob es bald eröffnet wird.« Ich stand da und las das Schild im Fenster.

Machen Sie Ihr eigenes Kunsthandwerk. Große Eröffnung in drei Wochen. Wir freuen uns auf Sie!

Meine Unterlippe schob sich vor, als ich den Fensterrahmen des Ladens berührte. Ich konnte den Anflug von Eifersucht nicht leugnen, den ich verspürte, dass jemand den Laden übernommen hatte. Zumindest war es ein unabhängiger Laden.

Wenn sie ihre Türen öffneten, würde ich sie willkommen heißen Vielleicht würde ich ihnen einen Kuchen mitbringen. Aber ich hatte diesen Ort immer als mein Café betrachtet.

»Holly! Genau die Dame, die ich sehen wollte.«

Ich drehte mich um, als Rupert aus einer schwarzen Limousine stieg. Er kam herüber, die Hände in den Taschen.

»Hallo. Ich habe mir gerade mein altes Café angesehen. Ich vermisse diesen Ort.«

»Das tue ich auch«, sagte Rupert. »Ich konnte den Brownies, die du verkauft hast, nie widerstehen. Aber ich bin froh, dass du angefangen hast, im Schloss zu arbeiten.«

»Und dass ich meine Brownies mitgebracht habe. Jede Wolke hat bekanntlich einen Silberstreifen.« Ich wandte meinen Blick vom Café ab. »Brauchst du etwas?«

»Ja, unbedingt. Ich wollte sicherstellen, dass alles in Ordnung ist. Wie fühlst du dich nach dem, was mit Lorcan passiert ist?«

»Ich mache weiter«, sagte ich. »Alles fühlt wieder normal an.«

Es war zwei Tage her, seit Lorcan verhaftet und wegen Blaines Mordes angeklagt worden war. Nachdem er erst stundenlang alles geleugnet hatte, hatte er schließlich zugegeben, was er getan hatte. Campbell und die Polizei hatten nicht lange gebraucht, um die Verbindung zwischen den beiden Männern herauszufinden. Sie hatten auch Zeugen befragt, die auf der Party waren, auf der Blaine Lorcan gedemütigt hatte, darunter auch Percy, und hatten eine Bestätigung dafür, wie schlecht Blaine sich benommen hatte.

Ich empfand ein gewisses Mitgefühl für Lorcan. Backen war eine so persönliche Sache – man legte Herz und Seele in die Herstellung des perfekten Desserts. Kritik war immer schmerzhaft. Es fühlte sich an, als würde jemand einen angreifen, wenn er nicht mochte, was man gemacht hatte.

Rupert räusperte sich und zog meine Aufmerksamkeit auf sich. »Ich hoffe, du meinst es nicht wörtlich mit dem Weitermachen. Ich habe mit Chef Heston über Lorcan gesprochen, der dich von mir ... ich meine, vom Schloss weglocken wollte.«

Meine Augenbrauen schnellten nach oben. »Chef Heston ist es egal, was ich mache. Ich bin überrascht, dass er dir davon erzählt hat.«

»Ich habe ihn in einem schlechten Moment erwischt. Er hat mich angeschrien und dann realisiert, was er getan hat, und sich tausendmal entschuldigt. Natürlich habe ich es ihm nicht übelgenommen, wir haben alle mal schlechte Tage. Aber ich wollte wissen, was los war. Er hat mir die Referenzanfrage gezeigt, den Lorcan ihm gegeben hat.«

»Das hat ihn in schlechte Laune versetzt?«

Rupert berührte meinen Arm. »Trotz des ganzen Geschreis schätzt er deine Arbeit. Warum sollte er sonst so wütend sein?«

Ich zuckte mit den Schultern. Irgendwie wusste ich das im Inneren schon. Es wäre nur schön gewesen, es gelegentlich zu hören.

»Du hast mit dem Gedanken gespielt, uns zu verlassen?«, fragte Rupert.

Mein Blick glitt über ihn. Er war so ein süßer Kerl, fürsorglich, nett und ungeschickt witzig. Aber er war auch eine Komplikation, von der ich überlegt hatte, wegzugehen. »Ich habe über das Angebot nachgedacht. Der glamouröse Lebensstil und die Reisen um die Welt hätten Spaß machen können. Manchmal muss man sich neu erfinden und Veränderungen vornehmen.«

»Das macht man nur, wenn man mit seinem jetzigen Leben nicht zufrieden ist. Bist du nicht glücklich bei uns, Holly?«

»Ich ... Ich bin glücklich.« Mein Blick wanderte zur Limousine, als sich die Fahrertür öffnete. Campbell stieg aus. Er trug seine Sonnenbrille und seinen üblichen strengen Gesichtsausdruck. Er nickte mir zu.

»Du musst bleiben. Der Ball steht vor der Tür, das internationale Geschichtsevent und die riesige Hochzeitsmesse in ein paar Monaten.« Er schüttelte sich. »Ich brauche dich als moralische Unterstützung. Wenn die Hochzeitsmesse da ist, werden alle mich bedrängen. Alle werden versuchen, mich zu verheiraten.«

»Vielleicht solltest du darüber nachdenken, zu heiraten.« Ich warf einen Blick in seine Richtung. »Hast du jemanden im Auge?«

»Ich, na ja, meine Güte. Ich meine ... es ist eine heikle Angelegenheit. Eine Lebenspartnerin, hm? Ich ... Ich meine ...«

Ich tätschelte seinen Arm. »Bekomme keinen Panikanfall. Ich mache dir keinen Heiratsantrag. Man sollte bei solchen Dingen keine Eile haben. Wenn du die richtige Person findest, weißt du es. Und in Bezug auf

Ehen könntest du mit Percy sprechen. Es läuft nicht gut zwischen ihm und Lady Diana.«

»Oh! Ich habe mich gefragt, warum sie nicht miteinander sprechen. Ich werde Alice vorschlagen, mit ihnen zu reden. Ich bin furchtbar darin, Beziehungstipps zu geben.«

»Ich denke, sie würden sich über etwas Hilfe freuen«, sagte ich. »Als ich sie in der Nacht von Lorcans Verhaftung sah, sah es zwischen ihnen nicht gut aus. Ich hoffe, dass sie ihre Differenzen beilegen können.«

»Natürlich. Aber du musst bleiben, Holly. Ohne dich wird das Schloss nicht dasselbe sein.«

Ich lächelte ihn an. Mein Blick wanderte zu Campbell und dann zur Spitze von Audley Castle in der Ferne. Er hatte recht. Der Ort wäre ohne mich nicht derselbe, aber vor allem wäre ich ohne all das in meinem Leben nicht dieselbe. Ich liebte es, in der engen Gemeinschaft von Audley St. Mary zu leben, umgeben von Freunden, die ich eher als Familie betrachtete, und die Möglichkeit zu haben, nach Herzenslust zu backen.

»Ich werde betteln, wenn ich muss«, sagte Rupert. »Ich kann nicht zulassen, dass du uns verlässt.«

Meatball bellte, hüpfte auf seinen Pfoten herum und rannte die Straße entlang.

Ich machte Anstalten, ihm nachzujagen, aber Campbell packte Meatball und hob ihn auf, bevor er zu weit weg war, und kam dann zu uns. »Sind Sie bereit, zum Schloss zurückzukehren, Lord Rupert?«

»Das bin ich, wenn Holly mit uns kommt«, sagte Rupert. »Was sagst du, sollen wir zurückgehen und etwas von deinem köstlichen Kuchen genießen?«

Ich lächelte sie beide an, während ich Meatballs Kopf streichelte. »Natürlich. Fahren wir nach Hause.«

Bereit, für noch eine Geschichte von Holly und Meatball?

Mord und Kirschkuchen, Band 4 dieser Serie, wartet schon auf dich.

Eine Prise Mord im Paradies, ein Schuss ruinierter Ruf und ein Spritzer Rivalität. Das englische Landleben war noch nie tödlicher ...

Ich stecke in der Klemme, als mir Lady Philippa Audley die entscheidende Aufgabe überträgt, einen Tod zu verhindern. Das Problem ist, ich habe keine Ahnung, wer bald sterben oder wie er oder sie ein böses Ende finden wird! Aber Lady Philippa weiß auf unheimliche Weise, wann Ärger droht, also werde ich ihre Vorhersage eines Mordes nicht ignorieren.

Als der Mörder während eines Freundschaftswettbewerbs im Langbogenschießen zuschlägt, sind alle fassungslos. War das ein Unfall oder hat jemand das Opfer ins Visier genommen? Auf meiner Suche nach der Wahrheit entdecke ich Arbeitsrivalen, eine vernachlässigte Freundin und intensive Eifersucht.

Ich riskiere meine Sicherheit und ignoriere die Warnung des Schlosssicherheitsteams, mich aus den Ermittlungen herauszuhalten, und bin entschlossen, die Wahrheit herauszufinden. Wenn ich versage, wird ein Mörder ungestraft davonkommen und die Gerechtigkeit wird nicht siegen.

Da die Chancen gegen mich stehen und ein weiterer Schlossgast dem Langbogenmörder zum Opfer fällt, läuft mir die Zeit davon, wenn ich eine weitere Tragödie verhindern will. Aber ich werde es tun. Denn genau wie bei einem meiner Schokoladensoufflés stelle ich mich immer einer Herausforderung.

Recipe

Köstlicher Vanillekuchen

Vorbereitungszeit: 20 Minuten   **Backzeit:** 1 Stunde 20 Minuten

Bleibt 3 Tage frisch oder kann einen Monat lang im Gefrierfach aufbewahrt werden.

ZUTATEN

1 Tasse (227 g) ungesalzene Butter, weich
1 Tasse (227 g) goldener Puderzucker
1 TL Vanillepaste
4 große Eier
⅔ Tasse (85 g) Weizenmehl
½ Tasse (113 g) griechischer Vollfettjoghurt
1 Tasse (227 g) selbststeigendes Mehl
3 EL Milch
Sirup (fertig gekauft ist in Ordnung – oder mache deinen eigenen Sirup mit ¼ Tasse (50 g) Puderzucker und ½ TL Vanillepaste)

ANWEISUNGEN

1. Heize den Ofen auf 160 °C Unter-/Oberhitze oder 140 °C Umluft vor. Fette eine runde Kuchenform mit 20 cm Durchmesser ein und lege sie mit Backpapier aus.

2. Schlag die Butter, den Zucker, die Vanille und ¼ TL Salz schaumig, gib dann die Eier nacheinander hinzu und rühre jedes Ei gut unter, bevor du das nächste hinzufügst.

3. Füge den Joghurt hinzu. Vermische die Mehlsorten und hebe sie vorsichtig unter den Teig. Füge anschließend die Milch hinzu.

4. Gib den Teig in die Kuchenform und back ihn für 1 Stunde 20 Minuten oder bis der Kuchen aufgegangen und goldbraun ist.

5. Bereite den Sirup zu, indem du 50 ml Wasser mit dem Zucker und der Vanille in einem Topf erhitzt, bis sich der Zucker aufgelöst hat. Stelle den Topf beiseite. Sobald der Kuchen fertig ist, lass ihn für 20 Minuten abkühlen und steche dann mit einem Spieß Löcher in den Kuchen. Gieße den Sirup darüber und lass ihn einziehen.

Kochtipp: Köstlich mit einer Schicht fertiger Rollglasur.
Zweiter Kochtipp: Fertig gekaufter Vanille-Sirup funktioniert ebenfalls gut.

Auch erhältlich

Genieße weitere gemütliche Krimis aus der Holly Holmes-Reihe. Erhältlich als Taschenbuch und E-Book.

Mord und Karamellkuchen
Mord und Schokoladenkuchen
Mord und Vanillekuchen
Mord und Kirschkuchen (Februar 2024)
Mord und Blaubeerkuchen (Juni 2024)
Mord und Mokkakuchen (Oktober 2024)
Mord und Zitronenkuchen
Mord und Ahornsirupkuchen
Mord und Pfefferminzkuchen

Über die Autorin

K.E. O'Connor (Karen) ist eine Cozy Mystery-Autorin, die inmitten der wunderschönen britischen Landschaft wohnt. Sie liebt alles, was mit Geheimnissen, Tieren und Kuchen zu tun hat (diese Dinge schaffen es auch häufig in ihre Bücher).

Wenn sie nicht gerade über Mysterien, Morde und Leckereien schreibt, arbeitet sie ehrenamtlich in einem örtlichen Tierheim, liest jede Menge Bücher, sieht sich Krimiserien an und träumt davon, an einem wärmeren Ort zu leben.

Um über Krimis, in denen der Mörder sein Fett wegbekommt, auf dem Laufenden zu bleiben, abonniere Karens unterhaltsamen monatlichen Newsletter mit Buchneuheiten, Rabatten und weiteren Cozy-Mystery-Leckereien. Außerdem erhältst du eine exklusive Kurzgeschichte mit Holly Holmes. Diese Geschichte ist nirgendwo sonst erhältlich, sie ist exklusiv für ihre Newsletter-Abonnenten.

Hol dir jetzt Raub und pinker Zuckergus:
https://dl.bookfunnel.com/7jqg6khgnp